D1077865

Science Fiction
Ullstein Buch Nr. 31037
im Verlag Ullstein GmbH,
Frankfurt/M – Berlin – Wien
Titel der Originalausgabe:
The Power
Aus dem Amerikanischen übersetzt
von Brigitte Walitzek

Umschlagentwurf:
Hansbernd Lindemann
Umschlagillustration: Alan Daniels
Alle Rechte vorbehalten
Copyright © 1956 by Frank M. Robinson
Übersetzung © 1982
Verlag Ullstein GmbH,
Frankfurt/M – Berlin – Wien
Printed in Germany 1982
Gesamtherstellung: Mohndruck
Graphische Betriebe GmbH, Gütersloh
ISBN 3 548 31037 0

Oktober 1982

CIP-Kurztitelaufnahme
der Deutschen Bibliothek

Robinson, Frank M.:
Die lautlose Macht: Roman / Frank M. Robinson.
[Aus d. Amerikan. übers. von Brigitte Walitzek].
– Frankfurt/M; Berlin; Wien: Ullstein, 1982.
   (Ullstein-Buch; Nr. 31037: Science-fiction)
   Einheitssacht.: The power ‹dt.›
   ISBN 3-548-31037-0
NE: GT

Frank M. Robinson

Die lautlose Macht

Roman

Herausgegeben
von Walter Spiegl

Science Fiction

Für meine Mutter,
die einen guten Thriller
zu schätzen weiß

1

Olson drehte durch.

Er hatte es einen ganzen Monat lang kommen sehen, dachte Tanner. Tag für Tag war Olson nervöser geworden, und jetzt erinnerte der Psychologe ihn an ein altes Kristallglas – faßte man es ein bißchen zu hart an, würde es in tausend Stücke zerspringen.

Auch den anderen war es aufgefallen, was bedeutete, daß er etwas unternehmen mußte, und zwar früher, als er gedacht hatte. Egal, wie er es auch anpackte, es würde nicht einfach sein, Olson loszuwerden. Eine unangenehme Aufgabe, die ihm da bevorstand. Oder vielleicht war es auch möglich, etwas für Olson zu tun, obwohl er nicht wußte, was.

Er blieb einen Augenblick lang in der Tür zum Gebäude der Wissenschaftlichen Fakultät stehen und stopfte sich die Pfeife. Er drückte die Tabakfasern so energisch in den Kopf, als wolle er sie zerquetschen.

Was, zum Teufel, quälte Olson?

Er zog den Reißverschluß des Tabakbeutels zu, atmete noch einmal tief die Frühlingsluft ein und drückte die Glastüren auf. Die Labors füllten sich bereits mit den üblichen Samstagmorgenstudenten, die sich ein bißchen Geld dazuverdienen wollten. Sie strömten herbei, unterschrieben die Verzichterklärungen und wurden von den Assistenten den verschiedenen Experimenten zugewiesen.

Am Kühlraum blieb er stehen und warf einen Blick hinein. Ein Freiwilliger trieb in dem eisigen Wasser, haarfeine Drähte führten zu Thermoelementen, die an verschiedenen Stellen seines Körpers befestigt waren. Man würde den Mann natürlich herausholen, bevor er zu Schaden kam, aber andererseits, dachte er, waren menschliche Wesen ganz schön zäh. Sie konnten immer mehr aushalten, als sie für möglich hielten.

Er starrte eine Weile schweigend auf den Mann, dann ging er den weißgekalkten Korridor entlang zu den Räumen der Abteilung für Härteforschung, wo Commander Nordlund ihn erwarten würde.

Olson . . .

Ein untersetzter junger Mann seines eigenen Alters, der sich hinter einer dicken Hornbrille versteckte. Brillant, engstirnig und ungesellig. Der Typ, für den eine Universität der ideale Zufluchtsort war, und von dem man nicht erwartet hätte, daß er diesen Zufluchtsort aufs Spiel setzte. Etwas war mit Olson geschehen – aber was?

Er würde deswegen etwas unternehmen müssen, und die anderen Mitglieder des Komitees würden mit Argusaugen darüber wachen, wie er die Sache anging. Wenn er einen Fehler machte – nun, Van Zandt hielt den Dolch schon hinter dem Rücken und würde ihm selbstgerecht und mit gekonnter Perfektion den Todesstoß versetzen. Wahrscheinlich würde man noch nicht einmal Blut sehen. Heute war Tanner Projektleiter, würde er morgen schon auf dem Abstieg sein?

Im Labor lehnte Commander Arthur Nordlund an einem der Tische. Die Zigarette verglühte zwischen seinen blassen Fingern. Er beobachtete ein Schmerzexperiment. Nordlund wartete darauf, daß er mit ihm über Olson reden würde, dachte Tanner, und er konnte ihm daraus noch nicht einmal einen Vorwurf machen, so wenig er den Mann auch mochte. Es gab acht Leute in den Vereinigten Staaten, die die Grenzen menschlichen Durchhaltevermögens besser als irgend jemand sonst auf der ganzen Welt kannten. Die Regierung konnte es sich nicht leisten, daß einer dieser acht die Kontrolle über sich verlor und zu reden anfing.

»Wie geht's, Commander?«

Nordlund lächelte und brachte es gleichzeitig fertig, gelangweilt auszusehen. Er war schlank und hochgewachsen, der Typ, der sich in einer Uniform sehr gut macht, mit scharfen, feingeformten Gesichtszügen und einem bleistiftdünnen Schnurrbart. Er war in den Dreißigern, nicht älter als Tanner.

Aber ich kann nicht mit ihm reden, dachte Tanner. *Wir sind zwei grundverschiedene Typen – er Seide, ich Tweed –, und die beiden können nie zusammenkommen.*

Nordlund deutete mit einem manikürten Finger auf das Experiment, das vor ihnen ablief. »Welche Absichten verfolgen Sie damit, Professor?«

»Wir messen Schmerzschwellen, um herauszufinden, wieviel ein Mann aushalten kann.« Er sah auf den jungen Mann, der an einen Stuhl gebunden war. Er trug nur ein T-Shirt und Hosen. Auf seine Stirn war ein kleiner schwarzer Kreis gemalt. Ein Strahl sehr intensiven weißen Lichts war genau auf den Kreis gerichtet.

Tanner machte eine Handbewegung, und der Assistent hinter dem Kontrollpult schob einen Regelwiderstand höher. Der Lichtstrahl wurde heller, und ein Aura statischer Elektrizität umspielte die Gestalt in dem Stuhl. In einem plötzlichen Knistern blauer Funken sträubten sich die Haare des Mannes, und sein Gesicht wurde feucht von Schweiß.

»Okay, abbrechen!« Das Wimmern des Generators erstarb, und Tanner löste die Haltebänder. »Wie fühlen Sie sich?«

»Ich glaube nicht, daß ich noch mehr hätte aushalten können, Professor – es hat mich wirklich fast zerrissen.« Der Student wischte sich das Gesicht mit dem T-Shirt ab und wandte sich an Nordlund. »Wird die Marine wirklich die Ergebnisse solcher Tests verwerten, Sir?«

Tanner antwortete, ehe Nordlund den Mund aufmachen konnte: »Die Tests sind nur notwendig für die Überlebensforschung, Chuck.« Er legte dem Jungen die Hand auf die Schulter. »Waschen Sie sich die Farbe ab, und dann können Sie für heute nach Hause gehen.«

Als er weg war, sagte Nordlund: »Nachdem Sie ja offensichtlich auf alles eine Antwort haben, Professor, würden Sie mir bitte erklären, wie dieses Experiment funktioniert?«

Er fühlt sich auf den Schlips getreten. Wieder einmal. Ich habe wirklich ein Talent dafür, mich beliebt zu machen.

»Es ist gar nicht so kompliziert. Das weiße Licht verursacht auf seiner Stirn eine Schmerzreaktion. Die statische Belastung mißt die Leitfähigkeit der Haut – die sich unter Schmerzbedingungen verändert.«

»Wie schmerzhaft war es?«

»Ziemlich schmerzhaft. Fast so schlimm wie die Schmerzen beim Entfernen von Nierensteinen.«

»Ist das die Grenze dessen, was ein Mensch ertragen kann?«

»Kommt auf den Menschen an. Sportler halten mehr aus als Dichter.«

Nordlund sah gelangweilt drein. »Das hätte ich der Regierung auch ohne Experiment sagen können.«

»Sie hätten es *vermutet,* aber Sie hätten es nicht mit Sicherheit sagen können. Die Regierung zahlt für Beweise.« Tanner ging zur Tür. »Fertig?«

Nordlund bewegte sich nicht. Er ließ sein Feuerzeug aufschnappen, das sich bei Kontakt mit der Luft entzündete. »Glauben Sie nicht, daß wir, bevor wir reingehen, besprechen sollten, was Sie wegen Olson unternehmen wollen?«

»Ich hatte vor, mich einmal mit ihm zu unterhalten.«

Nordlund schüttelte den Kopf. »Professor, das wird nichts nützen. Es ist nicht genug. Der Mann ist in äußerst schlechter, bedenklicher Verfassung, und ich will wissen, was Sie dagegen zu tun beabsichtigen.«

Egal was, es würde ihm nicht gefallen, dachte Tanner. Was auch immer Olson so beunruhigte, ein Rausschmiß aus dem Projekt würde ihm vielleicht den Rest geben und zum völligen Zusammenbruch führen.

Nordlund ahnte wohl seine Gedanken, und ein leichter Anflug von Autorität legte sich in seine Stimme. »Ich weiß Ihre Gefühle zu schätzen, Professor. Aber eines dürfen wir nicht vergessen. Wir arbeiten zwar nicht an einer neuen Atomwaffe, aber nichtsdestoweniger handelt es sich um Staatsgeheimnisse. Die Regierung kann es sich nicht leisten, daß einer von uns durchdreht. Es ist wie mit Haltetauen auf einem Schiff: wenn man sieht, daß eines zerschlissen ist und zerreißen könnte, muß man es ersetzen.«

Wir müssen alles um jeden Preis in einwandfreiem Zustand halten. Also weg mit Olson. Und ich wette zehn zu eins, daß dieses Schwein Nordlund im Leben noch nicht an Bord eines Schiffes war. Laut sagte er: »Ich sage es ihm nach der Besprechung. Vielleicht kann ich ihn davon überzeugen, daß er eine Ruhepause braucht.«

Nordlund stand auf. »Machen Sie es so, wie Sie es für richtig halten. Und nachdem wir schon beim Thema sind: Was ist mit seiner Schwester? Auch sie scheint mir nicht gerade der stabilste Typ zu sein.«

Tanner wirbelte auf dem Absatz herum. »Es ist ein bißchen zu spät dafür, die ganze Mannschaft auszuwechseln.«

»Wie Sie wollen, Professor. *Ich* habe ja nur beratende Funktion.« Seine Stimme veränderte sich leicht, und Tanner konnte fast die Klavierdrähte darin fühlen. »Aber wenn irgend etwas schiefgeht, wissen wir ja alle, wo die Verantwortung dafür liegt, nicht wahr?«

Sie erreichten den Seminarraum kurz bevor die anderen Mitglieder der Projektgruppe eintrafen, und Tanner lehnte sich zurück, um sie sich der Reihe nach anzusehen.

Patricia Olson – Petey genannt –, seine Sekretärin und Olsons Schwester, war die erste. Sie hätte hübsch sein können, aber sie benutzte weder Rouge noch Lippenstift, um ihre Vorzüge hervorzuheben. Sie trug das Haar straff zurückgekämmt und zu einem Knoten geschlungen, und dazu eine Brille mit kreisrundem Plastikgestell, das ihrem Gesicht den Ausdruck einer Eule verlieh. Die Nase war zierlich, aber sie runzelte ständig die Stirn, und ihre Augenbrauen waren viel zu buschig. Tüchtig war sie, gelassen, sachlich, nüchtern. Und sehr kalt.

Als nächster kam Professor Owen Scott, ein einst sehr energischer Mann, jetzt vom Alter gezeichnet. Eisgraues Haar umrahmte das faltige Gesicht. Er war Vorsitzender von Tanners Abteilung für Anthropologie, aber ein bißchen zu alt für den Vorsitz.

Marge Hanson von der Abteilung für Biologie lachte über eine Bemerkung des Mannes hinter ihr. Kastanienbraunes Haar, eine etwas größere und weit attraktivere junge Frau als Petey, die jedoch wie Petey immer in flachen Schuhen und faden Röcken herumlief. Der Typ, der Tennis spielte und ganze Nächte lang aufbleiben und durchtanzen konnte und am nächsten Morgen immer noch der Meinung war, die Welt sei ein wunderbarer Ort.

Sie bemerkte seinen Blick, sagte »Hallo« und blinzelte ihm zu. Er ertappte sich dabei, wie er zurücklächelte und ihr zuwinkte.

Der Witzbold, der Marge zum Lachen gebracht hatte, war Karl Grossman, Physiker, ein dicker, unordentlicher Mann, der sein Hemd nie fest genug in die Hose steckte. Dann kam noch Eddy DeFalco, das dritte Mitglied der Anthropologie-Abteilung, sonnengebräunt, muskulös, frech und selbstbewußt.

Die Mädchen beten ihn an, dachte Tanner. *Er ist der jungenhafte Typ, mit dem sie ins Bett gehen, wenn sie Urlaub haben und niemand sie kennt. Aber schließlich kann man Eddy keinen Vorwurf deswegen machen, daß er Glück hat.*

Professor Van Zandt, der Leiter der Psychologischen Abteilung, war ein dünner, nervöser Mann in den Vierzigern, mit eisblauen Augen, die unnatürlich stechend blickten. Die Schultern seines Mantels waren eine Spur zu dick gepolstert, und Tanner hatte das Gefühl, daß sich unter der doppelten Knopfreihe ein kleiner Bauchansatz versteckte.

Hüte dich vor den Iden des März, denn Van wird mich abschießen, wenn ich nicht vorsichtig bin.

Als letzter erschien John Olson, Peteys Bruder. Er befeuchtete sich nervös die Lippen und lauschte aufmerksam auf jedes einzelne Wort, das Van Zandt von sich gab. Er sah unruhig und verängstigt aus.

Warum?

Sie waren alle verschieden voneinander, dachte Tanner. Und sie hatten alle ihre Fehler. Aber es war ein gutes Team. Es war wahrscheinlich das Komitee in den Vereinigten Staaten, in dem sich der meiste Verstand zusammenfand.

»Wenn wir schon alle da sind«, brummte Grossman, »können wir ja auch anfangen.«

Tanner nickte Petey zu, und sie fing an, das Protokoll der letzten Sitzung zu verlesen. »Samstag, zweiundzwanzigster Mai. Sitzung des Arbeitsteams für Härteforschung mit den Tagespunkten –«

Tanner wartete, bis sie mit dem Verlesen fertig war, stopfte sich umständlich die Pfeife und sagte: »Im letzten Jahr haben wir uns hauptsächlich damit beschäftigt, Überlebensforschung zu betreiben – herauszufinden, warum manche Menschen unter den verschiedensten Belastungen und Lebensbedingungen am Leben bleiben und andere nicht. Im Streß sind manche Menschen tüchtiger, klüger und fähiger als andere. Nachdem wir bestimmt hatten, welche Qualitäten zum Überleben notwendig sind, versuchten wir herauszufinden, wie die erfolgreichen Menschen, diejenigen, die überleben, so geworden sind, welche Faktoren bei ihrer Entwicklung eine Rolle spielten.«

Er sog an seiner Pfeife und blinzelte durch den Rauch. »Solche Leute zu finden, erinnerte ein bißchen an die Jagd nach der berühmten Nadel im Heuhaufen. Daher schlug John Olson vor, einen Fragebogen auszuarbeiten, mit dem bei geringem Kostenaufwand eine große Anzahl an Personen erfaßt werden kann. Diejenigen, deren Fragebogen vielversprechend aussehen, könnten dann weiteren, umfangreichen physischen Tests unterzogen werden. Wie Sie alle wissen, umfaßt der Fragebogen, den wir schließlich zusammenstellten, die medizinische Vergangenheit der Befragten, psychologische Charakteristika, Familiengeschichte und Vererbung – alles Punkte, auf die wir uns als wichtig geeinigt haben und von denen viele mit physischen Tests nicht erfaßt werden können.« Er lächelte. »Wir alle kamen letzte Woche überein, selbst Fragebogen auszufüllen, als eine Art Trockenversuch. Wir unterzeichneten die Bögen nicht, was mir inzwischen leid tut. John hat die Ergebnisse ausgewertet, und ich muß sagen, daß einige wirklich phantastische Antworten darin vorkamen.«

DeFalco sah ihn neugierig an. »Welche denn, zum Beispiel?«

Tanner hielt einen der Fragebogen hoch. »Wenn wir annehmen, daß dieser Fragebogen der Wahrheit entspricht, dann war die betreffende Person noch niemals krank, hatte noch nie ernsthafte persönliche Probleme, machte sich nie über irgend etwas Sorgen und hat einen Intelligenzquotient, der sich der Grenze des Berechenbaren nähert. Die Eltern entstammen zwei verschiedenen Rassen, und wenn wir den Antworten immer noch Glauben schenken wollen, war der Vater Wünschelrutengänger, und die Mutter konnte Kranke durch Handauflegen heilen.«

Alle brachen in Lachen aus, und selbst Professor Scott mußte grinsen. Tanner legte den Fragebogen zur Seite. Zumindest war er für einen Lacher gut gewesen.

»Wenn es keine weiteren Vorschläge mehr gibt, kann Petey den Fragebogen also in dieser Form zum Drucker bringen, und –«

»Professor Tanner!«

Er sah zum anderen Ende des Tisches hinüber. Olsons rundes Gesicht war mit einer Schweißschicht bedeckt, die im Sonnenlicht glänzte.

»Glauben Sie, daß der Fragebogen nicht der Wahrheit entsprechend ausgefüllt wurde?«

Tanner war ärgerlich. Natürlich hielt er den Fragebogen für einen Witz, und wenn Olson anderer Meinung war, hätte er das privat mit ihm besprechen sollen, anstatt es hier in aller Öffentlichkeit vorzubringen.

»Meinen Sie, ich hätte ihn zum Spaß ausgefüllt? Nein, das habe ich nicht. Aber jemand anders hat es offensichtlich getan.«

Olson fuhr sich mit der Zunge über die Lippen. »Sind Sie dessen so sicher?«

Am Tisch herrschte ein unbehagliches Schweigen, dann fauchte Professor Scott: »Blödsinn!«

Olson gab nicht nach. »Vielleicht steckt doch mehr dahinter als nur ein Witz. Ich glaube, wir sollten – das nachprüfen.«

Nordlund mischte sich in die Unterhaltung ein. »Wenn der Fragebogen der Wahrheit entspricht –«

»Tut er aber nicht«, sagte Tanner kurz angebunden.

»Aber wenn nun doch?«

Ein Laie in der Gruppe, und man konnte die Hälfte seiner Zeit damit verbringen, ihm das Abc zu erklären.

»Wenn der Fragebogen der Wahrheit entsprechen würde, hieße das, daß die Person, die ihn ausfüllte, ein sehr ungewöhnlicher Mensch ist, vielleicht ein uns allen überlegener Mensch. Aber ich glaube kaum, daß wir ihn ernst zu nehmen brauchen. Und wir haben noch eine Menge anderer Punkte auf der Tagesordnung.«

Olsons Stimme hob sich zu einem nervösen Quieken. »Vielleicht wollen Sie auch einfach nicht zugeben, was es bedeutet, Tanner.«

Jetzt starrten alle Olson an. Sein Gesicht war schweißfeucht, und er hatte die Augen weit aufgerissen. Die Augen eines Mannes, der Todesängste ausstand, dachte Tanner. Dann merkte er, wie auch ihm der Schweiß ausbrach. Er hatte so ein Gefühl gehabt, daß Olsons Zusammenbruch mitten in einer Sitzung erfolgen würde.

Er versuchte, ihn abzulenken, versuchte, den verängstigten Mann dazu zu bringen, vernünftig zu reden. »Also gut, John, was glauben Sie also, was der Fragebogen bedeutet?«

»Ich glaube, er bedeutet, daß die menschliche Rasse in Gefahr ist.«

Tanner warf einen Blick auf den Mann von der Kriegsmarine und konnte sehen, daß Olsons Worte bei Nordlund wie eine Bombe einschlugen. Auf den anderen Gesichtern lag schockierte Überraschung. Ein Augenblick verlegenen Schweigens folgte, dann sagte Petey mit einer Stimme, in der die Tränen mitschwangen: »John, ich glaube, wir sollten besser –«

Olson sah sie nicht einmal an. »Halt den Mund, Pat.«

Niemand sagte etwas. Sie überlassen die Sache ganz allein mir, dachte Tanner. Er hielt den Fragebogen hoch. »Wer hat diesen

Bogen ausgefüllt?«

Ein weiteres gespanntes Schweigen, in dem die kleinste Bewegung und das leiseste Rascheln des Papiers sehr laut klangen.

»Glauben Sie nicht, wir sollten die Sache auf sich beruhen lassen?« fragte Van Zandt ungeduldig. »Ich sehe nicht ein, was das einbringen soll.«

Tanner wurde rot. Er versuchte, Olson zu beruhigen, und Van Zandt wußte das auch, aber schließlich befanden sie sich hier im akademischen Dschungel. Van hatte sich seine Sporen schon vor langer Zeit verdient, aber er bemühte sich immer wieder, nicht aus der Übung zu kommen.

Er legte den Fragebogen auf den Tisch. »Also gut, vergessen wir die Sache für den Augenblick.« Er nickte Olson zu. »Nach der Sitzung können wir beide noch einmal darüber reden, John.«

»Ihr habt ja nur Angst!« schrie Olson mit hysterischer Stimme. »Ihr wollte es einfach nicht wahrhaben.«

Tanner spürte, wie sich seine Nackenhaare sträubten. Man brauchte nur die Überlebenstests zu nehmen und sie mit einem Minderwertigkeitskomplex zusammenzubringen, und vielleicht stieß man dann auf einen Supermann-Fetisch, auf etwas, das man vielleicht mit Religion vergleichen konnte, eine Bereitwilligkeit, einen Wunsch, an etwas zu glauben, das größer ist als man selbst. Aber weshalb hatte Olson solche Angst?

Olson zitterte. »Nun? Was werdet ihr unternehmen?«

Es war, als beobachte man einen Autounfall. Es stieß einen ab, und doch konnte man die Augen nicht abwenden. Es lag eine Art schrecklicher Faszination in der ganzen Szene – beim Anblick eines Mannes, der in Stücke zerbrach. Er wartete darauf, daß Van Zandt etwas sagen würde, daß er den jüngeren Kollegen mit ein paar Worten wieder zur Vernunft bringen würden. Aber Van sagte nichts und starrte Olson nur mit einem neugierigen, irgendwie berechnenden Blick an. Niemand kannte Olson besser als Van Zandt, dachte Tanner, aber aus Gründen, die nur er selbst wußte, ließ Van es zu, daß Olson sich sein eigenes Grab schaufelte. Er machte keinen Versuch, ihn davon abzuhalten.

Tanner schwitzte. Es blieb ihm nichts anderes übrig, als auf Olson einzugehen. Er wandte sich an Marge. »Hast du eine Nadel bei dir?«

Sie fand eine in ihrer Handtasche und reichte sie ihm. Er stellte ein Buch aufrecht auf den Tisch und steckte den Kopf der Nadel zwischen die Seiten, so daß die Spitze etwa zwei Zentimeter weit herausragte. Dann riß er ein winziges Stück von einer Zeitung ab, faltete es zu einem schirmförmigen Gebilde und setzte es auf die Spitze der Nadel.

»Vielleicht können wir etwas beweisen, John. Ich nehme an, daß unser – Supermann – geistige Fähigkeiten besitzt, die unseren weit überlegen sind. Daß er, durch reine Konzentration, dieses Papierschirmchen dazu bringen kann, sich zu drehen. Das Papier ist leicht, es balanciert nur auf einer Nadelspitze, und es braucht nicht viel, um es zu bewegen. In Ordnung?«

Einige der Mitglieder des Komitees lachten leise, aber Olson nickte, und Tanner war erleichtert. Das kleine Spiel war das einzige, was ihm im Augenblick einfallen wollte. Ein Kinderspiel.

»Hat jemand Lust, es zu versuchen?«

Marge sagte: »Ich versuche es, wenn die anderen auch mitmachen.«

Die anderen nickten, und sie starrte konzentriert auf die Nadel. Das Papier hing ruhig da, bewegte sich nicht. Nach einer Minute lehnte sie sich zurück und griff sich an den Kopf. »Einziges Resultat, ich habe Kopfschmerzen.«

»Van?«

Van Zandt nickte und starrte auf das Papierschirmchen. Wenn reine Willenskraft es schaffen konnte, dachte Tanner, war Van Zandt der richtige Mann dafür. Aber das Papier bewegte sich nicht. Van Zandt spottete: »Meine überlegenen Fähigkeiten sind heute morgen leider nicht so offensichtlich wie sonst.«

Olson selbst und nach ihm DeFalco versuchten es und scheiterten. Nordlund starrte auf die Nadel und machte ein gelangweiltes Gesicht, als nichts passierte. Als nächster war Professor Scott an der Reihe.

Das Papierschirmchen neigte sich leicht zur Seite.

Alle starrten entsetzt darauf. Die überhebliche Haltung der Anwesenden war plötzlich verflogen, und Tanner spürte, wie sich die Atmosphäre im Raum wie mit elektrischer Spannung auflud. Alle Augen richteten sich auf den plötzlich zitternden alten Mann. *»Mein Gott, ich habe doch nicht –«*

»Läßt sich sehr einfach erklären«, sagte Grossman schnell. »Unten im Gang ist eine Tür zugeschlagen, obwohl Sie alle es vor lauter Konzentration bestimmt nicht gehört haben. Ich bin sicher, daß schon die leichteste Erschütterung ausreichen würde, dieses Stückchen Papier zu bewegen.«

Der alte Mann sah sehr erleichtert aus, und die Spannung löste sich etwas. Als nächster versuchte Grossman es, ohne ein Ergebnis.

Tanner zuckte mit den Schultern. »Nun, John?«

Plötzlich sprang Olson auf, schlug mit den Fäusten auf den Tisch und sah Tanner böse an. »Er wird es nicht zugeben. Er hat nicht den Mut dazu! Wenn er nicht zugeben wollte, daß er den Fragebogen ausgefüllt hat, dann wird er sich auch in einem solchen Test nicht zu erkennen geben!« Sein rundes Gesicht war hochrot. »Er hat nicht den Mut dazu, Tanner. Er versteckt sich lieber.«

Was, zum Teufel, machte man bloß in einem solchen Fall?« dachte Tanner. Sie versuchten hier, einen Neurotiker zu beruhigen, aber jetzt waren sie schon so weit gegangen, daß sie auch noch einen weiteren Schritt machen mußten. Er würde noch einen Versuch wagen. Der arme Kerl tat ihm leid. Wie peinlich das alles war. Und es war teilweise seine Schuld. Er hätte schon vor einer Woche etwas unternehmen sollen.

»Wir versuchen es noch einmal, dieses Mal alle gemeinsam.« Olsons Supermann brauchte sich auf diese Weise nicht zu exponieren, konnte aber trotzdem seine Macht zeigen – falls er Olsons Herausforderung überhaupt annehmen wollte. Wenn nichts passierte, vielleicht war Olson dann beruhigt. Aber andererseits konnte nichts einen Neurotiker überzeugen, wenn er sich einmal dazu entschlossen hatte, an eine Sache zu glauben.

Er nickte den anderen zu.

Draußen auf der Straße hörte man gedämpft die Geräusche des Verkehrs und Stimmen. Irgendwo weit weg quietschten Autoreifen. Im Zimmer selbst war nichts zu hören außer dem Atmen der Anwesenden. Und nichts bewegte sich, bis auf die Staubkörnchen, die im Sonnenlicht tanzten.

Und bis auf das Papierschirmchen, das erst zitterte, sich neigte und dann wie wild zu kreisen begann.

2

Tanner wälzte sich unruhig im Bett hin und her, dann zog er den Fenstervorhang ein Stück zur Seite, so daß er hinaussehen konnte. Es war ein ungemütlicher Abend. Dunkle Wolken jagten über den Mond, und in ein paar Minuten würden sie wahrscheinlich Regen über der Stadt ausschütten wie Wasser aus einem lecken Hahn. Zuerst würde es nur tröpfeln, aber dann würde die Sintflut auf die Straßen hinunterprasseln, die Blätter der Bäume zerfetzen, und der Wind würde ein übriges dazu tun, die Bürgersteige mit Laub und abgestorbenen Ästen zu übersäen.

Die Straßenlampen standen da wie überdimensionale Kerzen, und in der Ferne konnte er das rote Glühen von den zahllosen Lichtreklamen in Chicagos Howard Street sehen. Dort gab es eine kleine Bar, die nicht von Studenten frequentiert wurde und die noch ohne plärrende Musikautomaten auskam. Dorthin ging er normalerweise mit Marge, wenn er in redseliger Stimmung war. Er wünschte sich, jetzt dort zu sitzen.

Der Wind rüttelte am Fenster und pfiff durch den Spalt zwischen Scheibe und Rahmen. Die kalte Luft ließ ihn erzittern. Der Sommer war doch noch nicht gekommen, dachte er. Oder war es gar nicht die kühle Luft? War es vielleicht der Gedanke, daß der Mond und die dunklen Wolken genau in diesem Augenblick auch auf jemand anderen niederstarrten – auf jemanden, der ihm geistig so überlegen war, wie er selbst einem primitiven Buschmann überlegen war?

Noch einmal dachte er darüber nach, was an diesem Morgen vorgefallen war. Das Papierschirmchen war wie ein Derwisch herumgewirbelt, und sie hatten alle dagesessen, erstarrt vor Angst und Erstaunen. Sein Selbstbewußtsein und sein Selbstvertrauen waren von ihm abgefallen und im Magen hatte er ein Gefühl gehabt, als hätte er zum Frühstück Eisklumpen gegessen. Einen kurzen Augenblick lang hatte seine Welt geschwankt und wäre fast zusammengebrochen.

Dann hatte Grossman in seinem harten Deutsch einen Fluch ausgestoßen und mit der offenen Hand gegen das Buch geschlagen, so daß Nadel und Papierschirmchen herunterfielen. Unmittelbar darauf waren alle aufgestanden und hatten sich zu kleinen

Grüppchen zusammengefunden, miteinander murmelnd wie aufgeregte Kinder, aber ohne einen Plan, was als nächstes zu tun war.

Zum Teufel damit!

Er tastete auf dem Nachttisch herum, fand die Pfeife und zündete sie an. Das Glühen und der Geschmack des Tabakrauches vertrieben die Kälte, die auf seiner Brust lastete wie ein Stein. Er legte sich zurück und starrte durch den Spalt des Vorhangs hinaus zu den Wolken und den blinkenden Sternen, aber er sah sie nicht wirklich.

Warum überlebten einige Menschen Kriege und andere nicht? Natürlich spielten Überlebensfaktoren keine Rolle, wenn man getötet wurde. Gegen eine Kugel oder ein explodierende Granate konnte man nichts ausrichten. Aber viele Männer starben an – man könnte sagen, Randfaktoren. Dummheit war einer davon. Psychische Instabilität ein anderer.

Ein überlegener Persönlichkeitstyp würde nicht an Wahnsinn, Neurosen oder auch nur Sorgen leiden. Er wäre ein Typ, der auch einer Gehirnwäsche standhalten konnte. Er wäre körperlich stark und hätte blitzschnelle Reflexe. Er würde nicht so leicht zusammenbrechen.

Es gab Tausende anderer Überlebensfaktoren. Ein gutes Verdauungssystem zum Beispiel. Ein Mensch, der seine Nahrung besser auswertete, konnte, wenn nötig, mit weniger auskommen – ein sehr ausgeprägter Überlebensfaktor, wenn Nahrung knapp wurde. Widerstandskraft gegen Krankheiten war ein anderer Faktor. Und die Fähigkeit, gut mit anderen Leuten auszukommen.

Er stopfte sich das Kissen unter den Rücken und setzte sich halb auf.

Es gab noch andere Überlebensfaktoren, andere Talente, die schwer zu definieren und noch schwerer zu erforschen waren. Das ganze weite Feld jener Fähigkeiten, über die die meisten Wissenschaftler nicht reden wollten – deren Existenz die meisten nicht einmal eingestehen wollten. Es gab Leute, die wußten, was geschehen würde, wenige Sekunden bevor es tatsächlich geschah, oder was jemand sagen wollte, kurz bevor er den Mund aufmachte.

Einmal hatte er es selbst erlebt. Es war bei einer Tombola in der Kirche. Er war aufgestanden und den Mittelgang hinunter auf

Pfarrer Culligan zugegangen, ganze fünf Sekunden bevor dieser, mit einem erstaunten und fast märtyrerhaften Gesichtsausdruck, Tanners Namen aufrief. Es war ein peinliches Erlebnis gewesen, das sich nicht leicht hatte erklären lassen. Die Leute glaubten immer noch, bei der Tombola sei es nicht ehrlich zugegangen.

Und dann gab es noch die Fähigkeit, kleine Gegenstände allein durch die Kraft des Geistes zu bewegen. Das hatte er an diesem Morgen erlebt. *Etwas* hatte den winzigen Papierschirm zum Wirbeln gebracht.

Und noch eine Sache ließ ihm keine Ruhe. Er kannte jeden der Anwesenden im Seminarraum so gut, daß er sie beim Vornamen nannte, und er kannte ihr Privatleben, Dinge, über die keiner gern sprach. Und er konnte sich wirklich nicht vorstellen, daß einer von ihnen es gewesen war ...

Das überlegene menschliche Wesen.

Das neueste Modell.

Der Mensch, dem die Welt gehörte.

Er gähnte und klopfte mit der Pfeife gegen den Fenstersims. Ein leichter Luftzug bauschte die Vorhänge und ließ ihn wieder erschauern. Und dann kam ihm die volle Bedeutung erst richtig zu Bewußtsein. *Mein Gott, was für eine Aufgabe für die Wissenschaft. Der Mann von morgen – heute!*

Er setzte sich kerzengerade auf. Es konnte das wunderbarste Geschenk sein, das der Menschheit je zugefallen war, seit der erste Affe von seinem Baum herabstieg. Ein Mensch mit erweiterten geistigen Fähigkeiten, die man vererben konnte, um die ganze Rasse zu verbessern. Ein Mann, den man erforschen und analysieren konnte, um mit den Ergebnissen Probleme menschlichen Verhaltens zu lösen, ein Mann, der die menschliche Rasse an der Hand nehmen und nach oben führen konnte. Wenn er es wollte.

Aber warum sollte er es nicht wollen?

Olson.

Olson war ganz sicher gewesen, daß der Mann sich nicht zu erkennen geben würde. Olson hatte auf einem Test bestanden. Und Olson hatte Todesängste ausgestanden. Er hatte solche Angst gehabt, daß er es gewagt hatte, sich gegen die ganze Gruppe zu stellen, was wahrscheinlich noch nie zuvor in seinem Leben geschehen war.

Plötzlich bedauerte Tanner, daß er Olson nie richtig kennengelernt hatte, daß er sich nie die Mühe gemacht hatte, sich mit dem Mann anzufreunden. Olson war der Typ, der Freunde und Gesellschaft brauchte, der sich an andere Menschen anklammern mußte. Alles in allem hatte die Fakultät Olson ziemlich kühl behandelt – er selbst inbegriffen.

Er sah auf seine Uhr. Es war noch nicht allzu spät. Elf Uhr an einem Samstagabend war eigentlich noch früh.

Er schwang die Beine aus dem Bett und ging zum Telefon, um Olson anzurufen. Die kalte Luft im Zimmer ließ ihn frösteln.

Das vertraute Summen, dann fragte Susan Van Zandts Stimme: »Hallo?«

»Hallo, Sue. Ist John da?«

»Nein, er ist ausgegangen. Soll er Sie zurückrufen?«

Er zögerte. Olson war also ausgegangen, obwohl er den Eindruck gehabt hatte, daß John genauso müde war wie er selbst und am Abend eigentlich nichts vorhatte. Vielleicht war er in eine Bar gegangen . . .

»Nicht nötig, Sue. Ich rufe ihn morgen noch einmal an.«

Daß Olson nicht zu Hause war, hatte absolut nichts zu bedeuten, sagte er sich. Schließlich war ein Samstagabend, auch wenn das Wetter schlecht war, zu schade, um ihn einfach zu verschlafen.

Er hob den Hörer wieder ab und wählte Marges Nummer.

»Lange gewartet?« fragte Tanner, nachdem er das Lokal betreten hatte.

»Lange genug, um für uns beide zu bestellen und zwei Männer abzuwimmeln, die eindeutige Absichten hatten. Und ich bin sicher, die Kellnerin denkt, daß jeder, der ein Bier und einen Scotch-on-the-Rocks gleichzeitig bestellt, eine Macke haben muß.«

Er setzte sich neben sie. »Du hättest zwei Scotch bestellen sollen. Dann würde die Kellnerin dich nur für eine ganz normale Säuferin halten.«

Sie zog eine Grimasse. »Ich mag dich lieber, wenn du nicht versuchst, kluge Bemerkungen von dir zu geben.«

Er trank die Hälfte seines Biers und sah Marge über den Rand des Glases hinweg an. Sie trug das kastanienbraune Haar kurz geschnitten, was gut zu ihrer leichten Sonnenbräune paßte. Sie machte nicht viel Aufhebens mit Kleidern, aber sie sah immer gut aus: Rock mit Schottenkaro, hellgrüner Pullover und eine dünne Goldkette. Ein Hauch von Parfüm und der Duft guter Seife.

Sie war eine attraktive Professorin, der Typ, in den sich die Studenten auf Anhieb verlieben.

»Hör auf damit! Du siehst mich an, als wäre ich ein aufgespießter Schmetterling.«

»Ein sehr hübscher Schmetterling, Marge.«

Sie rümpfte die Nase. »Du könntest dir ruhig etwas Intelligenteres einfallen lassen, Bill. Und außerdem, das hättest du mir auch am Telefon sagen können.«

Er trank sein Bier aus. »Ich weiß. Es ist auch nicht das, worüber ich eigentlich mit dir sprechen wollte.«

»Als ob ich es nicht gewußt hätte. Und die ganze Zeit redete ich mir ein, du hättest mich hierher bestellt, um mir Komplimente ins Ohr zu flüstern.«

Er wurde ernst. »Ich habe über heute morgen nachgedacht.«

Ihr Lächeln verschwand, und sie war plötzlich wieder die intellektuelle Universitätsdozentin. »Gibt es darüber noch etwas zu sagen? Wir haben doch schon so viel darüber geredet.«

Er zählte die Punkte an den Fingern ab. »Erstens, warum hat unser unbekannter Freund den Fragebogen korrekt ausgefüllt? Das hätte er schließlich nicht tun müssen.«

»Wir haben das heute nachmittag diskutiert und beschlossen, daß wir, als unterlegene Lebewesen, einfach nicht die Möglichkeit haben, seine Motive zu erraten. Katz-und-Maus-Spiel vielleicht. Ich weiß es nicht.«

»Zweitens, ist er eine Art Mutation oder einfach ein Mensch, dessen Fähigkeiten im Gegensatz zu unseren voll entwickelt sind?«

Sie legte den Kopf zur Seite. »Kapiere ich nicht.«

»Ich meine, ein normaler Mensch ist vielleicht zu viel mehr fähig, als wir bisher annehmen. Nehmen wir nur einmal Kuda Bux –«

»Kuda wer?«

»B-u-x. Ein Hindu. Er wurde vor etwa fünfundfünfzig Jahren

in Kaschmir geboren. Er hat Demonstrationen seiner überragenden Fähigkeiten geliefert und tut es wohl heute noch. Einmal habe ich in einer medizinischen Fachzeitschrift einen Bericht gelesen, wie er über Feuer ging. Die Temperatur betrug über vierhundert Grad Celsius, und Bux' nackte Füße waren der Hitze genau viereinhalb Sekunden ausgesetzt. Er ging über das Feuer ohne die geringste Verletzung, aber als ein Medizinstudent versuchte, es ihm nachzumachen, verbrannte er sich seine Füße, so daß sie bluteten.«

Marge wollte ihn unterbrechen, aber Tanner legte ihr den Finger auf den Mund. »Das ist noch nicht alles. Bux konnte mit verbundenen Augen auf einem Motorrad durch die Stadt fahren. Er konnte auch mit verbundenen Augen Bücher lesen. Er konnte Bücher lesen, indem er die offene Hand davorhielt. Offensichtlich hatte er die Zellen seiner Haut so konditioniert, daß sie als Sichtrezeptoren arbeiteten. Vielleicht ist es wirklich nicht unmöglich. Augen und Haut entwickeln sich beide aus der gleichen embryonischen Ektodermis.«

»Wurden diese Versuche auf ihre Authentizität überprüft?«

»Ja.«

Sie schauderte. »Ich weiß nicht, ob mir dieser Gedanke lieber ist als deine Mutationsidee.«

Tanner sah auf die Tischplatte und malte den feuchten Kreis nach, den das Bierglas hinterlassen hatte. »Drittens – und das ist das Wichtigste –, wie ist die Einstellung unseres Freundes zur menschlichen Rasse? Das könnte wichtiger sein als die Frage, was wir von ihm halten und wie wir zu ihm stehen.«

»Ich weiß nicht. Vielleicht ist er wie der allumsorgende Vater. Vielleicht empfindet er nichts als Liebe und Sorge und Zuneigung für uns. So etwa in der Art, wie wir sie für Haustiere empfinden.«

»Was bedeuten würde, daß diejenigen von uns, die ihn so bedingungslos bewundern, wie unsere Haustiere uns bewundern und respektieren, keine Probleme haben würden?«

»Genau. Und ich bin bereit, in meinem Wohnzimmer einen kleinen Altar aufzustellen, sobald ich weiß, was ich anbeten soll und welche Räucherstäbchen ihm am liebsten sind.« Sie trank ihr Glas aus. Es war das erste Mal, daß Tanner sah, wie sie einen Drink kippte. »Vielleicht tun wir ihm unrecht. Wir wissen noch nicht einmal, was er will.« Sie spielte mit ihrem Glas. »Was hältst du davon?«

»Ich bin mir nicht sicher. Heute abend habe ich dann auf einmal gedacht, was für ein einzigartiges Studienobjekt der Mann doch wäre.«

Marges Stimme wurde sarkastisch. »Ich weiß auch schon, wie du deine Forschungen finanzieren könntest. Vielleicht könntest du unseren Freund an die Werbeindustrie vermieten. Weißt du: ›Der bessere Mensch ißt Haferflocken‹ oder: ›Der Mann von morgen fährt Cadillac‹. Kannst du dir wirklich vorstellen, daß er stillhalten und sich von dir testen und studieren lassen würde?«

Tanner zeichnete wieder mit dem Finger Kreise auf den Tisch. »Du siehst in ihm eine Bedrohung, nicht wahr?«

»Du etwa nicht?«

»Nicht unbedingt. Warum sollte er eine Bedrohung sein? Was könnte er wollen?«

»Das Übliche. Macht, Geld, Liebe.«

Er schüttelte den Kopf. »Das sind menschliche Wünsche. Sie müssen nicht ungedingt auf ihn zutreffen.«

»Aber sie könnten es. Du hältst ihn für in jeder Hinsicht überlegen. Ich glaube, das ist falsch. Ich glaube, daß auch er seine Grenzen hat.«

»Wieso?«

Sie zuckte mit den Schultern. »Vielleicht überbewerte ich ihn. Aber warum hat er seine Fähigkeiten offenbart? John hat ihn herausgefordert, und er ist darauf eingegangen. Das ist doch eine sehr menschliche Reaktion – eine Herausforderung anzunehmen.«

Er dachte einen Augenblick lang darüber nach. »Du glaubst also, daß er nur ein Schmalspur-Supermann ist? Eingleisig? Daß er ein paar überlegene Talente hat, aber ansonsten –«

»– sehr menschliche Charaktereigenschaften und Fehler. Und ich glaube zudem, daß diese Kombination so gefährlich ist wie ein Dreihundert-Ps-Motor in einer Seifenkiste.«

»Und was, glaubst du, sind seine Talente?«

»Ich habe wirklich keine Ahnung. Und ich hoffe, daß ich es nie erfahren werde.«

Sie schwiegen eine Weile, und zum erstenmal bemerkte er das

Summen menschlicher Stimmen in der Bar. Schließlich sagte er: »Ich denke, im Zweifelsfall stehe ich auf seiner Seite, Marge. Es ist eine menschliche Reaktion, Angst vor etwas zu haben, das wir nicht verstehen, und ich glaube, daß wir uns in der Hälfte aller Fälle damit ins eigene Fleisch schneiden. Eines weiß ich mit absoluter Sicherheit: Ich möchte erfahren, wer er ist.«

Sie senkte die Stimme. »Bill, was ist mit der Regierung? Meinst du nicht, daß wir sie benachrichtigen müßten?«

»Vielleicht glauben sie nur, daß wir alle spinnen.«

»Das ist kein Grund.«

»Ich weiß. Deshalb habe ich auch versucht, vom Labor aus in Washington aus anzurufen.«

»Und?«

»Das Telefon funktionierte nicht.«

Sie sah ihn erschreckt an, und er antwortete trocken: »Laß bloß nicht die Phantasie mit dir durchgehen, Marge. Ein herabstürzender Ast hat die Leitung zerrissen.«

»Bist du sicher?« Sie warf einen Blick auf die anderen Paare. »Mein Gott, ich werde nie den Ausdruck auf Professor Scotts Gesicht vergessen.«

»Was meinst du, wer es ist?« fragte Tanner abrupt.

»Ich möchte es lieber nicht wissen.«

»Nordlund?«

»Ich bezweifle es. Er kommt mit anderen Leuten nicht sonderlich gut aus, was ich eigentlich für eine Notwendigkeit halte.«

»Es könnte Tarnung sein.«

»Vielleicht.«

Er beugte sich über den Tisch. »Was ist mit Van Zandt?«

»Schon eher.« Sie runzelte die Stirn. »Er ist ein brillanter Kopf, außerdem kalt, und er gibt ganz offen zu, daß er von der menschlichen Rasse keine allzu hohe Meinung hat.«

»Was weißt du über ihn?«

»Nicht viel. Unglückliche Ehe, was wahrscheinlich nicht ungewöhnlich ist. Er und Susan haben sich im Krieg kennengelernt. Er war Captain in der Abteilung für psychologische Kriegsführung, sie Sängerin in einem Nachtklub in Chicago. Er wollte Glanz und Gloria heiraten, sie suchte Sicherheit. Sie wurden beide enttäuscht.«

»Grossman?«

»Typischer Physiker. Er glaubt nur an das, was er messen und errechnen kann; etwas anderes existiert für ihn nicht. Zumindest war das bis heute morgen so, und als wir weggingen, murmelte er irgend etwas über Strahlung. Morgen wird er wahrscheinlich abstreiten, überhaupt etwas gesehen zu haben. Er ist angeblich ein Genie.«

Die Kellnerin brachte ihnen weitere Drinks, und Tanner beschäftigte sich eine Weile mit seinem Bier. *Grossman ist eine Möglichkeit,* dachte er. *Es besteht kein Zweifel daran, daß er hoch intelligent ist. Aber wie intelligent?*

»Was ist mit Eddy DeFalco, Bill? Du kennst ihn besser als ich.«

»Sein Ruf ist nicht übertrieben, falls du das meinst.«

»Ich weiß alles über Rosemary O'Connor – aber das meine ich nicht.«

Er zuckte mit den Schultern. »Tut mir leid, aber Eddy ist eine komische Mischung. Animalisch, idealistisch und intelligent. Kein Gewissen. Er weiß, was er will, und er tut alles, um es zu bekommen. Zur Hölle mit der Gesellschaft.«

»Die Voraussetzungen hätte er jedenfalls.«

»Vielleicht.«

»Wahrscheinlich können wir Professor Scott auslassen.«

»Wieso? Es gibt nichts, was uns sagt, daß unser Supermann jung sein muß, oder?«

Sie sah ihn zweifelnd an. »Nein, wahrscheinlich nicht. Aber es wäre einfach nicht logisch.«

»Seit heute morgen neun Uhr ist nichts mehr logisch. Was ist mit John Olson?«

»Diese Persönlichkeits-Null?«

Gereizt sagte er: »Mag sein, daß vor langer Zeit jemand auf seinem Selbstbewußtsein herumgetrampelt ist. Das passiert sehr vielen Leuten.«

»Es könnte Tarnung sein.«

Falls es Tarnung war, dachte er, waren sie alle darauf hereingefallen. Olson war ein nervöser, blasser junger Mann, der Fingernägel kaute und fast übervorsichtig war. Er war der Typ, der sich am liebsten noch nicht einmal bei der Uhrzeit festlegen würde. Es war leicht, ihn zu mögen; man empfand Mitleid mit ihm. Aber

24

hinter den ängstlich blickenden Augen lag etwas sehr Unangenehmes versteckt. So unangenehm, daß man das Gefühl hatte: Egal, auf was man auch tippen würde, es mußte einfach noch schlimmer sein.

»Ich neige eigentlich dazu, John als ersten auszuklammern«, sagte Marge nachdenklich. »Was wahrscheinlich der logischste Grund dafür ist, ihn erst recht in Betracht zu ziehen.«

»Damit bleiben nur du und Petey übrig.«

»*Ich?*«

Er lächelte. »Warum nicht? Supermann muß nicht unbedingt ein Mann sein.«

»Und es würde mir natürlich auch nichts nützen, alles abzustreiten, oder?«

»Nein, weil es genau das wäre, was man unter den gegebenen Umständen von dir erwarten würde.«

»Na schön«, sagte sie kühl. »Dann streite ich es eben nicht ab.«

Einen Augenblick hatte er das Gefühl, als rutsche ein Eiswürfel an seinem Rückgrat entlang. »Woher weiß ich, daß du es nicht ernst meinst?«

»Das weißt du eben nicht«, sagte sie boshaft.

Er trank sein Bier aus. »Laß uns über etwas anderes reden.«

Eine Stunde später schaltete der Barkeeper zweimal schnell das Licht an und aus, und Tanner sah auf seine Uhr. Sperrstunde – und früher Sonntagmorgen. Er half Marge in ihre Jacke, und sie traten in die Nacht hinaus. Draußen hatte sich ein leichter Nebel gebildet, der vom See herüberwehte. Die dunklen Wolken hingen so niedrig, daß Tanner sich fast körperlich beengt fühlte.

Sie gingen die Straße entlang. Seine Hand berührte zufällig ihre. Ihre Finger verschlangen sich ineinander.

»Bist du manchmal einsam, Marge?« fragte er.

»Manchmal.«

»Das brauchst du nicht zu sein.«

Er konnte fühlen, wie sie in der Dunkelheit lächelte. »Ist das ein Antrag oder eine Anspielung.«

»Erwartest du eine ehrliche Antwort?«

»Natürlich.«

Er schwieg eine Weile. »Also gut, ich will ehrlich sein – es ist beides.«

»Ich mag dich, Bill.«

»Aber bis hierher und nicht weiter, wie?«

Sie wirkte distanziert. »Es ist eine kalte Nacht.«

Er brachte sie zu ihrer Wohnung, küßte sie sanft auf die Wange und ging die Stufen hinunter, während sie noch nach ihren Schlüsseln suchte. Er war am Fuß der Treppe angelangt, als sie sagte: »Bill? John Olson hat mich gestern abend angerufen und gesagt, du sollst ihn unbedingt heute besuchen. Er sagte, er hätte den ganzen Vormittag über versucht, dich zu erreichen. Er wollte dir etwas sagen.«

Er wünschte, sie hätte ihm das früher gesagt. »Ich rufe ihn gleich am Morgen an.«

Sie steckte den Schlüssel ins Schloß und blieb in der offenen Tür stehen. »Bill?«

Er drehte sich um. »Was?«

Sie lächelte zu ihm hinab. »Gute Nacht.«

Er starrte auf die sich schließende Tür, dann drehte er sich um und ging auf die Straße hinaus. Es war nur etwa fünfzehnhundert Meter bis zu seiner Wohnung, und es lohnte sich nicht, auf einen Bus zu warten, der vielleicht nie kommen würde.

Straßenlampen in einsamen Straßenschluchten. Im Nebel hatten sie einen Hof. Die Geschäftsfronten dunkel und verlassen, die Straßen leer. Das Leben hatte sich in die Häuser und Wohnungen zurückgezogen, in Schlafzimmer mit rosengemusterten Tapeten. Es war ihm unheimlich zumute. Als sei die Stadt völlig leer, ein Niemandsland, in dem nur er allein lebte.

Das Klappern seiner Absätze hallte laut von den Wänden wider – ein einsames Klick-Klick-Klick, wie das Ticken einer überdimensionalen Uhr.

Erst drei Querstraßen weiter fiel ihm der leise Nachhall auf, die kaum merkliche Differenz zwischen dem Geräusch seiner eigenen Schuhe und denen eines anderen Menschen. Er war also doch nicht der einzige Fußgänger, der um diese Zeit noch unterwegs war, dachte er. Irgendwie zerstörte es die Illusion.

Er bog um eine Ecke. Die Schritte, die wie ein Echo seiner eigenen klangen, bogen hinter ihm ebenfalls um die Ecke.

Er veränderte die Gangart.

Ein Stück hinter ihm wechselte jemand ebenfalls die Gangart.

Schweiß brach auf seiner Stirn aus, und das Hämmern seines Herzens dröhnte ihm laut in den Ohren. Unter einer Markise blieb er stehen, um sich eine Zigarette anzuzünden, und die Flamme zitterte merklich. Seine Handflächen fühlten sich feucht an.

Falls jemand ihm folgte, wollte er hier auf ihn warten. Er hatte keine Angst vor einem Raubüberfall. Falls es nur ein Passant war, der den gleichen Weg hatte wie er, würde er warten, bis der andere vorbeigegangen war.

Dreißig Sekunden.

Eine Minute.

Fünf Minunten.

Nur das Geräusch des Windes in den Bäumen war zu hören. Er zwang sich zu einem Lächeln. Also hatte er sich alles nur eingebildet. Er benahm sich wie ein Kind, das am Friedhof vorbeigehen muß.

Er ging weiter.

Und da war wieder das Geräusch von Schritten hinter ihm. Etwas schneller jetzt. Er beschleunigte seine eigenen Schritte.

Es traf ihn, als er gerade unter einer Straßenlampe vorbeiging, und er mußte sich am Laternenmast festhalten. Es fühlte sich an, als habe ihm jemand auf den Kopf geschlagen, und einen Augenblick lang glaubte er, ohnmächtig zu werden. Etwas zog und bohrte in seinem Gehirn, drängte die wesentlichen Teile seiner Persönlichkeit in dunkle Verstecke zurück. Plötzlich empfand er die hilflose Unterlegenheit eines sehr kleinen Mannes in einem sehr großen Raum, kam sich vor, als sei er betrunken, und nur ein winziger Rest von Nüchternheit sei zurückgeblieben und frage sich nun, weshalb er sagte und tat, was er sagte und tat.

Es ging schnell vorbei. Er richtete sich auf. Er hatte keine Angst mehr vor der Nacht und den Schritten.

Schritte. Komisch, daß er an Schritte gedacht hatte. Es gab nur seine eigenen Schritte. Er war mitten in einer dunklen Stadt allein auf der Straße.

Allein.

Seine Gedanken kreisten um das Wort, und es fiel ihm auf, wie passend es doch war. Er war sein ganzes Leben lang allein gewesen. Allein in diesem verdammten Tränental, das man auch das Leben nannte. Allein in den Rattenhöhlen der Städte.

Die unfreundliche Stadt. Die Häuser, die Mietwohnungen, die Geschäfte – alle sahen ihn dunkel und drohend und unfreundlich an. Wie die Welt. Die ganze Welt.

Er bog um eine weitere Ecke und ging langsam auf den Park zu. Er lag vor ihm, ein dunkler Streifen Grün, durchzogen von Pfaden. Die Kette der Straßenlaternen wand sich zwischen den Hügeln hindurch, wie eine Schnur mit Perlen. Und rechts vor ihm lag – der See.

Er schwitzte. Seine Hände zitterten, und salzige Schweißtropfen liefen über seine Stirn und in seine Augenwinkel. Er hatte Kopfschmerzen, schreckliche Kopfschmerzen, und irgendwo in ihm weinte eine leise, verlorene Stimme: *nicht zum See, nicht zum See, nicht zu See!*

Den Leuten war es egal, dachte er. Die Leute kümmerten sich überhaupt nicht umeinander. Um ihn. Marge lächelte zwar und war freundlich zu ihm, aber sie meinte es nicht wirklich ernst. Und so war es auch mit allen anderen Menschen, die er kannte. Nicht einen einzigen Freund hatte er, nicht einen Menschen gab es, dem wirklich etwas an ihm lag.

Aber es gab den See. Den wunderschönen See. Den kühlen, schwarzen, glitzernden See mit den langen Piers, die wie Finger in das Wasser hineindeuteten, bis in Tiefen, wo das Wasser einem weit über den Kopf reichte. Nur ein paar Schritte über den leicht abfallenden Strand, und dann auf den Beton des Piers.

Nicht zum See!

William Tanner würde sterben, dachte er, und er fühlte etwas wie Salz über seine Wangen kriechen. Der kleine Willie Tanner, dessen Mutter gestorben war, als er erst acht Jahre alt war, trotz aller Bemühungen der Ärzte. Und dessen Vater bei einem Flugzeugabsturz ums Leben kam, bei einem dieser schicksalhaften Unglücksfälle, bei denen man das Unheil vorherahnt.

»Lieber würde ich daheim bleiben, Willie. Ich habe ein komisches Gefühl.«

Und jetzt warteten Mama und Papa und Großmutter Santucci auf ihn, und er würde es den Leuten zeigen, denen er gleichgültig war –

Nur noch ein paar Schritte über den Pier. Das schwarze Wasser schwappte in kleinen Wellen gegen die Betonpfeiler, und als der Wind auffrischte, wurden auch die Wellen größer. Schwarzgrüne, freundliche Wellen. Sie warteten auf ihn.

Auf dem Pier drehte er sich noch einmal um, die Wangen tränennaß. Ein Mann stand am Stand, ein hochgewachsener Mann mit einem Schlapphut, der tief in die Stirn gezogen war. Er trug einen Trenchcoat. Der Mann wartete darauf, daß er den letzten Schritt tat, und Willie wollte ihn doch nicht enttäuschen, nicht wahr?

Nein, dachte Tanner. Er wollte seinen Freund nicht enttäuschen. Der Freund, der die Polizei anrufen würde, damit sie seine Leiche aus dem Wasser fischen konnten.

Er wandte sich wieder dem See zu. So ruhig, so still, so friedlich.

»He, Sie, tun Sie es nicht. Um Himmels willen, springen Sie nicht!«

Einen Augenblick lang empfand er Verwirrung und stilles Bedauern, dann schwand etwas aus seinem Geist, versank wie Wasser, das in einen Abfluß fließt. Er fühlte sich schwach und brach in die Knie; fast wäre er seitlich vom Pier abgerutscht. Zwei Männer rannten auf ihn zu, junge Burschen, die ihre Autos auf den Klippen geparkt hatten. Ihre Freundinnen standen am Ufer. Der Wind drückte ihnen die Kleider fest um den Leib.

Der Mann im Trenchcoat war weg.

»Was, zum Teufel, ist denn los, Freund? Sie wollten doch nicht etwa wirklich springen?«

Seine Zähne klapperten, und sie mußte ihm beim Aufstehen helfen.

»Sagen Sie uns, wo Sie wohnen. Wir fahren Sie heim. Das Leben kann doch nicht so schlimm sein. Wenn Sie erst einmal darüber geschlafen haben –«

»Nicht nach Hause«, murmelte er. »In eine Kneipe, in eine Kneipe mit vielen Leuten. Ich will nicht allein sein.«

Sie halfen ihm ans Ufer zurück. Er war so verdammt schwach, dachte er. So verdammt hilflos. Und er hatte solche Angst.

Etwas hatte mit ihm gespielt, wie eine riesige, überlegene Katze mit einer Maus spielen würde. Etwas hatte ihn gelenkt wie ein

Kind. Jemand hatte an den Schnüren gezogen, und er hatte reagiert wie eine Marionette, hatte getan, was man von ihm verlangte, hatte gedacht, was er denken sollte.

Er war ein starker Mann, körperlich und psychisch, und doch war man mit ihm umgegangen wie mit einer Puppe. Einen Augenblick länger, und er hätte Selbstmord begangen. Ein Sprung in den See, und die Sache wäre vorbei gewesen.

Exitus Professor Tanner. Der neugierige Professor Tanner, Leiter eines Forschungsprojekts der Kriegsmarine, der etwas entdeckt hatte, das er nicht hätte entdecken sollen. Exitus Professor Tanner, der die Möglichkeiten hatte, mehr zu erfahren, als gut für ihn war.

Der Regen wurde stärker, die Tropfen prasselten auf den Pier, schlugen kleine Krater in den See.

Die jungen Leute hatten seinen Freund vertrieben, dachte er. Vielleicht wäre er auch mit ihnen fertig geworden, aber sie waren unerwartet aufgetaucht, und offensichtlich dauerte es eine gewisse Zeit, bis es ihm gelang, die Herrschaft über einen Menschen zu gewinnen. Das war seine Rettung gewesen. Und zumindest war jetzt die Frage beantwortet, die Marge vor gar nicht so langer Zeit aufgeworfen hatte. Dieser Freund war eine Bedrohung, und offensichtlich waren seine Fähigkeiten beschränkt. Er besaß nur eine. Eine einzige, aber furchtbare Gabe.

Er konnte Leute dazu bringen, seinem Willen zu gehorchen.

Tanner zitterte. Ihm war furchtbar elend. Die Nacht roch noch nach Tod, und irgendwo in der Stadt trieb sich ein Ungeheuer herum.

3

Die jungen Leute fuhren ihn zu einer Bar, die durchgehend geöffnet hatte, tranken eine Tasse Kaffee mit ihm und verabschiedeten sich. Als sie weg waren, nahm er die Sonntagszeitung, die jemand liegengelassen hatte, und las sie von vorn bis hinten durch, inklusive der Kleinanzeigen. Dann bestellte er mehr Kaffee und bekämpfte entschlossen seine Nervosität. Jedesmal, wenn die Tür aufging, sah er mißtrauisch hin. Als es schließlich hell wurde, verließ er die Bar, ging in eine katholische Kirche und hörte die Messe, ohne jedoch zu verstehen, was der Priester auf der Kanzel sagte. Er genoß die beruhigende Gegenwart der Menschen in den Bänken. Später ging er ins Kino und sah sich den Film mehrmals an.

Menschen gaben ihm ein Gefühl der Sicherheit. Er hatte Angst davor, ohne sie zu sein. Und er fürchtete den Abend, wenn die Straßen wieder leer sein würden und er allein nach Hause gehen mußte. Er könnte natürlich wieder ins Kino gehen, dachte er, aber gegen Mitternacht würden auch diese schließen, und er wäre wieder allein. Schließlich ging er in eine Apotheke und kaufte ein Röhrchen Schlaftabletten. Vielleicht lag die Gefahr gar nicht darin, einzuschlafen, sondern vielmehr im Wachbleiben.

Er lief bis um sechs Uhr durch die belebten Straßen und ging dann, ohne bewußt den Entschluß gefaßt zu haben, zu einem kleinen italienischen Restaurant.

Er hatte Olson immer noch nicht angerufen. Den Mut dazu hatte er noch nicht aufgebracht.

Er war eigentlich kein ängstlicher Mann, aber jetzt hatte er so große Angst, daß ihm fast körperlich schlecht war. Nicht mehr sein eigener Herr zu sein, das Gefühl zu haben, von jemandem benützt zu werden, die Tatsache, daß ein fremder Geist in ihn hineingeschlüpft war wie in einen Handschuh –

Eddy DeFalco saß allein in einer Nische, und Tanner versuchte, sich an ihm vorbeizuschleichen. Es war nicht auszuschließen, daß DeFalco derjenige war, der ihn letzte Nacht gehetzt und getrieben hatte.

Aber DeFalco hatte ihn schon gesehen. »He, Bill. Seien Sie nicht so ungesellig. Kommen Sie her.«

Das Restaurant war gut besucht, und Tanner hatte das Gefühl, daß die Sicherheit in der Masse lag. Er ging mit steifen Beinen hinüber und setzte sich.

DeFalco bestrich ein Stück Weißbrot mit Butter. »Ändern Sie Ihre Eßgewohnheiten? Sonst kommen Sie doch Sonntag abends nie hierher.«

Ich bin kein guter Schauspieler, dachte Tanner. *Ob ihm mein Mißtrauen aufgefallen ist? Ich muß ruhiger sein.*

»Ich will nichts essen. Nur Kaffee.«

DeFalcos Augen verengten sich. »Sie sehen so weiß aus wie ein Leintuch, Bill. Fehlt Ihnen etwas?«

Genauso ist es, Eddy. Und vielleicht weißt du auch, weshalb –
»Ich glaube, ich bin nur ein bißchen nervös.«

DeFalco sah ihn verständnisvoll an. »Alle sind beunruhigt. Niemand weiß, ob es ein Zufall war oder was es sonst zu bedeuten hat.«

Er hatte das merkwürdige Gefühl völliger Orientierungslosigkeit, als sprächen er und DeFalco über zwei ganz verschiedene Dinge. »Ich wünsche mir bei Gott, daß ich gestern nicht dabei gewesen wäre«, sagte er vorsichtig.

»Ich bin auch nicht gerade glücklich darüber, daß ich da war.«

Er konnte nicht anders, er mußte darüber reden, selbst zu DeFalco, der vielleicht alle Antworten kannte. Es war, als nähme man sich vor, ein bestimmtes Wort nicht auszusprechen, und dann wuchs der Druck so stark an, daß man es schließlich doch äußern mußte. Und außerdem, vielleicht sagte Eddy etwas, das ihm als Hinweis dienen konnte. Vielleicht verriet er sich durch irgendeine kleine Bemerkung.

»Ed, was haben Sie für ein Gefühl?«

»Wie meinen Sie das?«

»Mögen Sie ihn nicht? Hassen Sie ihn?«

»Sie wissen verdammt genau, daß ich für ihn das empfinden werde, was er will.« DeFalco wickelte sorgfältig Spaghetti um seine Gabel. »Wenn es nach mir ginge, würde ich ihn vermutlich nicht mögen. Wahrscheinlich würde ich ihn bis auf die Knochen hassen.«

»Aus welchem Grund?«

»Wie gut kennen Sie mich?«

Edward Marconi DeFalco, dachte Tanner. Dichtes schwarzes Haar, ausgeprägte Wangenknochen und volle, sinnliche Lippen. Tiefe Sonnenbräune und muskulöser Körperbau. Ein südländischer Typ in hellgrauen Hosen und einem dunkelgrauen Sportmantel. Viele Männer verabscheuten ihn auf den ersten Blick, genau wie auch all die Frauen, die ihn für zu gut aussehend hielten, um männlich zu sein, und die dann doch den Fehler machten, ihm die Chance zu geben, ihnen das Gegenteil zu beweisen.

»Wer kann schon von sich sagen, daß er seine Mitmenschen

richtig kennt?«

»Dann werde ich Ihnen etwas erzählen. Alles, was ich bin, mußte ich mir erarbeiten.«

»Alle –«

DeFalco hob die Hand. »So meine ich das nicht. Was ich bin – das bedeutet Persönlichkeit, und ich weiß, wie schwer es ist, das Wort zu definieren. Die Manierismen eines Menschen, die Art, wie er sich verhält, die kleinen Gesichtsausdrücke, all die Dinge, die zusammen das Du ergeben, an das sich die Leute erinnern. Wie bei zwei Kindern, die Popcorn verkaufen. Das eine macht ein gutes Geschäft, das andere schafft es kaum, ein halbes Dutzend Tüten loszuschlagen. Worin liegt der Unterschied? In der Persönlichkeit.«

Er schob seinen Teller zur Seite und betupfte sich den Mund mit der Serviette. »Ich habe meine Persönlichkeit geschaffen, gemacht, produziert. Ich achtete genau darauf, was Leuten an anderen Leuten am meisten gefällt, und dann versuchte ich, die Charakteristika selbst zu entwickeln. Mann, ich habe sogar vor dem Spiegel gestanden und mein gewinnendes Wesen einstudiert. Und wenn ich deswegen ein Heuchler bin, ohne eine Spur Ehrlichkeit in mir, dann gebe ich es gern zu. Aber ich habe nur bewußt das getan, was jedes andere Kind unbewußt tut.

Und dann traf ich einen Mann, der eine Persönlichkeit war. Er war der lebendigste Mensch, den ich je gesehen hatte. Er hatte mehr Leben im kleinen Finger als ich im ganzen Körper.« Er zögerte. »Verstehen Sie mich nicht falsch. Ich war schon hinter den kleinen Mädchen her, als ich neun wurde. Aber wie gesagt, steckte ich ständig mit diesem Freund zusammen, und wissen Sie, was eines Tages geschah? Ich war nicht mehr Eddy DeFalco. Ich war dieser andere Mensch, bis auf die kleinste Bewegung und Geste. Ich sprach wie er, ich bewegte mich wie er. Seine Persönlichkeit hatte mich völlig überrannt, und ich war nichts als eine Kopie.«

Er rührte Zucker in seinen Kaffee. Seine Stimme war leise. »Sobald mir das klar wurde, haßte ich ihn. Aber das Gleiche erlebt man eigentlich jeden Tag. Filmstars, Sportler. Die Leute verehren sie, die Leute ahmen sie nach. Die Leute wollen ein Abklatsch einer anderen Persönlichkeit sein. Und jetzt stellen Sie sich einmal vor, wie die Welt aussehen würde, wenn Ihr Supermann darauf herumlaufen würde.«

Tanner saß da und spürte, wie die Angst sich in ihm wieder anstaute. So ähnlich hatte er sich auch auf dem Pier gefühlt. Überrannt, überwältigt, ein Abklatsch einer anderen Persönlichkeit. DeFalco hatte es sehr treffend beschrieben.

DeFalco trank seinen Kaffee und zog eine Grimasse. »Dann gäbe es nur noch ein einziges Modell des Menschen. Ich halte manchmal weiß Gott nicht viel von der menschlichen Rasse, aber ich wäre bereit, jemanden umzubringen, nur um so etwas zu verhindern.«

Tanner sah ihn prüfend an. »Würden Sie ihn tatsächlich umbringen, wenn ich Ihnen sagen würde, wer er ist?«

DeFalco starrte ihn an, und Tanner spürte, wie seine Zähne anfangen wollten zu klappern. Er packte den Tisch, damit seine Hände nicht zitterten. Die intensiven, dunklen Augen, das düstere, brütende Gesicht.

Und dahinter?

»Kennen Sie ihn denn?«

»Ich glaube, daß Olson ihn kennt. Ich glaube, deshalb hatte Olson gestern solche Angst.«

DeFalcos Gesicht verriet nichts. »Also brauchen wir nur John zu fragen. Das wollten Sie damit doch sagen.«

»Genau. Das ist alles, was wir zu tun brauchen.«

»Sie haben heute noch keinen von den anderen getroffen, nicht wahr? Weder Marge, noch Petey, noch Karl?«

»Nein, ich war nicht zu Hause.«

»Nun, Sie werden John Olson nicht mehr fragen können. Weder heute, noch morgen, noch sonstwann.«

Tanner ahnte schon, was kommen würde. »Weshalb nicht?«

DeFalcos Stimme war ausdruckslos.

»Weil John um drei Uhr nachts gestorben ist.«

4

Am frühen Sonntagabend, als noch viele Leute auf den Straßen waren, ging er zum Christlichen Verein Junger Männer.

Der Nachtportier war pflichtbewußt, aber unfreundlich. »Ich weiß nicht, Sir. Normalerweise nehmen wir keine Gäste ohne Gepäck auf.«

»Es ist nur für die eine Nacht. Ich – ich weiß nicht, wo ich sonst bleiben soll.«

Die Augenbrauen des Portiers hoben sich leicht, und Tanner erriet, was der Mann dachte. Er konnte natürlich versuchen, ihn zu bestechen, aber das würde teuer werden, und der Portier machte auch den Eindruck, als würde er in diesem Fall gleich nach der Polizei schreien.

»Meine Frau«, sagte er und versuchte, so dümmlich wie möglich auszusehen. »Wir hatten Streit, und Sie wissen ja, wie es ist. Sie hat mich ausgesperrt, und ich will nicht die Polizei rufen und der ganzen Nachbarschaft ein Schauspiel bieten. Morgen früh ist wahrscheinlich alles vorbei, aber im Augenblick –«

Der Portier sah ihn noch eine Weile an und gab dann nach. Er schob Tanner den Meldezettel hin und griff nach einem Schlüssel.

»Sechster Stock. Das Badezimmer liegt am Ende des Gangs, das Telefon hängt neben der Treppe.«

Er fuhr mit dem Aufzug hinauf und schritt durch den leeren Gang zu seinem Zimmer. Er betrat es, schloß die Tür von innen ab und schob einen Stuhl unter die Klinke. Dann knipste er das Licht aus und stellte sich neben das Fenster, starrte auf die Straße hinab. Zwei Pärchen spazierten vorbei, im Delikatessengeschäft an der Ecke waren noch Kunden. Aber niemand stand im Schatten auf der anderen Straßenseite und beobachtete ihn. Niemand saß in einem Auto und sah zu seinem Fenster hinauf.

Er öffnete das Röhrchen mit den Schlaftabletten und schüttelte eine auf seine Handfläche. Er überlegte, ob er sie nehmen sollte oder nicht. Er war todmüde, aber es ging ihm so viel im Kopf herum, daß er ohne Tabletten bestimmt nicht schlafen konnte. Dann fiel ihm ein, daß er im Schlaf vielleicht eine leichte Beute für den suchenden Geist sein würde, der ihn fast in den See getrieben hatte.

Aber niemand wußte, daß er hier war.

Es ist ein Risiko, überlegte er. Man konnte zu seiner Wohnung gehen, und sobald feststand, daß er dort nicht war, würde es bestimmt nicht schwer sein, ihn hier aufzuspüren. Andererseits aber hatte er bereits eine Nacht ohne Schlaf hinter sich, und er stand jetzt schon am Rand nervöser Erschöpfung. Er würde den nächsten Tag ohne Schlaf nicht durchhalten.

Er nahm die Tablette.

Als er am nächsten Morgen aufwachte, hatte er entsetzliche Kopfschmerzen, und er erinnerte sich vage an einen Alptraum, in dem der See vorkam.

Aber das wichtigste war, daß er noch lebte.

Er war nervös und hatte Angst davor, zur Universität zurückzugehen. Aber er mußte Seminare halten und sich seinen Lebensunterhalt verdienen, und außerdem sah bei Tage alles nicht ganz so schlimm aus. Außerdem wäre es feige, jetzt schon zu kneifen.

Es waren die gleichen alten, grauen Gebäude, und der gleiche, müde Efeu, der sich über das Gemäuer rankte, und doch wirkte der Campus irgendwie anders. Es war nicht schwer, den Unterschied festzustellen. Die Studenten waren anders als sonst. Kleine Gruppen sich unterhaltender Studenten schwiegen plötzlich und sahen ihn neugierig an, als er vorbeiging. Wenn er ein paar Schritte weiter war, fing das Tuscheln an, und er wußte, daß sie alle Gelegenheiten durchhechelten, an denen er mit oder über John Olson gesprochen hatte.

Ob es ihm nun gefiel oder nicht, John Olson würde immer an ihm hängenbleiben. Olson war in seinem Team gewesen, und Olson war mit ihm fast gleichaltig, also würde man natürlich annehmen, daß er Olson gut gekannt hatte. Dabei hatte er Olson praktisch überhaupt nicht gekannt.

Petey saß an ihrem Schreibtisch in dem kleinen Büro im dritten Stock und starrte wie versteinert aus dem Fenster. Die Hände hatte sie auf dem Schoß gefaltet, und ihr Gesicht wirkte wie aus Granit gemeißelt. Das Haar hatte sie noch straffer zurückgekämmt als üblich, und sie trug ein schwarzes Kleid mit einem hohen gestärkten Kragen und langen Ärmeln. Das einzige Farbige an ihr waren die beiden Kämme in ihrem Haar, und diese bunten Tupfer ließen den Rest nur noch düsterer wirken.

Petey in Trauer. Tanner dachte, daß sie zehn Jahre älter aussah als sonst.

»Sie hätten nicht kommen müssen, Petey.«

»Was hätte ich denn sonst tun sollen?« Ihre Stimme klang mechanisch und präzise, tonlos. »Zu Hause oder bei den Van Zandts kann ich nichts tun. Das hat die Polizei gesagt. Also bin ich hergekommen.«

»Ich wäre froh, mir würde etwas Intelligentes oder Mitfühlendes einfallen, Petey. Aber ich kann nur sagen, daß es mir leid tut.«

»Es tut allen leid«, sagte sie langsam. »Es ist nur schade, daß es den Leuten nicht schon leidtut, wenn jemand noch am Leben ist.«

Tanner fühlte sich unbehaglich. »Ich kannte John nicht sehr gut.«

»Niemand kannte ihn sehr gut.«

»Wie ist es passiert? Hat die Polizei schon eine Spur?«

Sie wandte sich vom Fenster ab. »Spur?«

»Eine Spur, die zum Mörder führt«, sagte er und beobachtete ihr Gesicht.

Der granitene Ausdruck begann zu zerbröckeln. »Wer sagt denn, daß John umgebracht worden ist?«

Er kam sich vor wie in einer dieser Szenen, in denen man sich zehn Minuten lang mit jemandem unterhält, um dann festzustellen, daß jeder über etwas völlig anderes gesprochen hat. Aber das konnte doch jetzt nicht der Fall sein! Sie mußten doch über das Gleiche reden!

Darüber, wer John Olson umgebracht hatte.

»Erzählen Sie mir mehr, Petey.«

Sie fuhr sich mit der Zunge über die Lippen. »Ich weiß nicht viel. Susan Van Zandt hat ihn um sieben Uhr morgens gefunden. Er hatte den Wecker gestellt, weil er zur Messe gehen wollte, und der Wecker hörte nicht auf zu klingeln. Schließlich ging Susan hinauf und klopfte an seine Tür. Niemand antwortete, also holte sie den Schlüssel und ging hinein.«

Während sie sprach, zerknüllte Petey ein Taschentuch zwischen den Fingern und zerrte so heftig daran, daß Tanner schon dachte, sie würde es zerreißen. Ihre Finger wirkten dünn und hart und knochig.

»John hatte am Tisch gesessen und einen Brief geschrieben. Er hat ihn nicht beendet. Er saß noch auf dem Stuhl, sein Oberkörper war über den Tisch gesunken. Später sagte die Polizei, daß er schon vier Stunden tot und um drei Uhr nachts gestorben sei.«

»Hören Sie auf, Petey. Es tut mir leid, daß ich gefragt habe.«

»Der Beamte sagte, nichts wiese auf Gewalteinwirkung hin«, fuhr sie mit tonloser Stimme fort. »John wurde weder erschossen, noch erstochen oder erschlagen oder erwürgt, er war einfach –«

»Petey, haben Sie Freunde, zu denen Sie gehen können?«

Das versteinerte Gesicht nickte.

»Dann nehmen Sie den Tag frei und besuchen Sie sie. Kommen Sie wieder, wann Sie dazu Lust haben. Nächste Woche vielleicht, oder in zwei Wochen –«

Als sie gegangen war, trat er ans Fenster und starrte hinaus, versuchte, den Sinn für Proportionen wiederzufinden. Drei Stockwerke weiter unten waren das grüne Gras, der Efeu, der sich mühsam bis zu seinem Fenster hochwand und es umrankte, und die kleine, fleißige Spinne, die ihr Netz in der oberen Fensterecke links gesponnen hatte.

Zwei Fliegen flogen gegen die Scheibe: die ersten Zeichen des kommenden Sommers. Im nächsten Baum hüpfte ein Eichhörnchen von Ast zu Ast, und auf dem Rasen war ein Student eingenickt und hatte die Welt von Shakespeare und Chaucer völlig vergessen.

Niemand beobachtete das Gebäude.

Er machte sich eine Tasse schwarzen Kaffe, dann ging er in den Vorlesungssaal. Die Studenten waren weit mehr interessiert am Tod von John Olson als an Anthropologie. Schroff wies er alle Fragen ab, entließ die Klasse und ging zum Mittagessen.

Am frühen Nachmittag besuchte er Susan Van Zandt.

Das Haus, in dem John Olson gestorben war, lag etwas abseits der Straße auf einem riesigen Eckgrundstück. Zwei Eichen standen Wache an der vorderen Auffahrt, während eine Reihe von Sträuchern und Büschen die Seiten des Hauses einrahmten.

Drinnen wirkte das Haus unvollständig. Eine Wand war zwischen Wohnzimmer und Eßzimmer herausgebrochen worden, so daß ein großer Raum entstanden war, der viel zu weitläufig wirkte für die wenigen Möbel. Am Rand eines großen, bunt gemusterten

Teppichs kamen abgetretene Eichenbohlen zum Vorschein. Der Teppich reichte kaum bis zu dem durchgesessenen Sofa vor dem Fenster und ließ einen breiten Streifen vor dem Kamin frei. Ein Teetisch vor dem Sofa war mit Zeitschriften bedeckt, dazwischen stand ein gläserner Aschenbecher, den man zwar geleert, aber nicht ausgewaschen hatte, so daß der Boden mit einer dünnen Ascheschicht bedeckt war.

An der vierten Wand stand ein Schreibtisch, davor ein Stuhl mit gerader Lehne. Darauf lag ein selbstgehäkeltes Kissen mit roten Rosen auf blauem Grund. Neben dem Schreibtisch stand an der Wand ein elektrisches Heizgerät.

Ein verwohntes, unordentliches Zimmer, das Tanner irgendwie an Susan Van Zandt selbst erinnerte.

Sie hatte ihm die Tür geöffnet, pflichtschuldig gelächelt und sich wieder auf das Sofa fallen lassen. Sie war noch im Morgenmantel, und Tanner wußte, daß er überall Staub finden würde, ungespültes Geschirr und einen Kühlschrank voller langsam vor sich hinschimmelnder Lebensmittel. Ihr dichtes braunes Haar war ungekämmt, und unter den Augen lagen dunkle Ringe. Sie war früher schlank und attraktiv gewesen, aber nach der Heirat war sie füllig und behäbig geworden und hatte über ihren Mutterpflichten sich selbst vernachlässigt, was sie jedoch nicht bedauerte.

»Ich glaube nicht, daß John vorher woanders gewohnt hat«, sagte sie nervös. »Die Wohnungsvermittlung hat ihn gleich zu uns geschickt, als er die Stelle bekam. Ich glaube, es hat ihm hier gefallen.« Sie machte eine Handbewegung, die den ganzen Raum einschloß. »Es ist gemütlich, und er hatte seinen eigenen Schlüssel und konnte kommen und gehen, wann er wollte.«

»Ist er viel ausgegangen?« fragte Tanner. »Mit Freunden in Kneipen oder so?«

»Nein, er hatte nicht viele Freunde.«

Er zündete seine Pfeife an und spielte einen Augenblick mit dem Streichholz, ehe er es in den Aschenbecher fallen ließ.

»Hatte er an dem Abend, an dem er starb, Besuch? Jemand, der vielleich den größten Teil der Nacht dageblieben ist?«

»Nein, ich kann mich nicht erinnern. Er ging spazieren, und als er zurückkam, sagte er Harold und mir, er sei müde und wolle nur noch ein bißchen lesen und einen Brief schreiben.«

»Sue?« Er zögerte einen Augenblick, während er sich überlegte, wie er sich ausdrücken sollte. »Kennen Sie auf dem Campus irgend jemanden, der ihn so sehr haßte, daß er ihn umbringen wollte?«

Die Augen mit den schweren Lidern öffneten sich weit. »O nein! Niemand hat ihn umgebracht. Er hat einen Brief geschrieben, als es – passierte.«

»Kann ich das Zimmer sehen?«

Sie zog den abgetragenen Bademantel enger um den Körper und führte ihn in den ersten Stock. Olsons Zimmer lag neben dem Badezimmer. Sie steckte den Schlüssel ins Schloß. »Ich weiß auch nicht, warum ich es abschließe, aber die Polizei hat gesagt, ich soll nichts anfassen, und wahrscheinlich will ich nur ganz sichergehen.« Plötzlich schienen ihr Bedenken zu kommen. »Vielleicht sollte ich Sie lieber nicht hineinlassen.«

»Machen Sie sich keine Sorgen, Sue. Ich werde nichts verändern.«

Sie öffnete die Tür, und er betrat das Zimmer. Die Fenster waren geschlossen, und es roch ein bißchen muffig. Sonnenlicht fiel in schrägen Bahnen durch die verwaschenen Vorhänge auf einen Teppich und einen blauen Läufer vor dem Bett. Das Bett war ordentlich gemacht, die Tagesdecke glattgezogen.

»Haben Sie das Bett gemacht?«

»Nein, ich glaube, daß er es gar nicht benutzt hat.«

»Wann ungefähr kam er zurück?«

»Etwa eine Stunde, nachdem Sie angerufen hatten. Mitternacht, denke ich. Van und ich saßen noch vor dem Fernseher.«

John Olson war um Mitternacht nach Hause gekommen und um drei Uhr gestorben, überlegte Tanner. Drei Stunden lang hatte er in seinem Zimmer gesessen. Was hatte er getan? Irgendwann hatte er sich den Bademantel übergezogen und angefangen, einen Brief zu schreiben. An wen? Und was stand darin?

Eines war jedoch fast sicher. Er konnte Van Zandt von seiner Liste streichen. Es war wenig wahrscheinlich, daß Olson hier wohnen würde, wenn Van Zandt –

Oder doch? Im Seminarraum hatte Van Zandt Olson mit Adleraugen beobachtet. Hatte er darauf gewartet, daß Olson etwas sagte? Daß Olson ihn verriet?

Er sah auf seine Uhr und atmete etwas leichter. Van Zandt hatte den ganzen Nachmittag über Vorlesungen.

»Ist der Brief noch da, Sue?«

»Nein, die Polizei hat ihn mitgenommen. Ich – ich habe nicht einmal einen Blick darauf werfen können.«

Er sah sich wieder im Zimmer um. Eine kleine Eichenkommode mit einem staubigen Zierdeckchen darauf. Ein Schreibtisch vor dem Fenster, eine halboffene Schranktür, hinter der man ein paar Kleiderbügel mit einem grauen Anzug, einem grauen Übermantel und ein paar kleingemusterte, langweilige Krawatten sah.

Ein blauer Wimpel hing an der Wand hinter dem Schreibtisch. In der Mitte befand sich ein großes goldenes »B«, auf das in kleinen blauen Buchstaben »Basketball« gestickt war.

Das paßte einfach nicht hierher.

»Ich wußte gar nicht, daß John sich für Sport interessierte. Er schien mir nicht der Typ zu sein.«

»War er auch nicht. Jedenfalls hat er nie über Sport geredet und sich auch nie im Fernsehen etwas angesehen.«

»Und doch hat er einen Basketball-Wimpel gewonnen.«

Sie stand am Fenster und sah in den Garten hinaus. Wahrscheinlich beobachtete sie ihre beiden kleinen Jungen beim Spielen.

»Etwas stimmt einfach nicht.«

Tanner ging zum Schreibtisch. Es war ein einfaches Möbel, dunkel, fast schwarz gebeizt. Ein Foto zog seine Aufmerksamkeit auf sich. Es war ein Foto von Olson und Petey bei einem Picknick der Fakultät vor nicht allzu langer Zeit. Petey war, wie üblich, für ein Picknick etwas zu formell gekleidet. Aber zumindest lächelte sie in die Kamera.

Ihr Bruder lächelte nicht. Aber Tanner konnte sich nicht erinnern, Olson je lächeln gesehen zu haben. Ein dickliches, ernsthaftes Gesicht mit blonden Haarsträhnen, die in die hohe Stirn fielen. Leicht hängende Schultern, und selbst auf dem Foto konnte man erkennen, daß Johns Körper unter dem Sporthemd blaß und weich sein mußte.

»Wissen Sie viel über ihn, Sue? Über seine Herkunft?«

Sie riß sich vom Fenster los und setzte sich auf einen Stuhl.

Beim Gehen schlug ihr der Bademantel um die Beine, und ihre Pantoffeln machten leise, klatschende Geräusche.

»Geben Sie mir eine Zigarette, Bill.« Er gab ihr eine und reichte ihr Feuer. »Er kam aus einer kleinen Stadt in Süd-Dakota, aus Brockton, glaube ich. Seine Eltern waren Farmer. Er lebte dort, bis er achtzehn war, dann ging er aufs College.«

»Das sagt mir noch nicht viel über ihn.«

Sie breitete die Arme aus. »Mehr weiß ich nicht. Er hat nie viel erzählt.«

»Er schien ziemlich kühl und zurückhaltend zu sein. Wissen Sie einen Grund dafür?«

Sie schloß die Augen und runzelte die Stirn, als sei es harte Arbeit, sich zu erinnern, als sei sie damit überfordert. »Wer weiß. Vielleicht hat jemand ihm einmal sehr weh getan, als er noch jung war. Ich hatte immer den Eindruck, daß das einzig wirkliche Gefühl, das er empfand, Haß auf jemanden in seiner Heimatstadt war.«

»Hat er je darüber geredet?«

»Ich sagte Ihnen doch, daß er nicht viel geredet hat.«

»Sonst noch etwas?«

»Nichts ging ihm wirklich nahe«, sagte sie schließlich. »Die Probleme anderer Leute interessierten ihn überhaupt nicht, vielleicht, weil er so mit seinen eigenen Problemen beschäftigt war. Er war – kalt, und er hatte keinen Sinn für Humor. Und ich glaube, er hatte vor irgend etwas Angst.«

»Haben Sie eine Ahnung, vor was?«

»Nein, nur daß es irgendeine Person war, vielleicht dieselbe Person aus seiner Heimatstadt, die er so haßte. Aber ich kann mich natürlich auch irren.«

Wieder sah er sich im Zimmer um. Eine staubige kleine Kammer. Das Bett, der Schreibtisch, die Kommode, Regale mit Fachliteratur. Wenn man nur einen Tag vergehen ließe und der Staub sich setzten könnte, würde man meinen, das Zimmer sei seit Jahren nicht mehr bewohnt gewesen.

»Kehrte er den Intellektuellen heraus?«

»Ja und nein. Er war sehr an Psychologie interessiert, aber das war ja auch sein Fachgebiet. Ich würde sagen, daß er sich mehr für die umstrittene Seite interessierte, Hypnose und so.« Sie ging wieder zum Fenster und strich mit den Fingern langsam über den Vorhang. »Es tut mir leid, daß er tot ist.«

Das sagte man immer, wenn jemand starb, dachte Tanner. Aber er hoffte, daß die Leute nach seinem Tod etwas mehr Gefühl in diesen Satz legen würden.

Unten klingelte es, und Susan wandte sich vom Fenster ab und ging zur Treppe.

»Der Kriminalbeamte – er wollte heute zurückkommen.«

Leutnant Crawford war ein Mann in mittleren Jahren. Er hatte blaßblaue Augen, ein freundliches Gesicht und Haare, die an den Schläfen und über den Ohren grau wurden. Er trug einen breitkrempigen Hut und einen blauen Anzug, der stellenweise glänzte und um den Bauch herum gefährlich spannte. Alles in allem wirkte Crawford wie ein geplagter, erfolgloser Geschäftsmann.

Tanner stellte sich vor, und Crawford brummte etwas, fand einen Platz für seinen Hut und ließ sich auf dem Stuhl vor dem Schreibtisch nieder.

»Mrs. Van Zandt hat mir schon unten gesagt, daß Sie da sind, Tanner. Eine nette Frau, nicht wahr?«

»Ja, sehr nett«, sagte Tanner kurz.

»Keine besonders gute Hausfrau, aber wahrscheinlich fehlt ihr dafür die richtige Umgebung.« Er schaukelte mit dem Stuhl, starrte durch das Zimmer und sah dann wieder Tanner an. »Sie kannten John Olson ziemlich gut?«

»Leider nein. Seine Schwester ist meine Sekretärin, und John war bei meiner Forschungsgruppe. Abgesehen davon habe ich ihn eigentlich gar nicht gekannt.«

»Was wohl heißt, daß Sie ihn nicht sonderlich mochten. Und es sieht so aus, als ob auch sonst niemand ihn richtig mochte.«

»Das habe ich nicht gesagt.«

»Brauchten Sie auch nicht. Wenn Sie mit so vielen Leuten geredet haben wie ich, bekommen Sie ein Gefühl dafür, was die Leute meinen. Olson war ein Niemand. Keiner mochte ihn sonderlich, und niemand ist besonders traurig darüber, daß er jetzt tot ist.« Er zog eine Zigarre aus seiner Manteltasche und schnitt sie pedantisch mit einem Taschenmesser an. »Mit solchen Fällen haben wir es jeden Tag zu tun. Die Verwandten leben Gott weiß wo, sie haben keine Freunde, und der Staat muß die Beerdigungskosten übernehmen.« Es klang bitter. »Sie wären überrascht, wie wenig die Leute sich umeinander kümmern, Professor.« Er beugte sich in seinem Stuhl vor. »Diese Forschungsgruppe, zu der er gehörte. Worum ging es dabei?«

»Forschung für die Kriegsmarine – vertraulich, aber ich kann Ihnen ein bißchen was darüber erzählen. Wir erforschen menschliche Verhaltensweisen, wir studieren und testen Menschen, um zu sehen, wie sie sich unter Extrembelastungen verhalten. Wann sie zusammenbrechen, wie hoch ihre Widerstandskraft ist und so weiter.«

Crawford dachte nach, dann sah er Tanner erwartungsvoll an. »Sie wollen wissen, wie er gestorben ist, nicht wahr? Deshalb haben Sie hier gewartet.«

Tanner versuchte, seiner Stimme die innere Spannung nicht anmerken zu lassen. »Stimmt. Ich will wissen, wie er gestorben ist.«

»Seine Schwester hat Ihnen wahrscheinlich schon alles gesagt, was wir wissen. Keine äußerlich sichtbaren Wunden, kein Blut, keine Anzeichen von Gewaltanwendung, keine Male am Hals, keine Nadeleinstiche. Seine Zimmerwirtin sagt, daß er keine Besucher gehabt hat, und die Fenster waren geschlossen.«

»Haben Sie schon eine Theorie?«

»Theorie? Das ist das Schöne an meiner Arbeit – Theorien gibt es wie Sand am Meer. Ich persönlich glaube, daß er selbst Hand an sich gelegt hat. Wir haben zwar noch nicht die Ergebnisse der Obduktion, aber es sieht wie Gift aus.« Er nahm die Zigarre aus dem Mund und starrte das zerbissene Ende gedankenvoll an. »Haben Sie schon einmal den Ausdruck auf dem Gesicht eines Mannes gesehen, der an Gift gestorben ist? Sie würden es nie wieder vergessen. Man stirbt relativ langsam und ist sich dessen jede Sekunde voll bewußt. Man sieht es ihnen am Gesicht an.« Er zuckte die Achseln. »Das einzige, was nicht zu dieser Theorie paßt, ist die Tatsache, daß wir keine Flasche oder sonst etwas gefunden haben, worin das Gift hätte sein können.«

»Ich glaube nicht, daß er Gift genommen hat«, sagte Tanner.

»Warum nicht? Er war nicht beliebt, er hatte keine Freunde, kein Liebesleben, und soweit ich das beurteilen kann, auch keine besondere Freude am Leben. Wir haben häufig mit derartigen Fällen zu tun.« Er sah Tanner forschend an. »Sie müssen Ihre eigenen Vorstellungen haben – das haben die meisten Leute in solchen Situationen.«

»Ich glaube, daß er ermordet worden ist«, sagte Tanner langsam.

Crawford sah ihn interessiert an. »Und das Motiv? Geld? Leidenschaft? Rache? Meistens haben die Leute einen Grund dafür, jemanden umzubringen.«

Es gab genügend Gründe, dachte Tanner. *Soll ich Ihnen erzählen, worum es geht, Leutnant?*

»Ich glaube trotzdem, daß er ermordet wurde.«

»Sie haben natürlich das Recht auf Ihre eigene Meinung, Professor. Aber ich würde sie nicht zu laut äußern. Zum augenblicklichen Zeitpunkt könnte nur ein Mensch mit Sicherheit wissen, daß Olson ermordet wurde – der Mörder selbst.«

»Jeder könnte denken, daß er ermordet wurde. Heutzutage nimmt man doch gerade das immer als erstes an.«

»Ja, wahrscheinlich haben Sie recht.« Crawford zog seine Brieftasche hervor und sah sie sorgfältig durch. Er zog eine kleine weiße Karte heraus. »Die klebte unter der Schreibtischplatte, und ich habe sie vorsichtshalber mitgenommen. Aber ich weiß nicht, was ich davon halten soll.«

»Er reichte Tanner die Karte. In Olsons Handschrift stand darauf:

»Der Mensch ist ein Seil, das zwischen dem Tier und dem Übermenschen gespannt ist – ein Seil über einem Abgrund. Die Größe des Menschen liegt darin, daß er eine Brücke ist, kein Endziel –

Die Unterschrift lautete: *Adam Hart.*

Tanner las und gab die Karte zurück. »Ich verstehe nicht. Das stammt von Nietzsche.«

Crawford lächelte. »Das hat auch das Mädchen in der Bibliothek gesagt. Dieser Adam Hart – haben Sie je von ihm gehört, Professor?«

»Nein, noch nie.«

»Tatsächlich.« Crawford sah nachdenklich aus dem Fenster, und Tanner dachte entsetzt, daß der Mann ihm nicht glaubte. »Das überrascht mich ein bißchen, Professor.« Er kramte wieder in seiner Brieftasche herum. »Wissen Sie, ich bin ganz froh, Sie hier angetroffen zu haben. Ich wollte Sie sowieso heute aufsuchen. Wissen Sie, Olson schrieb gerade einen Brief, als er starb – er starb beim Schreiben.« Er hielt inne. »Der Brief ist an Sie gerichtet, Professor.«

Er reichte Tanner ein zusammengefaltetes Blatt blaues Briefpapier, und Tanner faltete es auseinander. Die rechte untere Ecke war zerknüllt, als hätte jemand plötzlich die Hand hineingekrallt. Auf dem Brief standen nur das Datum, Tanners Name und eine einzige Zeile. Dann brach der Brief ab.

Professor Tanner,
ich möchte Ihnen von Adam Hart berichten –

5

Er kam spät am Nachmittag nach Hause und stellte fest, daß seine Wohnung durchsucht worden war. Der Hausmeister erinnerte sich an nichts, obwohl niemand ohne seine Hilfe in die Wohnung hätte gelangen können. Und er war auch nicht bestochen worden, damit er nichts sagte, dachte Tanner. Der Mann konnte sich wirklich an nichts erinnern.

Die nächsten drei Nächte waren schlimm. Er packte ein paar Sachen zusammen und lebte von da an aus dem Koffer, wechselte jede Nacht das Hotel und sagte niemandem, wo er zu finden sei. Er traute keinem.

Er verschloß die Türen, verstopfte die Schlüssellöcher und blockierte die Schlösser, damit niemand sie aufbrechen konnte. Dann zog er die Vorhänge vor und saß im Dunkeln am Fenster, beobachtete die Straße durch den schmalen Spalt zwischen Vorhang und Fenster, wartete darauf, daß der Feind sich zeigen würde. Er hielt seine Armeepistole in der Hand und hoffte auf die Gelegenheit, sie benutzen zu können.

David und Goliath, dachte er grimmig, *aber ich habe keine Chance.* Er beobachtete die Straßen eine Stunde lang, nahm dann eine Schlaftablette und ließ sich aufs Bett fallen, ohne sich auszuziehen. Ehe er einschlief, dachte er für gewöhnlich ein paar angstvolle Minuten lang darüber nach, was wohl die nächsten Schritte des Feindes sein würden. Er mußte nicht lange warten.

Am Donnerstagmorgen fing Tanners Welt an, in Stücke zu zerfallen.

Er saß an seinem Schreibtisch und überflog noch einmal die Vorlesungen, die er am Tag halten wollte, als Leutnant Crawford hereinkam und sich auf Peteys Drehstuhl setzte. Er sah abgearbeitet aus. Das Hemd klebte ihm verschwitzt am Körper, und kleine Schweißperlen bildeten sich an seinem Hals.

»Sie hätten anklopfen können.«

»Tut mir leid, Professor. Die Tür stand offen.« Crawford drehte sich mit dem Stuhl um und sah durch das Fenster hinauf auf den Hof, wo die Studenten zu den Vorlesungen strömten. »Das Semester ist fast vorbei, nicht wahr?«

»Nächste Woche sind die Abschlußprüfungen.«

»Ich habe auch einen Jungen«, sagte Crawford. »Er wird bald nach Hause kommen. Wahrscheinlich wird er dann den ganzen Tag am Strand liegen. Die Kinder heutzutage – sie haben keine Lust mehr zu arbeiten. Wahrscheinlich erziehen wir sie falsch. Wahrscheinlich geben wir ihnen zuviel.« Er wischte sich das Gesicht mit einem Taschentuch ab. »Was werden Sie den Sommer über machen, Professor?«

Crawford wollte auf etwas Bestimmtes hinaus, aber er würde sich Zeit lassen, dachte Tanner.

»Ich habe vor, das Projekt eine Weile ruhen zu lassen und nach Colorado zu fahren. Ausgrabung eines alten indianischen Dorfes.« Nach allem, was in den letzten Tagen geschehen war, wußte er genau, daß er nicht fahren würde. Aber Crawford würde das erfahren, wenn es dazu an der Zeit war.

»Wissen Sie, ich habe mir schon gedacht, daß Sie so etwas planten. Wirklich. Aber es sieht so aus, als hätten wir uns beide verrechnet.«

Tanner sah Crawford abschätzend an. Der Mann gab sich ein bißchen zu uninteressiert. In Wirklichkeit wartete er gespannt auf eine Reaktion. »Ich verstehe Sie nicht.«

»Neugierig zu sein gehört zu meinem Beruf, also habe ich mich ein bißchen umgesehen. Ohne besonderen Grund, und wenn Sie sauer über meine Schnüffelei sind, ist das Ihr gutes Recht. Jedenfalls habe ich mich umgehört und erfahren, daß Ihr Name von der Teilnehmerliste gestrichen wurde. Erst vor kurzem. Man hat einen Professor von einer anderen Universität gebeten, Ihre Arbeit zu übernehmen. Er stand sowieso zur Wahl, und in letzter Sekunde hat man sich eben für ihn entschieden.« Er zog einen Zahnstocher aus seiner Tasche und bohrte damit gedankenverloren zwischen den Zähnen. »Es überrascht mich, daß Sie nichts davon wußten.«

»Ich habe einen Vertrag«, sagte Tanner.

Crawford sah ihn an. »Ich kenne Leute, Professor, die auch Verträge gehabt haben. Und wissen Sie was? Das hat ihnen nichts genützt – gar nichts. Natürlich könnten Sie auf Vertragsbruch klagen, aber ich glaube nicht, daß Sie gewinnen würden.«

»Sind Sie ganz sicher?«

»Ich mache keine Scherze mit solchen Dingen, Professor.«

Er hatte sowieso vorgehabt, von diesem Ausgrabungsprojekt zurückzutreten, dachte Tanner. Aber er konnte nicht verstehen, warum man seinen Namen willkürlich gestrichen hatte. Was ging da vor?

»Nun zu John Olson«, wechselte Crawford das Thema. »Als ich neulich mit Ihnen redete, sagten Sie, daß Sie glauben, man habe ihn umgebracht. Beruht diese Meinung nur auf einem Gefühl, oder steckt mehr dahinter? Die Frage ist offiziell, und ich möchte Ihnen raten, mir keine Informationen vorzuenthalten.«

Tanner wählte seine Worte sorgfältig. »Nein, es ist wirklich nur ein Gefühl. Ich wüßte nicht, worauf ich mich sonst stützen sollte.«

»Dann waren Sie also nicht so überzeugt davon, um anzufangen, Detektiv zu spielen?«

»Was meinen Sie damit?«

»Lassen Sie es mich so ausdrücken. Manchmal stirbt jemand, und Freunde oder Verwandte glauben, daß daran etwas faul ist. Wenn sich dann herausstellt, daß das nicht stimmt und die Polizei den Fall abschließt, regen die Leute sich auf und fangen an, auf eigene Faust etwas zu unternehmen. Normalerweise kommt dabei nichts heraus, höchstens daß sie sich selbst und der Polizei eine Menge Ärger verursachen. Verstehen Sie jetzt?«

»Vielleicht.«

Crawford sah ihn vorwurfsvoll an. »Ich glaube, die Leute lesen zu viele Bücher. Bücher, in denen die Polizei dumm ist und Spuren übersieht, die jeder Halbidiot erkennen würde. Oder die Polizei will einen Fall einfach nicht aufgreifen. Im wirklichen Leben sieht das jedoch anders aus, Professor. In neunzig Prozent der

48

Fälle, die die Polizei als erledigt ansieht, ist wirklich nichts mehr zu tun.«

Tanner fühlte Müdigkeit aufsteigen. »Sie schleichen herum wie die Katze um den heißen Brei. Worauf wollen Sie hinaus?«

Crawford wischte sich wieder mit dem Taschentuch über das Gesicht. »Es gibt im Fall Olson nichts mehr zu tun. Wir schließen den Fall ab.«

»Ich dachte, Sie wären der Meinung, daß er an Gift gestorben ist?«

»Ich habe mich eben geirrt. Gestern haben wir den Befund der Obduktion bekommen. Es war kein Gift, Professor. Nicht die geringste Spur.« Er glättete das feuchte Taschentuch und steckte es zusammengefaltet in die Tasche. »Ich gebe zu, daß sein Gesichtsausdruck fast hundertprozentig auf Gift schließen ließ, obwohl dann immer noch zu fragen wäre, warum er sich hinsetzte und Ihnen einen Brief schrieb, anstatt seiner Schwester zum Beispiel.«

»Man könnte sich auch fragen, wer Adam Hart ist.«

Crawford schnitt eine frische Zigarre an. »Adam Hart. Ich gebe zu, daß auch ich neugierig bin, Professor. Aber ich bin von Haus aus neugierig, und das Leben ist zu kurz, um diese Neugierde immer zu befriedigen.« Er wechselte das Thema. »Zurück zu Olson. War er gesund? Oder war irgend etwas nicht in Ordnung? Ich meine etwas, das man bei einer routinemäßigen ärztlichen Untersuchung nicht unbedingt feststellen würde?«

»Soviel ich weiß, war er kerngesund. Er hat nie eine Vorlesung ausfallen lassen, und er hat auch nie über chronische Kopfschmerzen oder Erkältung oder etwas Ähnliches geklagt. Warum fragen Sie?«

Crawford stand auf und drehte den Hut zwischen den Händen. »Nun, so etwas kommt eben vor. Ich habe schon einmal erlebt, daß es einem sehr jungen Menschen passiert ist, also sollte es mich nicht überraschen.«

Eine Gänsehaut kroch über Tanners Rücken. »Was sollte Sie nicht überraschen?«

»Olson ist nicht umgebracht worden, und er hat auch nicht Selbstmord begangen. Es tut mir leid, Sie enttäuschen zu müssen, aber er kam am Samstag um Mitternacht nach Hause, las eine Weile, und um drei Uhr morgens setzte er sich an seinen Schreibtisch und starb.« Er schnipste mit den Fingern. »Einfach so. Ohne jeden Grund. Er ist einfach gestorben.«

Einfach so, dachte Tanner, als Crawford gegangen war. Ein junger, relativ gesunder Mensch hatte sich an seinen Schreibtisch gesetzt und war gestorben. Ohne jeden Grund.

Ihn schauderte. Es war so verdammt einfach, das große Zittern zu bekommen und sich in eine Ecke zu verkriechen, nachdem er wußte, was hinter ihm her war. Nicht *wer*. Keine Person, niemand, den er bekämpfen konnte, niemand, den er dazu zwingen konnte, sich zu zeigen.

»Nicht *wer*, sondern *was*.

Und was wurde von ihm verlangt? Aus dem Forschungsprojekt auszusteigen? Oder war er schon über den Punkt hinaus, an dem er noch zurückgekonnt hätte, wußte er bereits zuviel? Und falls dem so war, warum hatte man nicht noch einen Versuch unternommen, ihn zu töten? Es wäre bestimmt nicht schwer gewesen. Am Sonntagmorgen wäre er beinahe in den See gesprungen. Vielleicht würde er eines Tages vor ein Auto laufen oder sich zu weit aus dem Fenster beugen, und alle würden sagen, Professor Tanner sei unvorsichtig gewesen. Oder die Welt sei ihm einfach zuviel geworden.

Warum ich? Warum ich und nicht jemand anderen aus dem Team? Was weiß ich, das eine solche Gefahr für ihn ist? Oder liegt es einfach daran, daß er die anderen noch nicht greifen konnte?

Er fing an, die Post auf seinem Schreibtisch durchzusehen. Es war derselbe Stapel, der schon am Mittwochmorgen da gelegen hatte. Derselbe Stapel, der am Dienstag und am Montag dagewesen war. Niemand hatte ihm seit Montag geschrieben. Keine Firma in der ganzen Stadt hatte ihm Werbematerial geschickt. Niemand wollte, daß er eine offene Rechnung bezahlte.

Er sah die Briefe durch. Eines der Blätter nahm er heraus. Ein bunter Prospekt, der die Naturwunder von Colorado pries.

Er würde sie nicht sehen. Und einer der Gründe dafür war, daß Crawford gesagt hatte, die Universität habe ihn von der Teilnehmerliste gestrichen. Weshalb, das wußte er nicht. Professor Scott konnte damit nichts zu tun haben. Er hatte zwar gelegentlich Meinungsverschiedenheiten mit dem alten Mann gehabt, aber außerhalb der Abteilung hatte der Professor ihn immer unterstützt.

Es mußte am Dekan der Universität liegen, an Harry Connell.

Er sah auf die Uhr. Harry war bestimmt in seinem Büro. Und vielleicht konnte Harry ihm eine Erklärung geben.

Connells Sekretärin wollte ihn nicht zu ihm lassen.

»Es tut mir leid, Bill. Mr. Connell ist sehr beschäftigt. Warum kommen Sie nicht später wieder?«

»Glauben Sie denn, daß er später noch da sein wird?«

Sie biß sich auf die Lippen. »Ehrlich, Bill. Ich weiß nicht, was ich sagen soll. Er sagte, daß Sie wahrscheinlich kommen würden, ich Sie aber nicht zu ihm lassen sollte.«

»Während der ganzen Woche, nicht wahr?«

Sie zuckte mit den Schultern. »Wenn Sie natürlich nicht auf mich hören und einfach an mir vorbeigehen – ich kann immer behaupten, daß ich versucht habe, Sie aufzuhalten.«

Er schob sie zur Seite. »Danke.«

Der Mann im Büro telefonierte gerade. Als Tanner durch die Tür stürmte, hängte er ein und sah mit wütendem Gesicht auf.

»Ich dachte, ich hätte meiner Sekretärin gesagt, daß ich keine Zeit habe.«

»Das hat sie mir auch weitergegeben, aber ich bekomme langsam ein dickes Fell.« Er senkte die Stimme. »Was ist los, Harry? Warum haben Sie mir nicht gesagt, daß etwas nicht in Ordnung ist?«

Connells Gesicht wurde rot. »Ich sollte eigentlich die Polizei anrufen. Ich sollte sie ganz einfach hinauswerfen lassen, aber ich versuche, die Sache so gut wie möglich zu vertuschen. Die Publicity würde der Universität nur schaden, und ich hoffte die ganze Zeit, wir könnten Sie auf unauffällige Weise loswerden, ohne Aufsehen zu erregen. Wir wollten Sie bis Ende des Semesters behalten und erst dann Maßnahmen ergreifen. Aber Sie zwingen mich dazu, schon jetzt zu handeln.«

»Was, um Himmels willen, meinen Sie damit?«

Connell stand auf und beugte sich über den Tisch. »Wir haben Sie von der Liste des Colorado-Projekts gestrichen, Tanner, weil es unser Prinzip ist, Studentengruppen nur unter qualifizierter Aufsicht arbeiten zu lassen.«

»Und ich bin nicht qualifiziert?«

»Wo haben Sie Ihr Diplom gemacht?«

»In Wisconsin.«

»Können Sie das beweisen?«

Tanner sank auf einen Stuhl. Er war unsagbar müde. »Worum geht es eigentlich, Harry?«

Connells Mund war vor Zorn so zusammengepreßt, daß er kaum noch als Strich zu sehen war. »*Mister* Connell, Tanner. Und der Grund dafür, daß ich Sie nicht mir Professor anrede liegt darin, daß Sie gar keiner sind.« Er fuhr sich mit der Hand durch das schüttere Haar. »Es war eine reine Routineüberprüfung – ich weiß auch nicht, weshalb ich sie angeordnet habe. Sie hatten sich für Colorado beworben, und wir schrieben nach Wisconsin und baten um Informationen über Ihre Erfahrungen auf archäologischem Gebiet.« Er hielt inne. »Man hatte dort noch nie etwas von Ihnen gehört. Sie sind dort völlig unbekannt. Ich weiß zwar, daß es vorkommt, daß Leute sich mit Tricks in die höchsten Positionen mogeln, aber ich hätte nie gedacht –«

Tanner war verzweifelt. »Sie können nicht alles überprüft haben!«

»Wir haben das Jahrbuch durchgesehen.«

»Ich habe mich nie dafür fotografieren lassen.«

»Das ist ein bißchen ungewöhnlich, nicht wahr? Und Sie haben auch an keiner Veranstaltung teilgenommen, nicht wahr? Wir haben alle überprüft.«

»Ich war nie renomiersüchtig. Aber Sie hätten Professor Palmer von der anthropologischen Fakultät fragen sollen. Er hätte Ihnen genügend Informationen über mich geben können.«

Connell nahm einen Brief und hielt ihn Tanner hin.

»Er schreibt, er hätte nie von Ihnen gehört. Lesen Sie selbst.«

»Meine Doktorarbeit befindet sich hier in der Bibliothek«, sagte Tanner langsam. »Haben Sie nachgesehen?«

»Wir haben gesucht. Sie ist nicht da. Es ist nichts von Ihnen da.«

»Ich habe sie abgegeben, als ich mich hier bewarb. Sie muß da sein.«

»Dann sehen Sie doch selbst nach. Und wenn Sie sie finden, bringen Sie sie her, und ich entschuldige mich.« Er nahm etwas von seinem Schreibtisch und hielt es Tanner hin. »Hier ist ein Scheck. Sie bekommen Ihr Gehalt bis heute. Wir lösen den Vertrag mit Ihnen. Sie sind entlassen – aus der Universität und aus dem Projekt. Sie können froh sein, daß wir damit nicht vor Gericht gehen, aber es würde ein schlechtes Licht auf die Universität werfen, weil wir Sie überhaupt eingestellt haben.«

Tanner nahm den Scheck und starrte blicklos darauf. Der Dekan ging hinter seinen Schreibtisch zurück. Alle seine Papiere und Unterlagen waren überprüft worden, dachte Tanner verwirrt. Sie hätten ihn nie eingestellt, wenn seine Papiere nicht in Ordnung gewesen wären. Das mußte Connell doch auch wissen. Oder vielleicht lag es daran, daß – daß –

Daß Connell sich einfach nicht erinnerte.

Seine Doktorarbeit stand nicht in der Kartei, und als er in den Regalen nachsah, fand er sie ebenfalls nicht. Es gab auch keine Lücke, aus der man hätte ersehen können, daß ein Band entfernt worden war. So wie es aussah, war seine Doktorarbeit nie in die Bibliothek gelangt.

Er saß eine halbe Stunde zwischen den Regalen, ehe er sich dazu aufraffen konnte, aufzustehen und zu gehen. Es blieb ihm nichts anderes übrig, als seine Abreise vorzubereiten, sein Konto bei der Bank zu schließen und die Stadt zu verlassen. Was er danach tun würde, wußte er noch nicht, und es war ihm auch egal. Aber vielleicht waren jetzt das Warten, die Spannung endgültig vorbei. Der Feind hatte gewonnen, er hatte das Projekt und die Universität in Ungnade verlassen müssen. Keine Arbeit, kein Verdienst, kein Geld.

Aber er würde nicht verhungern.

Der Kassierer in der Bank nahm sein Sparbuch entgegen und kam einen Augenblick später verwirrt zurück.

»Es tut mir leid, Mr. Tanner, aber bei uns scheint etwas durcheinandergeraten zu sein. Wir haben keine Unterlagen über Ihr Konto.«

Die Sonne schien, und es war keine einzige Wolke zu sehen, und trotzdem war es ein mieser Tag. »Und was glauben Sie, woher ich das Sparbuch habe? Wer hat die Eintragungen vorgenommen?«

Der Kassierer bewegte hilflos die Hände. »Wir haben absolut keine Unterlagen über Sie, keine Kontenkarte mit Ihrer Unterschrift, keine Auszüge. Ich weiß nicht, wie das passieren konnte. Wirklich, ich –«

Tanners Stimme klang belegt. »Ich möchte mit dem Direktor sprechen.«

Der Direktor war ein hagerer Mann mit einer Stahlbrille. Er warf einen Blick auf das Sparbuch und ging in die Buchhaltung. Als er zurückkam, hielt er ein anderes Sparbuch in der Hand, das genauso aussah wie das, das man Tanner ausgestellt hatte.

»Das Buch, das Sie da haben – gehört es Ihnen?«

»Mein Name steht darin.«

Der Direktor warf ihm einen durchdringenden Blick zu und zeigte ihm das Buch, das er in der Hand hielt. »Zufälligerweise haben wir hier schon ein Buch mit derselben Nummer. Der Mann, auf den es ausgestellt ist, besitzt das Buch seit zehn Jahren. Ich weiß nicht, wie Sie zu diesem Sparbuch kamen und zu dieser Nummer, und ich weiß auch nicht, wie Sie die Eintragungen gemacht haben, aber Urkundenfälschung ist ein Verbrechen.«

Er hielt plötzlich inne und sah auf einmal aus, als wünschte er sich, er hätte die Polizei gleich benachrichtigt.

Tanner ließ ihn stehen und verließ die Bank.

Er hatte fast eintausend Dollar auf der Bank gehabt, und jetzt war er sie los. Jemand war vor ihm dagewesen. Jemand, der seine Unterschriftskarte entnommen und durch eine andere ersetzt hatte. Oder, um genauer zu sein, jemand hatte den Kassierer dazu gebracht, die Karten auszutauschen.

Ohne Geld kommst du nicht weit.

Dann erinnerte er sich und faßte in seine Manteltasche. Der Scheck. Er war gar nicht dazu gekommen, ihn in der Bank einzulösen. Aber es gab ja auch noch andere Banken.

Schon bei der ersten konnte er den Scheck problemlos einlösen, und einen kleinen Augenblick lang freute er sich über diesen Sieg. Dann wurde ihm klar, daß damit nichts aufgehoben, sondern höchstens aufgeschoben war.

Er ging in ein Restaurant und bestellte Kaffee. Er fühlte sich so erschöpft, als sei er eine weite Strecke gerannt oder lange Zeit krank gewesen. Die Schlinge legte sich immer enger um seinen Hals. Jeden Augenblick konnte jemand daran ziehen, und er würde hilflos daran zappeln. Der Feind wollte offensichtlich mehr als nur seine Entfernung von der Universität und aus dem Forschungsprojekt.

Warum gerade er?

Er sah auf die Uhr. Zwölf. Um ein Uhr hatte er einen Termin beim Zahnarzt.

Er suchte in seiner Tasche nach einer Münze. Es war nur eine Vorsorgeuntersuchung, und die ließ sich sicher um einen Tag verschieben. Er wählte die Nummer, nannte seinen Namen und bat darum, den Termin zu streichen. Einen Augenblick lang herrschte Schweigen.

»Würden Sie Ihren Namen bitte wiederholen, Sir?«

Er tat es.

»Es tut mir leid, aber ich habe keinen Termin für einen Mr. Tanner.«

»Ich habe ihn vor einer Woche vereinbart«, sagte er langsam. »Für ein Uhr.«

Eine weitere Pause.

»Dr. Landgraf kann sich nicht an Sie erinnern, Mr. Tanner. Wenn Sie jedoch einen anderen Termin wünschen –«

Er hängte ein.

Keine Post seit Montag. Weil sein Name irgendwie aus allen Akten verschwunden war? Weil alle Unterlagen, in denen er vorkam, vernichtet oder umgeändert worden waren? Seine Unterlagen in Wisconsin, die Doktorarbeit, das Sparbuch, sein Termin beim Zahnarzt –

Er wurde systematisch isoliert, dachte er. Alles Gedruckte mit seinem Namen löste sich in Luft auf. Die Leute wurden konditioniert, ihn zu vergessen, zu vergessen, daß er je existiert hatte. Nach und nach wurden all seine Verbindungen zu anderen Menschen gekappt. Es war wie beim Zahnarzt, wenn der Nerv mit einer Injektion betäubt wurde.

Kurz bevor man den Zahn zog.

6

John Olson wurde am Freitagmorgen beerdigt.

Es war ein kleiner Friedhof am Stadtrand. Der Himmel war bedeckt, und ein kalter Wind wehte vom See herüber.

Der Priester stand am Fuß des Grabes und sprach ein paar Worte, die der Wind zerfetzte. Dann ließen zwei Männer den Sarg hinab.

Tanner sah mit morbider Faszination zu, dann blickte er zu der kleinen Gruppe hinüber, die sich auf der anderen Seite des Grabes versammelt hatte. Petey in einem langen schwarzen Kleid und einem dichten Schleier. Sie stützte sich auf Marges Arm. Karl Grossman, feist und nachdenklich und ausnahmsweise einmal korrekt gekleidet. Harold Van Zandt und Susan, Eddy DeFalco. Professor Scott in seinem dicken Mantel sah fast so aus, als sei er selbst bald reif für diese Zeremonie. Und Commander Nordlund, mit einem düsteren Ausdruck auf dem Gesicht, der wahrscheinlich eher auf ein versäumtes Golfspiel als auf Olsons Tod zurückzuführen war. Harry Connell und ein paar weitere Mitglieder der Fakultät.

Bis auf Petey waren keine Verwandten Olsons anwesend.

Der Priester trat zu Petey, sagte ein paar Worte, und dann ging sie zu einem der geparkten Wagen auf der Straße. Die anderen folgten. Tanner bildete den Schluß. Hinter sich hörte er, wie die Schaufeln in die weiche Erde stießen.

Der Sitzung am Samstagmorgen hatten neun Leute beigewohnt, überlegte er, einschließlich eines sehr verängstigten, emotional gestörten Mannes, der die anderen davon hatte überzeugen wollen, daß die menschliche Rasse in Gefahr war. Jetzt waren es nur noch acht, ebenfalls einschließlich einer sehr verängstigten Seele, die schon für die Vernichtung vorgesehen war.

Er selbst.

Die anderen sagten nicht viel, aber er spürte Unbehagen, ein Mißtrauen ihm gegenüber. Sie schienen unnatürlich still und zurückhaltend zu sein.

Er holte DeFalco ein.

»Ed, ich möchte einen Augenblick mit Ihnen reden.«

DeFalco blieb stehen und zog eine Zigarette aus einem Etui. Er wich Tanners Blick aus.

»Etwas nicht in Ordnung?«

»Hat Connell irgend etwas gesagt?«

DeFalco zündete die Zigarette an und blies den Rauch durch die Nasenlöcher.

»Natürlich hat er das. Das konnten Sie sich doch denken.«

»Glauben Sie es?«

»Nein.«

Tanners Stimme bebte. »Ich kann es nicht beweisen. Aus dem gleichen Grund, aus dem ich nicht beweisen kann, daß ich ein Bankkonto hatte und einen Termin beim Zahnarzt und daß eine Menge Firmen in der Stadt mich kannten, ehe mein Name plötzlich verschwand. Ed, ich werde völlig isoliert.«

DeFalcos Gesicht wurde ausdruckslos. »Was kann ich dagegen unternehmen?«

Tanner starrte ihn an. DeFalcos Gesicht war kalt und gefühllos, das dichte schwarze Haar glänzte vor Feuchtigkeit. Der Wind spielte mit einzelnen Strähnen. Ein angespanntes, kraftvolles, schönes Gesicht – mit den Augen eines Mannes, der ungeahnte Ängste aussteht.

»Sicher, ich glaube Ihnen, Bill. Jemand manipuliert Ihre Unterlagen. Aber was kann ich tun?« Er deutete mit dem Daumen hinter sich, wo man das dumpfe Poltern der Erdschollen hörte. Seine Stimme war angespannt. »Olson war neugierig, er wußte zuviel. Und Sie sehen ja, was es ihm einbrachte. Ich glaube nicht, daß ein Mann sich einfach hinsetzt und stirbt. Jemand hat ihn erledigt. Und jemand ist hinter Ihnen her. Ich will damit nichts zu tun haben.«

Er ließ den Zigarettenstummel fallen und trat ihn in die weiche Erde. Sein Gesicht wirkte im diffusen Licht des trüben Morgens verzerrt.

»Ich mag dieses Leben. Ich mag es sogar dann, wenn es kalt und feucht ist und wenn es regnet. Ich möchte gern ein sehr alter Mann werden und vor dem Feuer sitzen und mir die Füße wärmen und die Bücher in meinen Regalen lesen. Ich mag zwar Ihren Freund wie die Pest hassen, aber ich will nicht gegen ihn kämpfen. Ich weiß, daß ich nicht gewinnen kann.« Er starrte in die Ferne. »Ich wünsche Ihnen Glück, Bill. Ich wäre froh, ich hätte mehr Mut, aber ich habe ihn nicht. Und ich will weder Ihnen noch mir selbst etwas vormachen.«

»Sie haben sich seit Samstag sehr verändert.«

Etwas flackerte kurz in den dunklen Augen auf. »Okay, ich habe viel geredet. Ich habe den Mund zu weit aufgerissen. Ich wollte mich selbst reden hören. Das machen die Leute ständig.« Er hielt inne und atmete tief ein wie ein Taucher, bevor er unter Wasser geht. »Ich will nichts über Olson wissen. Ich will auch nichts über Sie wissen. Ich will nicht mit Ihnen reden. Ich will nicht einmal mit Ihnen gesehen werden. Sie sind ein toter Mann, Tanner. Und es gibt nichts, was Sie oder ich oder sonst jemand dagegen tun kann.«

Tanner sah ihm nach, wie er in sein Auto stieg. Er fuhr so schnell an, daß die Räder durchdrehten und der Kies aufspritzte. DeFalco war kein Feigling. Am Sonntagabend war er noch voller Haß gewesen und bereit, sich der Herausforderung zu stellen.

Aber etwas war in der Zwischenzeit mit ihm geschehen.

Tanner fuhr in seinem Leihwagen vom Friedhof in die Stadt zurück, als ihm jemand auffiel, der in einem Torbogen stand. Irgendwie kam die Gestalt ihm bekannt vor, aber er konnte nicht sagen, woher. Irgendwo, irgendwann –

Er sah das kleine Mädchen erst im letzten Augenblick. Für den Bruchteil einer Sekunde erstarrte die Szene vor ihm zur Bewegungslosigkeit. Der Mann im Torbogen des Blumenladens, die wenigen Leute vor den Geschäften, die Fahne vor der Post, die in der feuchten Luft herabhing, der Streifenwagen, der ein paar Häuser weiter in der zweiten Reihe parkte.

Und das Kind in dem hellgelben Kleid, das plötzlich vor sein Auto lief.

Er trat auf die Bremse und riß das Steuer herum. Dann war nichts als Stille; es stank nach Gummi; kalte Schweißtropfen liefen ihm vom Nacken ins Hemd. Eine Sekunde später war er auf der Straße, kniete neben dem Mädchen, das wunderbarerweise unverletzt war. Tränen der Angst stiegen dem Kind in die Augen. Leute versammelten sich und machte eine Gasse, um die beiden Polizisten durchzulassen.

»Ich bin nicht schnell gefahren. Ich war –«

Sie sahen ihn kalt an.

»Das bekommen wir dauernd zu hören. Ihr braust wie der Teufel durch die Stadt, und wenn jemand verletzt wird, dann seid ihr nur gekrochen.«

Der andere Polizist bückte sich zu dem kleinen Mädchen hinunter. »Hast du dir weh getan? Hat das Auto dich gestreift?«

Das Kind schüttelte den Kopf und fing an zu weinen. »Ich will meinen Ball! Ich habe nur gespielt, und dann ist er weggerollt, und –«

Der Polizist verzog das Gesicht und steckte seinen Block ein. »Sie haben wirklich Glück gehabt. Wenn ihr was passiert wäre, hätten wir Sie verhaftet. Machen Sie, daß Sie weiterkommen, aber schön langsam.«

Tanner stieg in sein Auto, fuhr um den Block und hielt an. Er legte den Kopf aufs Lenkrad. Er zitterte immer noch, er wußte immer noch nicht genau, was passiert war. Das kleine Mädchen war ihm vors Auto gelaufen. Wenn er nicht Glück gehabt hätte, wenn seine Reflexe –

Aber da steckte mehr dahinter!

Der Mann im Torbogen des Blumenladens! Ein Trenchcoat; der Hut so tief in die Stirn gezogen, daß das Gesicht nicht zu erkennen war. Derselbe Mann, der am Ende des Piers gestanden hatte, als er fast ins Wasser gesprungen wäre?

Wahrscheinlich.

Und das Mädchen des Blumenhändlers, das auf dem Bürgersteig gespielt hatte. Das an einem kalten, trüben, ungemütlichen Tag draußen gespielt hatte. Und dann hatte das Kind plötzlich den Wunsch verspürt, auf die Straße zu laufen, weil es glaubte, daß sein Ball auf die Straße gerollt sei. Und wenn er ein kleines bißchen langsamer reagiert hätte, wäre das Mädchen jetzt tot.

Es war völlig sicher, daß er im Gefängnis gelandet wäre, um dort für den Rest seines Lebens zu vermodern, weil die Entlassungspapiere verlorengegangen wären und die Leute William Tanner völlig vergessen hätten. Sie hätten vergessen, daß er überhaupt je existierte.

Eines war ganz sicher: Normalerweise spielten kleine Mädchen an kalten, regnerischen Tagen nicht im Freien. Und das Kind war auch nicht auf die Straße gelaufen, weil sein Ball tatsächlich dorthin gerollt war. Es war gelaufen, weil etwas es gewollt hatte, etwas, das im Torbogen gestanden und das Kind und die Straße beobachtet und gewartet hatte.

Es mußte gar nicht unbedingt diese Straße sein, dachte er. Es könnte eine ganz andere Straße an einem völlig anderen Tag sein. Vielleicht würde eine alte Frau gedankenlos über die Straße gehen oder ein Junge auf dem Fahrrad einen plötzlichen Schlenker machen. Das Ergebnis wäre das gleiche. Das Gericht würde ihn verurteilen und seinem Feind die Arbeit abnehmen.

Er wurde gejagt, und bis jetzt hatte er sich verhalten wie das Kaninchen vor der Schlange. Er hatte nicht zurückgeschlagen, er hatte nicht gekämpft, er hatte es nicht wirklich versucht. Er hatte den Gedanken akzeptiert wie auch DeFalco, daß Widerstand unmöglich war, daß er keine Chance hatte.

Dabei war er gar nicht völlig hilflos. Er wußte, daß der Mann, der hinter ihm her war, derselbe war, der auf irgendeine Weise John Olson getötet hatte. Daß es einer von denen war, die an jenem schicksalhaften Samstag an der Sitzung teilgenommen hatten.

Bloß wer?

Er wußte es nicht. Aber Olson hatte es gewußt. Irgendwann in der Vergangenheit hatte er den Feind getroffen, und er hatte ihn wiedererkannt, als er ihn das nächstemal sah. Er war nicht dazu fähig gewesen, offen zu sprechen, aber er hatte versucht, mit dem Finger auf ihn zu zeigen.

Die Antwort auf die Frage, wer der Feind war, lag, dessen war Tanner plötzlich sicher, irgendwo in Olsons Vergangenheit.

Die Suche mußte in Olsons Heimatstadt beginnen.

7

Der Zug fuhr um sechs Uhr am Samstag morgen in Brockton ein, zu einer Zeit, in der das Städtchen noch schlief. Er hielt nur kurz. William Tanner war der einzige Reisende, der hier ausstieg.

Er stand auf dem Bahnsteig und sah dem Zug nach, dann wandte er sich dem Bahnhofsgebäude zu. Es war ein einstöckiges Holzhaus mit einem großen Schild, auf dem in abblätternden

Buchstaben BROCKTON stand. An der Tür zum Warteraum hing ein Zettel mit der Information, daß der Schalter erst um sieben Uhr geöffnet wurde.

Wenn jemand die Stadt verlassen wollte, dachte er, mußte er es also mit dem Abendzug tun. Er machte sich auf den Weg in die Stadt.

Brockton – eigentlich war es nur ein Dorf – hatte kaum mehr als zweitausend Einwohner. Ein paar Straßen, die alle nur wenige Häuserblocks lang waren und sich dann zwischen Feldern verliefen. Mehrere Geschäfte und eine Kneipe, deren zerbrochene Leuchtreklame im Morgenwind klapperte. Dazu eine weißgekalkte Kirche. Eine Drogerie und eine Eisenwarenhandlung, in deren Fenster Angelruten ausgestellt waren, und ein Rathaus, in dem am Samstag- und Sonntagabend Filme gezeigt wurden.

Kleines Dorf.

Farmerdorf.

Das Dorf, in dem John Olson auf die Welt gekommen war.

Er nahm ein Zimmer in dem kleinen, altmodischen Hotel, in dem der Staub dick auf den Ledersesseln in der Halle lag und wo es nur ein Badezimmer am Ende des Flurs gab. Sein Zimmer ging zur Hauptstraße hinaus. Es war ein großes Zimmer mit einem Messingbett und einer Eichenkommode, auf der Waschschüssel und Kanne standen.

Er hängte seinen Mantel auf und ging hinunter in die Caféteria des Hotels, die erstaunlicherweise schon geöffnet war. Er bestellte Toast und Kaffee und sah der Kellnerin nach, als sie in die Küche ging. Sie war jung und hilfsbereit – und das um halb sieben Uhr morgens! – und hatte Ähnlichkeit mit dem alten Mann am Empfang des Hotels. Wahrscheinlich die Tochter oder Enkelin, die mitarbeiten mußte.

Der Toast war hart, aber der Kaffee war heiß, stark und gut.

Das Mädchen blieb hinter der Theke stehen, polierte langsam die Marmorplatte und beobachtete ihn aus den Augenwinkeln. Wahrscheinlich fragte sie sich, wer er wohl war und was er hier wollte. Bis Mittag würde wahrscheinlich das ganze Dorf wissen, daß ein Fremder angekommen war.

»Der Kaffee ist ausgezeichnet.«

Sie kam zu ihm, ein bißchen zu schnell, und er mußte über ihren

Eifer lächeln.

»Pa bestellt immer eine besondere Mischung. Wir bekommen ihn jede Woche mit dem Zug.«

»Ist Ihr Vater der Mann an der Rezeption?«

Sie nickte. »Das Hotel gehört ihm.«

»Nettes Hotel.«

Sie wischte wieder über die Theke.

»Sind Sie Vertreter?«

Er hob die Augenbrauen, und sie wurde rot. »Ich wollte nicht neugierig sein, es ist nur, daß wir hier draußen selten Besucher haben.«

»Nein, ich bin kein Vertreter. Ich bin gekommen, um die Familie Olson zu besuchen.«

Sie runzelte die Stirn, und er wußte, daß sie sich überlegte, wie sie wohl fragen könnte, ohne allzu neugierig zu erscheinen.

»Ich kenne den jungen Olson von der Universität her. Er ist letzte Woche gestorben, und ich bringe seine Sachen zu den Eltern.« Irgendwie stimmte das auch. Und es würde nicht schaden, wenn diese Information kursierte – vielleicht waren die Leute dann gesprächiger.

»John Olson?«

»Genau.«

Sie trat hinter die Theke zurück. »Ich habe ihn nicht sehr gut gekannt. Ich glaube, ich war erst zehn, als er wegging.« Sie faltete den Lappen anders, so daß eine saubere Stelle zum Vorschein kam. »Für Adam Hart wird es bestimmt ein Schock sein.«

Einen Augenblick lang hatte er das Gefühl, der Toast und der Kaffee kämen ihm wieder hoch. Nur unter Aufbietung aller Kräfte gelang es ihm, das Zittern seiner Hände zu unterdrücken.

»Wer ist Adam Hart?«

»Adam war ein wirklich guter Freund von Johnny – die beiden steckten ständig zusammen. Sie wissen ja, wie Kinder manchmal jemanden anbeten, der älter ist als sie selbst.« Sie legte den Lappen weg und stellte die Ketchupflasche zwischen Zuckerdose und Salz- und Pfefferstreuer. »Ich habe Adam Hart nicht gut gekannt«, sagte sie langsam. »Aber er ist der Typ, den man nie vergißt. Die Mädchen waren alle verrückt nach ihm.«

»Wohnt er noch im Dorf?«

Sie schüttelte den Kopf. »Nein. Früher oder später zieht fast jeder aus Brockton weg. Adam ist vor ungefähr acht Jahren gegangen.«

Das Frühstück würde also doch unten bleiben, dachte er. Aber einen Augenblick lang hatte sie ihm wirklich Angst eingejagt.

»Dieser Hart – wie sieht er aus?«

Ihr Gesicht überzog sich mit einer leichten Röte. »Jung, aber nicht zu jung. Ungefähr fünfundzwanzig. Blondes Haar, groß und sehr schlank – irgendwie sah er ein bißchen so aus, als sei er die ganze Zeit hungrig. Blaue Augen und ein Lächeln, das die Welt auf den Kopf stellen konnte –«

Sie meinte das völlig ernst, dachte er verblüfft. Sie hatte Hart nicht gut gekannt, aber sie hatte sich in ihn verliebt, als sie knapp zehn Jahre alt war. Und mehr noch – sie hatte diese Verliebtheit bis heute nicht überwunden.

Sie sah ihn sehnsüchtig an. »Wenn man ihn einmal gekannt hat, kann man ihn nicht mehr vergessen.«

Er trank seinen Kaffee aus und starrte gedankenverloren auf die Regale mit den blitzenden Gläsern hinter der Theke.

Petey und Marge konnte er also von seiner Liste streichen, dachte er. Adam Hart war ein Mann. Olson war tot, und er selbst kam auch nicht in Frage. Was bedeutete, daß Adam Hart einer der restlichen fünf Männer sein mußten, die an jenem Samstagmorgen an der Besprechung teilgenommen hatten. Aber auch wenn man bedachte, daß acht Jahre vergangen waren –

– paßte die Beschreibung Harts auf niemanden in der Projektgruppe.

Die Olsons lebten zwei Häuser hinter dem Ende der ausgebauten Straße in einem kleinen weißen Bungalow – zu klein und zu neu für ein Farmhaus –, und Tanner dachte sich, daß die Olsons bestimmt erst vor kurzem dort eingezogen waren.

Er ging auf das Haus zu und zögerte einen Augenblick, ehe er anklopfte. Es war noch ziemlich früh am Morgen – vielleicht zu früh.

»Kann ich Ihnen helfen, Mister?«

Der Mann war um das Haus herumgekommen. Unter dem Arm trug er eine halbvolle Tüte mit Grassamen. Er war hochgewachsen, hatte ein ledriges Gesicht und silberweißes Haar, das halb unter eine Kappe versteckt war. Er sah aus wie der Prototyp, eines Farmers, genauso, wie man ihn in Schulbüchern darstellen würde.

»Ich suchte die Olsons, aber vielleicht ist es noch zu früh.«

Der Mann spuckte aus. »Überhaupt nicht, Sie hätten ruhig zwei Stunden früher kommen können. Als ich die Farm noch hatte, bin ich immer um fünf Uhr aufgestanden. Und sich sehe keinen Grund, warum ich mich jetzt noch zum Langschläfer entwickeln sollte.« Er sah Tanner scharf an. »Ich bin Mark Olson. Was wollen Sie?«

Tanner deutete auf den kleinen Koffer, den er mitgebracht hatte. »Ich komme von der Universität. Ich bringe Ihnen Johns Sachen.«

Der alte Mann öffnete die Fliegengittertür. »Kommen Sie herein, junger Mann. Mutter ist im Wohnzimmer.«

Drinnen war es dämmrig, und es roch so leicht muffig wie in einem Haus, das schon lange nicht mehr bewohnt wurde. Im Wohnzimmer saß Mrs. Olson in einem Schaukelstuhl am Fenster, in eine bunte Decke gewickelt. Ihr Gesicht war von feinen Linien und Falten überzogen, und die Augen lagen tief in den Höhlen.

Sie und ihr Mann mußten etwa gleichaltrig sein, dachte Tanner. Aber ihr Mann war immer noch lebhaft, während sie schon sehr alt wirkte; eine alte, müde Uhr, die nur noch darauf wartete, daß die Feder endgültig brach. Sie hatte kein Interesse mehr am Leben. Es war ihr genug, im Schaukelstuhl zu sitzen, den Wind über die Felder streichen zu sehen und vielleicht einen gelegentlichen Fußgänger, der auf der Straße vorbeispazierte.

»Ich komme von der Universität«, sagte er leise. »Ich habe Johns Sachen mitgebracht.«

Sie warf ihm einen kurzen Blick zu und sah wieder aus dem Fenster, als sei es eine zu große Mühe, den Blick auf etwas anderes als das gewohnte Bild zu richten.

»Patricia hat uns telegrafiert, daß er gestorben ist«, murmelte sie. »Sie sagte, wir würden es bis zur Beerdigung nicht mehr schaffen, denn er sei noch am selben Tag beerdigt worden.«

Was nicht stimmte, dachte er. Dann sah er die alte Frau noch einmal an und wußte, daß sie die Reise nicht überlebt hätte.

»Johnny war ein guter Junge«, sagte die alte Frau mit schwacher Stimme. »Er hätte länger leben müssen – Ihre Stimme verklang, und ihr Mann zupfte Tanner am Ärmel. Tanner folgte ihm in die kleine Küche und setzte sich an den Tisch.

Der alte Mann sagte rauh: »Man darf mit Mutter nicht zu lange reden. In letzter Zeit fühlt sie sich nicht gut. Johnnys Tod hat sie sehr mitgenommen.«

»John wurde hier in Brockton geboren, nicht wahr, Mr. Olson?«

»Ja, er hat hier gelebt, bis er aufs College ging. Vielleicht hätte er nicht gehen sollen. Er kam ein paarmal den Sommer über hierher zurück, aber er war nicht mehr derselbe, irgendwie unglücklich, launenhaft. Er hat zuviel gegrübelt.«

Er stellte einen alten blechernen Kaffeetopf auf den Herd und zündete das Gas mit einem Streichholz an. Seine Hand zitterte. »Ich habe Mutter immer gesagt, daß er ein Farmerjunge ist, daß er nicht für die Universität taugt.« Seine Stimme war leise und brach fast. »Ich werde den Jungen vermissen, Mister. Es war mir nie recht, daß er zur Schule ging, aber trotzdem habe ich viel auf ihn gesetzt und große Hoffnungen gehabt.«

Es würde schmerzlich sein für den alten Mann, dachte Tanner, aber es mußte getan werden.

»Seine ganze Vergangenheit war hier, nicht wahr? Alle seine Freunde und Verwandten.«

»Er hatte viele gute Freunde.« Der alte Mann ging zum Schrank und holte Tassen. »Einen davon werde ich nie vergessen – Adam Hart. Er war älter als Johnny, aber die Freundschaft war gut für den Jungen. Wenn man einen älteren Mann zum Freund hat, bekommt so ein Junge gleich eine andere Vorstellung von der Welt.«

Der Kaffee kochte, aber er nahm ihn nicht vom Herd.

»Dieser Adam Hart – Johnny hat oft von ihm gesprochen«, log Tanner. »Was für ein Mensch war er?«

»Ein ganzer Mann. Stammte aus einer Zigeunerfamilie, die sich am anderen Ende des Dorfes niedergelassen hatte. Sie hatten zwei Dutzend Kinder und einen Tanzbären im Hof hinter dem Haus. Kein Gras und keine Blumen auf dem ganzen Grundstück, aber ein paar Kirschbäume, auf denen die Kinder klettern konnten. Johnny war sehr oft dort. Adam war älter als Johnny, aber sie haben sich sehr gut verstanden. Adam half Johnny bei den Hausaufgaben und brachte ihn zum Sport.«

Er stand auf und schenkte schwarzen Kaffee ein. »Es wird Adam sehr leid tun, daß Johnny – tot ist.« Es kostete ihn Mühe, die Worte auszusprechen, und der Kaffeetopf schwankte ein bißchen. Kaffee schwappte auf die Wachstischdecke.

Aber es tut Adam Hart nicht leid, dachte Tanner. *Wahrscheinlich bedauert er nur, daß es ihn Zeit und Mühe kostete, Olson zu töten.*

»Weiß jemand, wo Adam jetzt ist?«

»Nein. Niemand hat mehr von ihm gehört, seit er das Dorf verlassen hat.«

»Wie sah er aus?« Das Mädchen im Hotel war sehr jung gewesen, als sie Hart das letzte Mal gesehen hatten. Der alte Mann konnte sich bestimmt genauer erinnern.

»Anfang zwanzig, höchstens. Hellbraunes Haar. Etwa so groß wie ich, also durchschnittlich. Kräftig – er hätte sich bestimmt ausgezeichnet hinter einem Pflug gemacht.«

Tanner trank einen Schluck Kaffee.

Der Adam Hart, den das Mädchen beschrieben hatte, und der Adam Hart, den der alte Mann gekannt hatte, schienen zwei völlig verschiedene Menschen zu sein.

Die High School von Brockton wirkte für das kleine Dorf ein bißchen zu groß, aber wahrscheinlich gingen hier auch alle Kinder der umliegenden Dörfer zur Schule. Die Klassenzimmer waren verlassen, und Tanner dachte schon, er hätte kein Glück.

Aber der Baseball-Trainer, der gleichzeitig auch Trainer für Fußball und Basketball, Schwimm- und Leichtathletiklehrer war und daneben Unterricht in Algebra gab, war noch da. Trainer Freudenthal war ein kräftiger, gedrungener Mann, etwa Mitte vierzig, mit einem freundlichen, natürlichen Wesen. Er war in der Turnhalle und übte mit einer Gruppe von Zwölfjährigen Basketball.

Tanner sagte dem Trainer, weshalb er hier war, und das freundliche Lächeln verschwand.

»Natürlich erinnere ich mich an Johnny. Er war der Star des Teams, als er noch hier spielte, obwohl er wirklich nicht danach aussah.« Er wandte sich den Jungen zu. »Okay, Jungs. Schluß für heute. Ab unter die Dusche, und dann nach Hause.«

»Auf dem Weg zu seinem Büro fragte er: »Wie ist es passiert, Professor?«

»Sein Herz hat versagt. Wahrscheinlich Überarbeitung.«

»Komisch, ich hätte nie gedacht, daß er ein schwaches Herz hat.« Freudenthal zog sein T-Shirt aus und rieb sich mit einem Handtuch ab. »Wissen Sie, man hätte ihn auch nie für einen Sportler gehalten. Er sah einfach nicht danach aus, obwohl das eigentlich bei vielen der Fall ist. Aber er war wirklich eine Überraschung. Er war nicht dafür gebaut, aber seine Reflexe waren hervorragend. Er hat beim Basketball sogar einen Wimpel gewonnen.« Freudenthal zog sich ein Hemd über und knöpfte es zu. »Vielleicht klingt es merkwürdig, aber ich glaube, daß er nie richtigen Spaß am Sport hatte. Es war mehr wie Arbeit für ihn. Eine Pflichtübung.«

»War er ein guter Schüler?«

»Einer der besten. In anderen Fächern war er genauso verläßlich wie beim Basketball.« Ein Lächeln flog über sein Gesicht. »Vielleicht war er in anderen Fächern sogar noch verläßlicher. Einmal hat Johnny mich nämlich wirklich zum Affen gemacht – er hat das Spiel total versaut. Nicht einmal die einfachsten Würfe hat er hinbekommen. Ich weiß heute noch nicht, wie das passieren konnte.«

»Wann war das?«

»Genau weiß ich es nicht mehr, aber irgendwann im Winter seines letzten Jahres an der Schule – es war an dem Abend, an dem die Zigeuner eines ihre großen Feste veranstalteten.«

Tanner blickte überrascht auf. »Hatten Sie einen Schüler namens Adam Hart?«

Freudenthal sah ihn an. »Hart? Nein, keines der Zigeunerkinder ist je zur Schule gegangen. Und, unter vier Augen, ich glaube nicht, daß es nötig gewesen wäre. Adam tauchte hier nur auf, um Johnny beim Basketballspielen zuzusehen.« Er ging zum Waschbecken und hielt den Kopf darunter. »Er war ein guter Freund von Johnny. Bei jedem Spiel saß er auf der Bank und feuerte ihn an.«

Bis auf jenen Abend, an dem er keine Zeit hatte, dachte Tanner. *Den Abend, an dem Olson so schlecht spielte.*

»Hatten Sie je den Eindruck, daß Johnny ein grüblerischer Typ war?«

»Anfangs nicht. Da war er einfach rundum zufrieden und glücklich. Sie kennen ja den Typ – nichts macht ihnen jemals so richtige Sorgen. Aber dann fing er an, nüchterner zu werden, richtig trübselig manchmal. Ich versuchte, mit ihm zu reden, ihn aus dieser Stimmung herauszureißen, aber es hat nicht viel genutzt. Etwas hat an ihm genagt, aber ich habe keine Ahnung, was es gewesen sein könnte.«

»Seine Eltern sagen, daß er erst so trübsinnig wurde, nachdem er zum College ging.«

»Sie wissen doch, wie Eltern sind, Professor. Sie sind immer die letzten, die merken, daß mit ihren Kindern etwas nicht in Ordnung ist.«

Tanner stand auf, um sich zu verabschieden. »Haben Sie zufällig ein Foto von Adam Hart? Vielleicht von einem Spiel, bei dem man ihn im Hintergrund sieht?«

»Versuchen Sie es mal beim *Eagle*. Falls überhaupt, hat nur die Redaktion Fotos.«

»Mr. Freudenthal –« sagte Tanner zögernd. »Was für ein Mensch war dieser Adam Hart?«

Das Gesicht des Sportlehrers hellte sich auf. »Wissen Sie, Professor, ich hatte da wirklich fast einen Spitzenspieler in der Gruppe. Absolute Spitzenklasse. Er hätte alles erreichen können. Sie hätten Hart kennen sollen, Professor. Er war nur ein junger Spund, aber er war einer der wenigen Leute, denen man so selten begegnet und von denen man sofort weiß, daß sie eines Tages ganz groß sein werden. Er hätte ein ganz großer Sportler werden können. Teufel, er hätte auf jedem Gebiet etwas leisten können.«

»Wie sah er aus?«

»Etwa achtzehn oder neunzehn, höchstens. Ziemlich klein, dunkles Haar, kräftiger Körperbau. Der athletische Typ. Ruhig. Er sagte nie viel, aber wenn er den Mund aufmachte, lohnte es sich, ihm zuzuhören. Kein bißchen eingebildet, immer ganz einfach angezogen. Ein Junge, mit dem man wirklich prima reden konnte. Und dazu ein guter Kopf, ein unheimlich kluger Kopf.«

Der Trainer hatte eine dritte Person beschrieben, dachte Tanner. Völlig verschieden von dem Adam Hart des Mädchens oder

Olsons Vaters. Das Mädchen im Hotel hatte den Mann gesehen, den junge Mädchen immer in ihren Träumen sehen: lächelnd, höflich, elegant angezogen, mit hungrigen Augen, die den Mutterinstinkt weckten. Mark Olson hatte in ihm einen waschechten Sohn der Erde gesehen und Trainer Freudenthal den vollkommenen Sportler.

Und wahrscheinlich hatten alle anderen Leute im Dorf Hart ebenfalls auf ihre ganz besondere Art gesehen. Hart war ein Spiegel gewesen, der das reflektierte, was sie sehen wollten.

Was bedeutete, daß ein Mitglied des Forschungsteams bei den anderen sieben ganz verschiedene Eindrücke hinterlassen hatte. Jeder hatte einen anderen Eindruck von ihm.

Blödsinn! Hart würde nie eine so offensichtlicher Spur hinterlassen. Er versteckt sich, und er macht es gut, er ist kein Amateur. Ich möchte meinen letzten Dollar verwetten, daß jeder von uns in ihm den gleichen Menschen sah.

Aber es wäre interessant zu wissen, wie Hart nun wirklich aussah. Und dafür gab es nur eine Möglichkeit. Er mußte sich ein Foto besorgen.

Es gab keins.

Der *Brockton Eagle* hatte keine Fotos von Adam Hart, obwohl der Herausgeber sich gut an ihn erinnerte und sich darüber ausließ, was für ein exzellenter Journalist er geworden wäre. Tanner sah die vergilbenden Akten durch und stieß auf ein oder zwei Fotos, in deren Bildtext auch Adam Hart im Hintergrund genannt wurde, aber die Fotos waren so verschwommen, als hätte die Hand des Fotografen im Augenblick der Aufnahme stark gezittert.

Adam Hart, die bekannteste und beliebteste Person im ganzen Dorf, war, was Fotos anging, ein Niemand.

Tanner aß im Hotel zu Mittag und erfuhr von der Kellnerin, daß das Haus der Harts vor Jahren bis auf die Grundmauern abgebrannt war. Am Nachmittag ging er zu der Stelle, an der es einmal gestanden hatte.

Jetzt war hier nur noch ein verlassenes Grundstück, von Unkraut und Gestrüpp überwuchert. Weiter hinten konnte man mehrere Kirchbäume sehen und am Rand des Grundstücks ein paar verkrüppelte Holzapfelbäume.

Er ging über die Straße und fragte einen Nachbarn, der seine Veranda reparierte.

»Das Haus ist vor acht Jahren abgebrannt, Mister. Nur ein paar Wochen, nachdem Adam weggezogen war. Gott sei Dank, denn sonst wäre er mit dem Rest der Familie verbrannt. Die schlimmste Tragödie, die wir je im Dorf hatten. Die alten Harts und die Kinder und alle Verwandten. Es waren über fünfzehn. Wir hatten fast nicht genug Särge für alle.«

Der Mann schlug einen weiteren Nagel in die Treppe der Veranda. »Eine richtige Schande war das. Die netteste Familie, die ich je gekannt habe. Es heißt, daß der Bär sich losgerissen und die Gasleitungen der Tanks vor der Küche zerstört hat. Der Bär wurde noch in derselben Nacht erschossen. Er war ebenfalls ziemlich schlimm verbrannt.«

»Um welche Zeit ist das passiert?«

»Spät, kurz nachdem der Abendzug durchgefahren war. Die Leute im Haus brachen in Panik aus und konnten die Tür nicht öffnen, was eigentlich komisch ist, weil sie sonst die Tür nie abgeschlossen hatten. Aber wir fanden viele Leichen gleich hinter der Tür. Sie hatten keine Chance. Wissen Sie, es war eines dieser großen Holzhäuser. Es brannte wie eine Fackel.«

Er richtete sich auf und suchte in seiner Tasche nach Nägeln. »Es war eine große Beerdigung. Das ganze Dorf war da, und Adam hat irgendwie davon erfahren und kam zurück. Ich habe noch nie im Leben einen Mann so verzweifelt gesehen. Es hat ihn völlig fertig gemacht. Wahrscheinlich würde es jedem so ergehen, der seine ganze Familie auf diese Weise verliert. Er hat mir so leid getan. Glauben Sie mir, Adam hatte so etwas nicht verdient. Er war der netteste und anständigste Kerl, der je auf Gottes Erdboden herumgelaufen ist.«

Tanner unterbrach ihn mit einem kurzen »Danke« und ging ins Hotel zurück. Es wurde schon Abend, die Sonne versank langsam hinter dem flachen Horizont der endlosen Prairie.

Brockton, dachte er. Ein ruhiges, stilles, kleines Dorf mit nicht allzu vielen Häusern und nicht allzu vielen Leuten.

Ein kleines Dorf, das keine Ahnung hatte, daß es ein Ungeheuer hervorgebracht hatte.

Tanner aß zu abend, las noch eine Weile und ging dann in sein Zimmer. Es gab für ihn hier nichts mehr zu tun. Er hatte fast alles herausgefunden, was es über Adam Hart zu erfahren gab, auch wenn er immer noch nicht wußte, wer Adam Hart war.

Er streckte sich und faltete die Hände hinter dem Kopf. Er war nach Brockton gekommen, um sich nach John Olson zu erkundigen, und er hatte fast nur von Adam Hart gehört. Und was wirklich zählte, war natürlich Adam Hart, nicht John Olson.

Er konnte fast sehen, wie alles angefangen hatte. Adam Hart, ein liebenswerter Zigeunerjunge, der zahllose Geschwister hatte und dessen Eltern hinter dem Haus einen Tanzbär hielten. Es gab Kirschbäume, auf denen man herumklettern konnte, und Kirschen, die man essen durfte, und niemand jagte einen weg.

Ein Mekka für jedes Kind im Dorf. Und John Olson war keine Ausnahme gewesen. Ein pummeliger kleiner Junge, sorglos und fröhlich, der oft mit den Hart-Kindern zusammen war und irgendwann anfing, in Adam Hart einen Helden zu sehen. Harts Reaktion? Wahrscheinlich hatte er sich geschmeichelt gefühlt. Und vielleicht, eines Tages, als Adam und John zusammen fischen gingen, hatte Adam seine große Entdeckung gemacht. Vielleicht hatte ein Baum mit Schlingpflanzen weit über den Fluß hinausgeragt –

Hart, athletisch und mit blitzschnellen Reflexen, war vielleicht hinaufgeklettert, hatte sich an den Schlingpflanzen wie Tarzan über das Flüßchen geschwungen und seinen jüngeren Begleiter aufgefordert, es ihm nachzumachen. John hätte das nie allein geschafft. Er hatte dazu nicht die Geschicklichkeit, nicht die erforderliche Muskelkraft. Wahrscheinlich hatte Adam den Jungen eine Zeitlang geneckt, dann hatte John es versucht, und Adam Hart hatte sich, vielleicht unbewußt, auf den Jungen konzentriert, ihn mit seiner Willenskraft dazu befähigt, sich über das Flüßchen zu schwingen.

John hatte es geschafft. Vielleicht war es ihm das nächste Mal im Überschwang des Selbstvertrauens, und ohne daß Hart sich auf ihn konzentrierte, nicht gelungen, und er war in den Fluß gefallen. Das mußte Hart nachdenklich gemacht haben.

Und vielleicht war Hart dann plötzlich die Erkenntnis gekommen, daß es gar nicht John gewesen war, der das erste Mal über das Flüßchen geklettert war. Es war zwar Johns Körper gewesen, aber Harts Geist und Nervensystem hatten ihn geleitet. Er hatte Johns Geist übernommen und an den Fäden gezogen, die die Muskeln und Reflexe seiner jungen Puppe in Bewegung setzten.

Es muß ein herrliches Gefühl von Macht gewesen sein, dachte Tanner. Adam Hart mußte damals bemerkt haben, was er war.

Ein Supermann.

Wahrscheinlich war es am Anfang nur ein großer Spaß gewesen. Sogar John hatte es aufregend gefunden. Er konnte in der Schulmannschaft spielen und alle mit seinen Fähigkeiten in Erstaunen versetzen. Und Adam Hart mußte Spaß daran gefunden haben, dabeizusitzen und Johns Geist so zu lenken, daß er Würfe vollbrachte, die den Zuschauern den Atem nahmen.

Aber dann mußte ein Tag gekommen sein, der den Bruch einleitete, an dem John Olson plötzlich merkte, daß er nicht mehr Herr seiner eigenen Sinne war, daß er kein eigenes Leben führte. Er mußte des Spaßes überdrüssig geworden sein. Er hatte Schluß machen wollen.

Aber Adam Hart hatte anders entschieden. John Olson war seine Schöpfung, seine Puppe, sein Schoßhund, dem er eine ganze Anzahl von Tricks beigebracht hatte. Und wenn der Herr wollte, daß er eine Vorstellung gab, mußte John die Vorstellung geben, ob es ihm nun paßte oder nicht.

Das mußte Olson kaputtgemacht haben. Das Wissen, daß sein Leben nicht mehr ihm gehörte. Daß er keinen Einfluß darauf hatte, was er tat. Daß Hart der Meister war und er noch weniger als ein Sklave.

Plötzlich empfand Tanner Mitleid mit Olson. Dieses Wissen mußte ihn fast umgebracht haben.

Aber schließlich war es Olson doch gelungen, sich zu lösen. Hart hatte ihm erlaubt, ins College zu flüchten. Und dann, Jahre später, war Hart wieder aufgetaucht. Olson war entsetzt gewesen, denn er wußte, was geschehen würde, daß Hart jeden Augenblick damit anfangen konnte, wieder an den Fäden zu ziehen, und wieder würde er das Leben einer Marionette führen.

Tanner setzte sich im Bett auf und holte die Pfeife aus der Schublade. Olson war drei Monate vor seinem Tod zur Projektgruppe gestoßen. Hatte seine Nervosität tatsächlich erst zu dieser

Zeit angefangen? Wahrscheinlich. Und wenn er Hart erkannt hatte, weshalb war er nicht einfach weggegangen? Aber vielleicht hatte Hart beschlossen, daß Olson zuviel wußte, als daß er ihn wieder aus den Augen hätte lassen dürfen.

Olson hatte versucht, die anderen auf Hart aufmerksam zu machen, hatte versucht, darauf hinzuweisen, daß der Feind existierte und daß etwas unternommen werden mußte. Er war nicht dazu in der Lage gewesen, offen zu sprechen, deshalb hatte er . . .

Er hatte den bewußten Fragebogen selbst ausgefüllt. Den Fragebogen absichtlich so ausgefüllt, daß die Gruppe mißtrauisch werden mußte. Und als es nicht zu klappen schien, als man nur einen Scherz vermutete, hatte er verzweifelt versucht, das Interesse der anderen zu wecken, hatte fast Streit angefangen, hatte nicht lockergelassen. Er hatte Hart herausgefordert. Und Hart hatte die Herausforderung angenommen.

Aber es paßt nicht ins Bild, dachte Tanner. *Es war ein Fehler gewesen, das zu tun. Und Adam Hart war nicht dumm.*

Von da an hatte Hart gewußt, daß er Olson nicht mehr aus den Augen lassen durfte, daß er nie mehr die Kontrolle über ihn verlieren durfte. Wahrscheinlich hatte er vor dem Haus der Van Zandts gestanden, in der Dunkelheit gewartet, beobachtet, wie John in sein Zimmer ging, und gewußt, daß Olson eine Gefahr bedeutete. John war um Mitternacht nach Hause gekommen, hatte drei Stunden lang gegen den Zwang angekämpft und ihn schließlich gebrochen, den Zwang, der ihn daran gehindert hatte, offen über Hart zu reden. Er hatte sich hingesetzt, um einen Brief zu schreiben. Aber Hart hatte geahnt, was er tat, und hatte ihn umgebracht.

Es konnte nicht schwer gewesen sein. Hart hatte Olsons Nervensystem genauso gut gekannt wie sein eigenes. Es war bestimmt leicht gewesen, Druck darauf auszuüben, das Nervensystem so zu bedrängen, daß Olsons Herz schließlich einfach aufgehört hatte zu schlagen.

Und Olson war nicht das einzige Opfer gewesen. Jahre vorher hatte Hart die Menschen getötet, die ihn am besten gekannt hatten, die wahrscheinlich geahnt hatten, was er war.

Seine eigene Familie.

Eines Nachts war er nach Brockton zurückgekommen. Mit dem

Abendzug. Es war einfach gewesen, den Bären loszubinden und dann hinter einem Baum versteckt das Tier mit seiner Willenskraft dazu zu zwingen, sich an den Gasleitungen zu schaffen zu machen.

Adam Hart.

Der Feind.

Adam Hart.

Das Ungeheuer.

Irgendwie ahnte er das andere Leben in seinem Zimmer. Er hatte ein Gefühl von Wärme, von menschlicher Bewegung...

Mit wilder Hast rollte er sich vom Bett. Einen Augenblick später beugte sich eine Gestalt über das Bett und zerrte an etwas, das sich durch die Matratzen gebohrt und in den Sprungfedern verklemmt hatte. Wenige Sekunden später hielt die Gestalt das Messer wieder hoch und wartete geduckt auf Tanner.

Er packte das Kopfkissen und hielt es wie einen Schild vor sich, als die Gestalt angriff. Das Messer fetzte durch das Kissen und riß ihm die Wange auf. Dann hatte er das Handgelenk der Gestalt gepackt und bog es nach hinten, wollte die Gestalt dazu zwingen, das Messer fallenzulassen.

Er erhielt einen Tritt gegen das Schienbein, der ihn zu Boden warf, aber immer noch klammerte er sich verzweifelt an das Handgelenk. Sie rollten gegen die Kommode, und er zwang das Handgelenk weiter nach hinten. Ein bißchen mehr Druck, dann hörte er das Knirschen und den dünnen, erstickten Schmerzensschrei. Sie rollten noch einmal umeinander, und die Gestalt versuchte, ihm das Knie gegen die Brust zu stoßen.

Dann hatte er das Messer und warf es in eine Ecke. Als die Gestalt hinterherkriechen wollte, versetzte er ihr einen Tritt in den Unterleib. Die Gestalt rollte sich zusammen und stöhnte. Er schaltete das Licht an.

Ein Junge, dachte er, fast noch ein Kind. Höchstens neunzehn. Ein Farmerjunge mit muskulösen Armen und verarbeiteten Händen. Nur ein Junge.

Und ein Fanatiker. Tanner war schweißgebadet. Ihm war fast schlecht vor Angst, Schmerzen und Erregung. »Was wolltest du? Ich habe kein Geld.«

Der Junge hatte so große Schmerzen, daß er nicht einmal lügen konnte.

»– nicht Ihr Geld.«

»Was dann?«

Die Lippen des Jungen preßten sich zusammen. Er würde nicht reden, dachte Tanner, er würde kein Wort sagen.

Seine Wut überraschte ihn. Er packte den Jungen am Kragen und zerrte ihn hoch, so daß seine Zehenspitzen kaum noch den Boden berührten.

»Wirst du es mir sagen?«

Der Junge fing an, den Kopf zu schütteln, und Tanner knallte ihm die Faust mit aller Wucht in die Magengrube. Der Junge klappte zusammen und übergab sich. Tanner wartete, bis die Krämpfe aufgehört hatten, und riß ihn wieder hoch.

»Warum hast du versucht, mich umzubringen?«

Der Junge antwortete nicht, und Tanner schlug ihn ins Gesicht. So fest, daß der Junge auf das Bett fiel. Ihm wurde selbst fast schlecht. Aber nur einen Augenblick später, und er wäre aufgeschlitzt worden wie das Kopfkissen.

Sagst du es mir jetzt?« Der Junge schüttelte den Kopf, und Tanner biß sich auf die Lippen und schlug ihn wieder. Der Junge klappte auf dem Boden zusammen.

Tanner wischte sich mit dem Handrücken über das Gesicht und stand schwankend über der Gestalt am Boden. Er drehte den Jungen mit dem Fuß um und starrte in das blutverschmierte Gesicht. Seine Stimme war leise und ausdruckslos. »Ich bin jetzt eine Woche auf der Flucht und ich bin müde. Entweder sagst du mir jetzt, weshalb du hinter mir her warst, oder ich bringe dich um und behaupte, es sei Notwehr gewesen. Verstehst du mich?«

Der Junge sah ihn an. »Sie haben zu viele Fragen gestellt«, sagte er mit erstickter Stimme. »Sie hätten nicht so viele Fragen über Adam Hart stellen sollen.«

»Hat Hart dich geschickt?«

Der Junge nickte.

Tanner sah ihn verächtlich an. »Wofür hältst du mich eigentlich? Adam Hart war schon seit acht Jahren nicht mehr in der Stadt.«

»Er hat mich nicht auf *Sie* angesetzt«, flüsterte der Junge.

»Und er muß auch nicht in der Stadt sein. Er hat es mir vor acht Jahren aufgetragen.«

Tanner starrte ihn ungläubig an, dann verstand er. Adam Hart war ein vorsichtiger Mann. Er hatte vorhergesehen, daß irgend jemand vielleicht einmal in seiner Heimatstadt auftauchen würde, um Informationen über ihn einzuholen.

Also hatte er schon damals eine Falle aufgestellt und die heikle Gehirnmanipulation vollzogen, die aus einem Farmer einen eiskalten Killer machte und der dann in Aktion trat, wenn jemand Fragen über Adam Hart stellte.

8

Der Arzt hieß Schwartz. Er war ins Rathaus gerufen worden, das auch als Polizeirevier diente, hatte einen erstaunten Blick auf Tanner und den Jungen geworfen, der versucht hatte, ihn umzubringen, und Tanner dann in ein Nebenzimmer gebeten. Tanner mußte sich auf einen Tisch setzen, und der Arzt versorgte die Schnittwunde. Er betupfte Tanners Wange mit einem in Alkohol getauchten Wattebausch.

»Tut es weh?«

»Was glauben Sie denn?«

Der Arzt lächelte leicht. »Ärzte haben auch ihre Litanei, genau wie Priester. Es ist Teil des Rituals.« Er ging wieder zu seiner Tasche und entnahm ihr eine Nadel und ein Fläschchen. »Ich vereise das lieber. Wenn Sie das Gesicht verziehen, kann ich Sie nicht richtig nähen.«

Wenige Augenblicke später fühlte sich Tanners verletzte Gesichtshälfte angenehm taub an. »Vielen Dank, daß Sie sich solche Mühe machen.«

»Weshalb nicht. Sie sehen aus, als würden Sie bar bezahlen.«

»Heißt das, daß das nicht üblich ist?«

»Genau. Fast alle Leute hier zahlen mit Schinken und Eingemachtem.« Er beugte sich dicht über Tanner und nähte den Schnitt zusammen. »Es war ein Messer, nicht wahr?«

Tanner deutete mit dem Daumen zur Tür. »Der Junge da draußen hat das angerichtet, falls es Sie interessiert.«

»Das habe ich mir schon gedacht. Jim Hendricks – die meisten Leute halten ihn für einen sehr ordentlichen, anständigen Jungen.«

»Er kann auch anständig mit einem Messer umgehen.«

Der Arzt machte noch ein paar weitere Stiche, bedeckte die Wunde mit Salbe und klebte ein Pflaster darüber.

»Ein paar Tage lang sollten Sie lieber nicht lächeln. Ich würde Ihnen gern sagen, daß keine Narbe zurückbleiben wird, aber ich fürchte, man wird es sehen. Der Schnitt ging ziemlich tief.«

Tanner spürte, wie der Schmerz wieder einsetzte. Der Arzt wusch sich am Waschbecken in der Ecke die Hände. »Werden Sie ihn anzeigen?«

»Würden Sie das nicht tun?«

»Jungen in diesem Alter stellen manchmal dumme Sachen an. Ich glaube nicht, daß es den Leuten hier gefallen würde, wenn ein Junge für einen leichtsinnigen Augenblick sein ganzes Leben verpfuschen müßte.«

»Sehen auch Sie das so, Doktor?«

»Nein. Aber ich fürchte, so würde ein Geschworenengericht es sehen. Der junge Hendricks ist hier beliebt, sein Vater wird von allen respektiert und geachtet – ihm gehört die Futtermittelhandlung ein paar Straßen weiter.« Er zog Papierhandtücher aus dem Halter an der Wand. »Sie dürfen nicht vergessen, daß Sie hier fremd sind. In Dörfern wie diesem hier macht man sich nichts aus Fremden, vor allem dann nicht, wenn sie aus der Großstadt kommen. Noch ehe die Verhandlung auch nur zur Hälfte vorbei wäre, hätte das ganze Dorf sich eingeredet, daß es einzig und allein Ihre Schuld war. Wahrscheinlich würde alles so verdreht werden, daß hinterher Sie auf der Anklagebank säßen.«

Er zerknüllte die Papierhandtücher und warf sie in einen Drahtkorb. »Weshalb hat Hendricks versucht, Sie umzubringen?«

Tanners Wange pochte und schmerzte, und er fühlte sich sehr schwach. Er wollte in sein Hotel zurück, vierundzwanzig Stunden lang schlafen und sich dann auf den Weg in eine Stadt machen, in der man noch nie etwas von Adam Hart oder John Olson gehört hatte. Aber er wußte, daß das unmöglich war. Er steckte bis über beide Ohren in dieser Affäre, und es gab kein Entkommen.

»Geht das Sie etwas an?«

»Nein, aber ich bin nun einmal neugierig. So etwas kommt hier nicht allzu oft vor.«

Es konnte ein Trick sein. Dr. Schwartz konnte vor Jahren ebenfalls von Adam Hart als Falle präpariert worden sein.

»Wann haben Sie ihre Praxis hier eröffnet?«

Schwartz sah ihn intensiv an. »Vor fünf Jahren. Und es wäre ein riesiger Unterschied, nicht wahr, wenn ich schon vor – sagen wir – vor über acht Jahren hergekommen wäre.«

Tanner sagte: »Was wissen Sie über ihn?«

Schwartz trommelte mit den Fingern auf der Tischplatte. »Ich bin der einzige Arzt hier, der einzige, den sie in den letzten fünf Jahren hatten. Ich weiß fast alles, was es über die Menschen hier zu wissen gibt. Ich kenne alle ihre Tugenden, alle ihre Sünden. Sie dürfen mir glauben, mit beiden könnte man ein Buch füllen.«

Er wischte sich den Schweiß von seinem schmalen Schnurrbart. »Ich habe Adam Hart nie kennengelernt, aber ich bin überrascht darüber, wieviel ich von ihm weiß. Er muß schon ein besonderer Mensch gewesen sein. Er lieh sich Geld bei fast allen Leuten im Dorf, und soweit ich weiß, hat er nie den geringsten Versuch gemacht, es zurückzuzahlen. Und niemand hat ihn je an seine Schulden erinnert. Die Leute schrieben das Geld einfach ab und betrachteten das noch als eine Ehre. Nur zum Spaß hat er ständig Schlägereien zwischen jungen Leuten angezettelt, nur um zu sehen, was passieren würde. Niemand hat sich je darüber beschwert. Wenn jemand anderer das gemacht hätte, hätte man die Polizei geholt. Wenn Adam Hart es machte, zeugte es nur von jugendlichem Frohsinn.

Das ist noch nicht alles. Es gab ein halbes Dutzend unehelicher Kinder im Dorf, die alle von Adam Hart stammten.«

Tanner wurde fast schlecht, wenn er an die Zukunft dachte, wenn es sechs Adam Harts geben würde. »Sie sagten ›es gab‹. Was ist passiert?«

»Es waren kränkliche Kinder – eins wie das andere. Vielleicht war irgend etwas mit der Erbmasse nicht in Ordnung. Ich weiß es nicht, aber sie bekamen jede nur mögliche Kinderkrankheit, und sie besaßen absolut keine Widerstandskräfte. Sie starben – alle.«

Gescheiterte Versuche, dachte Tanner. Mutationen, die es nicht geschafft hatten.

»Den Müttern war es völlig egal, daß die Kinder unehelich waren«, fuhr Schwartz fort. »Und auch ihren Eltern war es gleichgültig. Hart war sexuell unersättlich und trieb es mit allen weiblichen Wesen im ganzen Dorf. Nach allem, was man so hört, könnte ich keine Frau nennen, die er ausgelassen hat. Aber niemand hielt das, was er tat, je für falsch.

Adam Hart hatte offen sämtliche Tabus der menschlichen Gesellschaft gebrochen, überlegte Tanner. Und die Mitglieder dieser Gesellschaft hatten ihm freudig verziehen.

»Dieses Dorf«, fuhr Schwartz mit leiser Stimme fort, »hat nur einen einzigen Menschen hervorgebracht, über den zu reden sich lohnt: Adam Hart. Seit er weg ist, befindet sich Brockton in einer Art Dämmerzustand. Es lebt nicht, aber es ist auch nicht tot. Es wartet. Übrigens gibt es in der Umgebung noch ein paar Dörfer, in denen es genauso ist. Hart ist ziemlich viel herumgekommen.«

»Worauf warten sie?«

»Darauf, daß Hart zurückkommt. Und eines Tages wird er das auch tun.« Schwartz schwieg einen Augenblick. »Manchmal frage ich mich, ob Hart in der Zwischenzeit so im ganzen Land herumreist.«

Damit er in vielen Städten bekannt wird, dachte Tanner. Es war etwas, an das er bis jetzt noch nicht gedacht hatte. Das ganze Land wartete vielleicht nur darauf, daß Adam Hart zurückkommen würde –

»Und es würde ein Triumphzug werden.«

»Das würde es bestimmt.«

Tanner zog seinen Mantel an und ging zur Tür. Schwartz sagte: »Was werden Sie tun, wenn Sie ihn finden, Professor?«

Tanner lächelte leicht, und der Schmerz in seiner Wange wurde stärker. »Ihn umbringen.«

Als Tanner an der Tür war, sagte Schwartz: »Dr. Pierce, dessen Praxis ich übernommen habe, wollte mir alles über die Familie Hart erzählen.«

»Und es ist nie dazu gekommen, nicht wahr?«

»Nein. Sechs Monate, nachdem er die Praxis aufgegeben hatte, passierte der Unfall. Er stürzte eines Nachts die Kellertreppe hinunter und brach sich das Genick.«

»Sind Sie sicher, daß es ein Unfall war?«

Schwartz zögerte. »Wahrscheinlich nicht. Aber wenn ich herausbekäme, daß es kein Unfall war, wäre mein Leben nicht mehr viel wert, oder?«

Tanner nickte. »Sie haben recht, Doktor. Keinen Pfifferling.«

9

Am Sonntagmorgen verließ er Brockton mit dem Morgenzug. Es hatte keinen Sinn, hierzubleiben und Anzeige zu erstatten. Der Junge lebte hier, aber er selbst war ein Fremder. Und der Richter, der seit zwanzig Jahren im Amt war, würde ihm bestimmt nicht gewogen sein.

Adam Hart hatte wirklich vorgesorgt, dachte er.

Die endlose Prairie und der verschwommene Fleck am Horizont, wo Brockton lag, verschwanden langsam, und er spürte, wie die Spannung allmählich von ihm wich. In vieler Hinsicht war es eine ausgezeichnete Idee gewesen, nach Brockton zu gehen. Er hatte eine Menge über Hart erfahren.

Und es war reines Glück gewesen, daß er lebend davongekommen war.

Ein unangenehmer Gedanke. Bis jetzt hatte er noch keinen Schritt gemacht, den Hart nicht vorhergesehen hätte. Es war immer noch ein Katz-und-Maus-Spiel, wobei ihm selbst die Rolle der Maus aufgezwungen wurde. Früher oder später würde Hart des Spiels müde werden und die Krallen zeigen, und das wäre das Ende.

Die Luft im Zug war heiß und stickig, und unwillkürlich griff er sich an den Hals. Am Ende würde es entweder der Pier sein oder ein Dasein als lebender Toter, wie in Olsons Fall. Eine Marionette.

Jetzt fragte er sich, ob Hart auch noch hinter anderen Mitgliedern der Forschungsgruppe her war, und falls nicht, warum nicht. Was war an ihm selbst so Besonderes?

»Schöner Tag heute, wie?«

Er warf seinem Gegenüber einen Blick zu. Eine Frau in mittleren Jahren, zwischen fünfundvierzig und fünfzig, mit angegrautem Haar und einem Gesicht, auf dem die Sorgen so deutlich zu sehen waren wie auf den Gesichtern anderer Frauen der Lippenstift. Er murmelte seine Zustimmung.

Sie fuhr mit weicher, aber bestimmter Stimme fort: »Sie sind in Brockton zugestiegen? Ein wirklich hübsches Dorf. Jess erledigt dort immer seine Bankgeschäfte. Wir haben eine kleine Farm. Es geht uns recht gut, aber wir stellen auch keine hohen Ansprüche.« Sie sah ihn scharf an. »Waren Sie Soldat?«

»Ein paar Jahre lang.«

Sie öffnete ihre Handtasche und wühlte zwischen Tachentüchern, Schlüsseln und Puderdose herum. Das Foto, das sie schließlich zum Vorschein brachte, war genau das, was er erwartet hatte. Ein jungenhaftes Gesicht unter der Uniformmütze, ein Lächeln und ein sorgfältig retuschiertes Blitzen in den Augen.

»Mein Ralph. Er ist im Krieg gefallen.«

Er wußte nicht, was er sagen sollte, und sie steckte das Foto wieder ein. Ihr teigiges Gesicht nahm einen bitteren Ausdruck an, als wollte sie sagen: Dafür wird jemand büßen.

»Wir haben diesen Krieg für nichts und wieder nichts geführt. Wir hatten keine richtige Führung –« Sie hielt inne, knipste die Handtasche energisch zu, und ihre Wangenmuskeln spannten sich. »Was wir brauchen, ist ein Führer. Einen starken, entschlossenen, strengen Führer.«

»Mein Gott, *einen Führer,* dachte er.

Jemanden wie Adam Hart?

Es hatte immer geheißen, daß die menschliche Rasse alles haßte, was ihr überlegen war. Daß der Mensch alles tun würde, zu vernichten, was fähiger war als er selbst. Aber war das wirklich so?

Es bestand die Möglichkeit, daß die Menschen Adam Hart mit offenen Armen empfangen würden. Und warum auch nicht? Die letzten dreißig Jahre hatten die meisten Leute nichts anderes getan, als irgend jemandem zu folgen. Sie hatten sich daran gewöhnt, sie waren reif. Die Menschen wünschten sich Vorbilder, sie bewunderten und verehrten Filmstars, Sportler, Diktatoren.

Die Leute würden Adam Hart nicht bekämpfen. Sie würden ihn feiern, sie würden ihn mit Konfetti überschütten, seine Biographie drucken und sie zu Millionen Exemplaren kaufen. In jedem

Haus würde sein Bild hängen.

Was hatte Marge gesagt?

Ich bin bereit, in meinem Wohnzimmer einen kleinen Altar aufzu-
stellen, sobald ich weiß, was ich anbeten soll.

Er seufzte, nahm die Zeitung und versuchte, sich darauf zu konzentrieren. Immer die gleichen Nachrichten, dachte er, und die
Augen fielen ihm fast zu. Die kleinen Kriege, die Spannungen,
Morde, Vergewaltigungen, Diebstähle – nur die Namen änderten
sich.

Warum wollte Adam Hart überhaupt etwas mit den Menschen
zu tun haben?

Und dann fiel ihm eine Person ein, die es vielleicht wußte, eine
unbeteiligte Zuschauerin, die vielleicht genausoviel über Adam
Hart wußte wie Olson. Die einzige Person, die es wissen würde,
weil sie dabei gewesen war.

Olsons Schwester.

Petey.

Den Nachmittag über döste er. Er aß im überfüllten Speisewagen,
las ein paar optimistische Artikel in einer traditionell optimisti-
schen Zeitschrift und war hellwach, als der Zug Chicago erreichte. Es war früh am Abend, und ein leichter Nebel trieb vom
See her über die Stadt, so daß alles wie in graue Watte verpackt
aussah, durchschossen von schwarzen Schatten und Millionen
von Lichtern – Lichtern, die der Nebel verschwommen und größer machte.

Der Zug verlangsamte die Fahrt, und plötzlich wich das Grau
der strahlenden Helle des Bahnhofs. Die Gänge der Waggons
füllten sich mit Menschen, die ihre Mäntel anzogen und sich
streckten, um die Koffer aus den Gepäcknetzen zu heben. Er
reichte seiner Nachbarin einen alten Aluminiumkoffer, stellte seinen eigenen Koffer auf den Sitz und setzte sich wieder, um zu
warten, bis der Gang sich leeren würde.

Draußen fuhren Gepäckwagen am Zug vorbei, Träger warteten
darauf, alten Frauen beim Aussteigen zu helfen, und Hunderte
von Menschen drängten sich auf dem Bahnsteig, um Mama und
Papa, Onkel Harry oder Schwester Ellen zu begrüßen.

Die Schlange setzte sich langsam in Bewegung, und Tanner beobachtete, wie die Leute sich ins Freie drängten. Der Gang war halb leer, als er die beiden Männer am Rand des Bahnsteigs bemerkte. Zwei Männer in braunen Straßenanzügen, konservativen Krawatten und gewichsten Schuhen, die die aussteigenden Fahrgäste prüfend ansahen, aber niemanden begrüßten. Sie warteten noch, dachte er.

Auf wen?

Dann war der Gang fast leer. Die beiden Männer bewegten sich auf den Zug zu. Vorn im Gang begann eine Putzfrau mit ihrer Arbeit.

Seine Handflächen fühlten sich plötzlich auf der Armlehne feucht an. Er wußte nicht, wer die beiden Männer waren oder was sie wollten, aber er war sicher, daß es um ihn ging.

Er faßte einen Entschluß, lief zum hinteren Ende des Waggons und in den nächsten. Verzweifelt zerrte er an der Tür, auf der dem Bahnsteig abgewandten Seite des Zuges. Schließlich schwang sie auf, und er sprang auf die Schienen hinunter.

Der Bahnhof war so verdammt hell!

Einen Augenblick lang stand er in verzweifelter Unentschlossenheit da. Seinen Koffer, Pistole – alles, was er besaß, hatte er zurückgelassen.

Er fing an, die Schienen entlang zu laufen.

»Haltet den Mann auf!«

Das Schrillen einer Pfeife zerriß die Luft. Die Polizei, dachte er. Aus irgendeinem Grund machten auch sie jetzt bei dem Komplott gegen ihn mit. Er rannte die Schienen entlang.

Ping!

Betonsplitter spritzten von einer Schwelle, und er lief schneller. Die kalte Nachtluft brannte in seinen Lungen. Dann lief er über Schotter und hatte den Bahnhof hinter sich. Einen Augenblick war er als Silhouette deutlich zu sehen. Etwas schlug in das Fleisch seines Oberschenkels, und er ging fast in die Knie. Er taumelte, dann legte sich der Nebel schützend zwischen ihn und den Bahnhof, und er rutschte eine steinige Böschung hinunter.

Die Steine und Schlacken rissen ihm die Handflächen auf. Er fiel in einen verkrüppelten Busch und sah Gras und öliges Wasser in dem Graben am Fuß der Böschung. Er blieb zitternd liegen, während das ölige Wasser durch Mantel und Hemd drang.

Ich kann versuchen, schneller zu laufen als sie, dachte er. Aber auf der anderen Seite der Böschung war eine hellerleuchtete, breite Straße, wo er ein perfektes Ziel abgeben würde.

Er preßte sich tief in den Graben hinein. Über sich hörte er Geräusche und das Klappern von Steinen, als die Männer auf dem Bahndamm vorbeigingen. Eine Taschenlampe flammte auf, und ihr Lichtkegel richtete sich auf ein kleines Gestrüpp etwa zwei Meter von seinem Kopf entfernt.

»Ich dachte, ich hätte ihn hier runter laufen gesehen.«

»Achte auf Blutspuren – ich glaube, wir haben ihn getroffen.«

»Hier ist nichts. Dieser verdammte Nebel!«

Es wurde dunkler und der Nebel immer dichter. Die Stimmen waren jetzt mindestens hundert Meter entfernt, aber er wußte, daß die Männer sich jeden Augenblick auf den Rückweg machen und die Böschung genauer absuchen könnten. Wenn er verschwinden wollte, dann mußte er es jetzt tun.

Er richtete sich auf die Knie auf, stöhnte vor Schmerzen und kroch lautlos die wenigen Meter zur Straße hinauf, immer im Schutz der wenigen Büsche. Die Straße war eine Einbahnstraße, und auf der anderen Seite parkten Autos.

Er zog die Schuhe aus und tastete nach einem Stein. Er warf ihn über den Bahndamm hinweg, so daß er auf der anderen Seite aufschlug.

»Hast du das gehört? Da drüben!«

»Wo?«

»Drüben! Auf dieser Seite!«

Das Licht verschwand. Er stand auf, hielt die Hände mit den Schuhen vor die Brust und rannte wie von Furien gehetzt über die Straße.

Nur das leise Huschen seiner Füße auf dem Asphalt war zu hören.

Die Autos, und dann, Gott sei Dank, Schatten. Er wandte sich nach Süden, in eine Gasse, blieb einen Augenblick in der Dunkelheit stehen, wischte sich die Hände an der Hose ab und betastete die Wunde an seinem Bein. Eine Fleischwunde, die wie die Hölle brannte.

Er zog die Schuhe wieder an, lief zwei Blocks weit durch die Gasse und machte sich dann auf den Weg zur Madison Street, zur

Skid Row, wo niemand Fragen stellte und ein verletzter Mann niemanden dazu veranlaßte, die Polizei zu rufen. In einer Spelunke ging er in den stinkenden Waschraum, kratzte den gröbsten Dreck von seinem Anzug und kämmte sich das Haar. Die Wunde würde warten müssen.

Er kramte in seinen Taschen. Ein paar Münzen und ein paar Dollarscheine, das war alles. Danach würde er betteln gehen müssen.

Er suchte eine Telefonzelle. Es gab einen Menschen, den er wahrscheinlich anrufen konnte, ohne Gefahr zu laufen, verraten zu werden, wenn er auch keine große Hilfe erwartete. Er warf eine Münze ein und wählte.

»Eddy? Ich bin's, Bill Tanner.«

»Bill!« Einen Augenblick lang herrschte tiefes Schweigen, so als hätte jemand die Hand über die Muschel gelegt. Dann ein nervöses, fast hysterisches: »Sie waren ja tagelang nirgends aufzutreiben, alter Freund. Wo, zum Teufel, stecken Sie?«

»Warum ist die Polizei hinter mir her, Eddy?«

»Die Polizei? Das soll doch wohl ein Witz sein.« Wieder diese tiefe Stille, die aber nicht verhinderte, daß er ganz leise eine Tür schlagen hörte. Lief jetzt jemand zum Nachbarn, um von dort aus die Polizei anzurufen? »Was meinen Sie damit, daß die Polizei hinter Ihnen her ist? Wo sind Sie?«

DeFalco hatte ihm bisher nicht geholfen, ihn im Stich gelassen, dachte er. Jetzt verriet er ihn auch noch.

»Bill, ist etwas nicht in Ordnung? Warum antworten Sie nicht? Bill, wo sind Sie?«

Er hatte höchstens fünf Minuten, dann würden sie herausgefunden haben, von wo aus er anrief, und die Polizei würde auftauchen.

Er hängte ein und wählte erneut.

»Marge?«

Sie erkannte seine Stimme, aber sie hängte nicht ein, und sie wurde auch nicht hysterisch. Ganz ruhig sagte sie: »Ich sag's dir lieber gleich, daß ich die Polizei anrufen werde, sobald du eingehängt hast.«

»Warum sind sie hinter mir her, Marge?«

Ihre Stimme war tonlos. »Wegen Mordes.«

»Und wen soll ich umgebracht haben?«

»John Olson.«

»Glaubst du das etwa?«

»Ich versuche es. Ich gebe mir große Mühe.«

Dann hörte er das Klicken am anderen Ende.

Hart hatte die Polizei auf ihn angesetzt, dachte er. Es war Hart bestimmt nicht schwergefallen, Beweise zu fälschen und den Leuten einzureden, daß er Olson umgebracht hatte. Die anderen Mitglieder des Forschungsteams würden das zwar nicht glauben, aber wie DeFalco hatten sie die Schrift an der Wand gelesen und waren zu Tode verängstigt. Sie waren bereit, mitzumachen, ihn den Wölfen vorzuwerfen.

Er verließ die Spelunke. Zehn Sekunden später hörte er die Sirenen.

Chicago nach Mitternacht.

Millionen Lichter und Tausende von Stimmen auf der Randolph und der State Street. Theater und Nachtclubs und Restaurants und durchgehend geöffnete Läden. Paare, die nach dem Kino heimgingen. Junge Leute, die an den Ecken herumlungerten. Das Leben und die Lichter und die Geräusche einer Großstadt nach Einbruch der Dunkelheit.

Drei Straßen weiter die vornehmen Gebäude der La Salle Street, die ruhig und verlassen dalagen, nur vom Schimmer der Straßenlaternen beleuchtet. Die Glasfronten, die mit toten Augen auf die verlassenen Bürgersteige starrten.

Die Straßenlaternen teilten die Stadt in riesige Quadrate auf, die Quadrate eines Schachbretts, auf dem er selbst gegen den Meister antreten mußte.

Irgendwo in der Dunkelheit wartete Adam Hart, dachte Tanner. Schlief er? Durchforschte er mit seinen Geisteskräften die Stadt? Er hätte es nur zu gerne gewußt.

Er trat auf die Straße und hielt ein Taxi an.

Petey war nicht zu Hause.

Er drückte erneut auf die Klingel, dann versuchte er, die Haustür zu öffnen. Sie war nicht abgeschlossen. Die Feuchtigkeit und die Hitze des Sommers hatten das Holz so verzogen, daß die Tür nicht mehr ins Schloß fiel. Er stieg die Treppe zu ihrer Wohnung hinauf, aber diesmal hatte er kein Glück.

Er konnte natürlich bis zum Morgen auf sie warten, dachte er. Dann fiel ihm ein, daß er vielleicht nicht mehr so viel Zeit hatte. Vielleicht war er dann schon tot. Und die leere Wohnung verriet ihm vielleicht Dinge, die Petey verschweigen würde.

Er versuchte mit der Klinge seines Taschenmessers, die Tür aufzubrechen, mußte aber feststellen, daß sie zwei Schlösser hatte, von denen nur eines sich auf diese Weise öffnen ließ. Er blickte den Flur entlang. Die Tapeten waren verblichen, der Teppich stellenweise abgetreten und durchgelaufen. Das Haus war zu einer Zeit erbaut worden, als man noch nicht in jede Wohnung ein eigenes Badezimmer einbaute.

Er versuchte es an der nächsten Wohnungstür und schaffte es, das Schloß aufzubekommen. Einen gespannten Moment lang wartete er auf Geräusche von drinnen, auf eine schläfrige Stimme.

Aber er hörte nichts und schlüpfte leise in das dunkle Zimmer.

Es war offensichtlich die Wohnung einer ledigen jungen Frau. Aus der Kochnische fiel Licht. Er sah eine Couch, die schon ausgeklappt worden war. Darauf lag ein Nachthemd. Jetzt hörte er aus der Kochnische ein leises Geräusch, das ihm vorher nicht aufgefallen war, und er blieb wie erstarrt stehen. Ein Radio.

Sonst nichts. Keine Bewegung war zu hören, auch nicht das Klappern von Geschirr oder sonstige Geräusche, die andeuteten, daß jemand sich in der Kochnische befand.

Er ging langsam hinüber und sah hinein. Die Kühlschranktür stand einen Spalt offen. Zutaten für ein Sandwich lagen auf der Arbeitsplatte. Brot, Butter und Leberwurst. Daneben ein Glas Milch. Er probierte davon.

Sauer. Das Mädchen war also weggegangen, um frische Milch zu holen. Sie würde jeden Moment zurückkommen.

Er ging ins Wohn-Schlafzimmer, sah die Tür und öffnete sie. Er befand sich im Badezimmer zwischen den beiden Wohnungen.

Er knipste das Licht an und verschloß die Tür, durch die er gerade gekommen war. Er ließ warmes Wasser ins Becken laufen, zog die Hose herunter und drückte einen Schwamm vorsichtig auf die Fleischwunde im Oberschenkel. Die Blutkruste löste sich, und die Wunde fing wieder an zu bluten. Er fand Verbandszeug und

Heftpflaster und bandagierte das Bein so fest es ging.

Erst als er alles wieder wegräumte, fiel ihm auf, was an dem Badezimmer nicht stimmte.

Auf der Ablage unter dem Spiegel sah er Gesichtspuder, Cremetöpfe, Badesalz und Eau de Cologne, und an den Handtuchstangen hingen mehrere Nylons. Daran war nichts ungewöhnliches, nicht einmal die Tatsache, daß es zwei verschiedene Sorten Puder und Parfüm waren und daß die Strümpfe verschiedene Größen hatten. Die beiden Zimmernachbarinnen, die sich das Bad teilten, hatten eben einen anderen Geschmack.

Bloß daß Petey nicht der Typ war für Puder und Parfüm, und daß sie anstatt Nylons Kniestrümpfe trug.

Er drehte das Licht aus und betrat die andere Wohnung. Es dauerte einen Augenblick, bis seine Augen sich an die Dunkelheit gewöhnt hatten, dann sah er die Stehlampe und machte Licht.

Alles sah fast genauso aus wie in der Wohnung nebenan. Was ganz unmöglich war, weil zu viele Dinge einfach nicht zu Peteys Charakter paßten. Die rosafarbene gesteppte Tagesdecke mit den Rüschen – ein bißchen feminin für Petey. Gleiches galt auch für die Vorhänge und Stores.

Einen Augenblick glaubte er schon, sich in einer falschen Wohnung zu befinden, aber dann sah er das Foto von Petey auf der Kommode. Eine lächelnde Petey mit offenem Haar, eingerahmt von Cremetöpfen und Parfümfläschchen, Gesichtswässern und Lippenstiften.

Es ergab keinen Sinn. Petey war nicht der Typ.

Er zog eine Schublade auf und strich mit der Hand über den Inhalt. Was er fand, paßte zu den Kosmetika auf der Kommode. So weiblich, wie man es sich nur vorstellen konnte.

Im Schrank hingen Kostüme und Baumwollkleider, wie er sie bei Petey kannte. Aber daneben gab es noch buntbedruckte Fähnchen und lange Abendkleider und eine Creation aus schwarzer Spitze, rückenfrei und tief ausgeschnitten.

Petey hatte ein Doppelleben geführt, und niemand hatte etwas davon geahnt. Und dann fragte er sich: *Warum?*

Im Gang waren Schritte zu hören und das Klappern eines Schlüssels im Schloß.

Er machte das Licht aus und trat in die Schatten des Wandschranks.

Sie schaltete die Deckenbeleuchtung ein und schloß die Tür hinter sich, dann warf sie ihren Mantel auf das Bett, streckte sich genüßlich und schüttelte ihr dichtes, braunes Haar. Es war erstaunlich, was langweilige Kleider und eine strenge Frisur anrichten konnten. Sie hatte eine gute Figur und wußte, wie sie sie zur Geltung bringen konnte. Und wie sie sich bewegte! Nicht mehr die eckigen, ungeschickten Bewegungen, die er kannte – sie war weich, anmutig, animalisch weiblich.

Sie bückte sich, um die hochhackigen Pumps auszuziehen, als er leise sagte: »Hallo, Petey.«

Sie erstarrte und balancierte auf einem Bein. »Was wollen Sie denn hier?«

»Ich bin nur kurz vorbeigekommen.« Er zog den Tabakbeutel aus der Tasche und fing an, die Pfeife zu stopfen. »Sie sehen hübsch aus, wenn Sie so schick angezogen sind. Gehen Sie oft aus?«

Sie zog die Schuhe aus und richtete sich auf. Mit einer Hand strich sie das lange Haar aus dem Gesicht, das sonst immer zu einem Knoten geschlungen war. »Das geht Sie überhaupt nichts an.«

»Und so kurz nach dem Tod Ihres Bruders.«

»Man kann schließlich nicht sein Leben lang trauern.«

»Nicht einmal sieben Tage lang?«

Ihre Stimme war kalt wie Eis. »Ich war Ihre Sekretärin, na schön. Aber jetzt arbeiten Sie nicht mehr an der Universität, und Sie haben kein Recht, sich in mein Privatleben einzumischen.«

Er setzte sich auf das Bett und strich mit der Hand über die Laken. Seide. Von einem Sekretärinnengehalt konnte man sich keine Seide leisten.

»Wer ist mein Nachfolger, Petey?«

»Van Zandt, wer denn sonst?« Sie wandte sich ab und ging zum Schrank. Sie zog den Reißverschluß auf und stieg aus ihrem Kleid. »Macht es Ihnen Spaß, zuzusehen, Professor? Sie wirken gar nicht mehr so steif wie sonst immer.«

Sekretärinnen, dachte er, konnten von ihrem Gehalt auch keine teuren Höschen aus Seide und Spitze kaufen.

»Warum haben Sie Ihren Eltern nicht rechtzeitig von Johns

Tod geschrieben, so daß sie zur Beerdigung hätten kommen können?«

»Sie hätten es nicht geschafft.«

»Ihr Vater wäre gekommen.«

Sie funkelte ihn böse an. »Sie waren in Brockton?«

»Ja. Ich habe mit fast allen Leuten im Dorf gesprochen, angefangen bei dem jungen Mädchen, das im Hotel arbeitet, bis zum Sportlehrer, der Jungen beibringt, wie man Basketball spielt. Sie alle kannten John gut. Sie kannten auch Adam Hart.«

»Ich weiß nicht, wovon Sie reden.«

Er lächelte. »Hören Sie doch auf, Petey. Sie haben sich in dem Augenblick verraten, als Sie in dieses Zimmer kamen.«

Sie sah gelangweilt aus und fing an, die Strümpfe herunterzurollen. »Wieso?«

»Ich habe DeFalco und Marge angerufen, als ich in die Stadt zurückkam. Sie wußten beide, daß die Polizei hinter mir her ist, daß die Polizei davon überzeugt ist, daß ich John umgebracht habe. Ich glaube zwar nicht, daß sie das auch annehmen, aber etwas hat sie so erschreckt, ihnen solche Angst eingejagt, daß sie bereit sind, mich den Wölfen zum Fraß vorzuwerfen. Aber Sie haben keine Angst, Petey. Sie haben absolut keine Angst. Weil Sie auf gutem Fuß mit diesem ›etwas‹ stehen, nicht wahr? Sie wissen nicht nur, daß nicht ich Ihren Bruder umgebracht habe, sondern Sie wissen auch, wer es in Wirklichkeit getan hat.«

Kalt fragte sie: »Na und?«

Sie hat recht, dachte er. *Na und? Ihr Bruder ist tot, was sollte es schon? Und auch ich werde wahrscheinlich nicht mehr lange leben. Ihr würde das nichts ausmachen. Es macht ihr gar nichts aus, ob ich lebe oder sterbe. Genau wie es ihr nichts ausmacht, daß ihr Bruder umgebracht wurde.*

Die Szene im Büro und auf dem Friedhof waren nur Theater gewesen.

Er stand auf, krallte die Finger in das Laken, zerrte an dem glatten, kühlen Material. Das Geräusch zerreißender Seide zerschnitt die Stille.

»Seidene Bettlaken – auch recht kostspielig für eine kleine Sekretärin, nicht wahr?« Er ging zum Schrank und riß die Kleider heraus, warf sie auf den Boden. »Sie haben uns allen etwas vorgemacht, nicht wahr, Petey? Ein gutaussehendes Mädchen, und keiner hat es gemerkt.« Er wischte mit dem Arm über die Kommode, und die Fläschchen fielen auf den Boden. »Nur vor einem haben Sie es nicht versteckt, nicht wahr? Es gab die ganze Zeit über jemanden, für den Sie sich schön gemacht haben.«

»Verschwinden Sie aus meinem Zimmer!«

Er packte sie bei den Schultern, grub die Finger tief in ihr Fleisch und schüttelte sie, daß ihr Kopf hin und her flog. »Von wem werden Sie ausgehalten, Petey?«

Ihre Stimme war gelassen. »Von niemandem.«

Er schlug so fest zu, daß er fast glaubte, er hätte ihr etwas gebrochen.

»Sie sind eine gottverdammte Lügnerin, Petey. Sie werden ausgehalten vom Mörder Ihres Bruders – Sie schlafen mit Adam Hart.«

Ihr Gesicht hatte die Farbe von Marmor, bis auf die Male seiner Finger, die sich feuerrot abhoben.

»Was wollen Sie?«

»Wer ist Adam Hart?«

Die Kraft war aus ihrer Stimme gewichen, und sie zitterte. »Das sage ich Ihnen nicht. Ich könnte es Ihnen nicht sagen, selbst wenn ich wollte.«

»Ich könnte Sie dazu zwingen. Und ich werde keine Sekunde zögern, es zu tun.«

»Sie Angeber!« sagte sie bitter. »Meinetwegen, versuchen Sie's doch.«

Er ging wieder zum Bett und setzte sich auf das zerrissene Laken. Er packte einen Streifen mit beiden Händen und zog so lange daran, bis er zerriß. Adam Hart war bestimmt kein Risiko eingegangen. Wahrscheinlich sagte Petey die Wahrheit. Wahrscheinlich konnte sie wirklich nicht reden, selbst wenn sie es gewollt hätte.

»Warum leben Sie mit ihm zusammen, Petey?«

»Weil ich es will – oder haben Sie eine andere Antwort erwartet?« Ihre Stimme wurde schrill und häßlich. »Sie würden mich nicht verstehen, wenn ich sagte, daß Sie ein kleiner Wicht sind, ein unbedeutender Mensch, ein schwacher Mann! Sie würden mich nicht verstehen, wenn ich sagte, daß Sie *menschlich* sind –

und dabei sagt das alles.«

Er sah auf und fühlte sich so schmutzig, als läge er immer noch im Graben am Fuß des Bahndamms.

»Können Sie mir sagen, wie er aussieht, Petey?«

Sie schüttelte den Kopf. »Was würde das schon nützen? Jeder sieht ihn anders.«

»Könnten Sie alle beschreiben, die an jenem Samstagmorgen bei der Besprechung waren?«

Sie sah ihn böse an. »Was verlangen Sie von mir? Daß ich Selbstmord begehe?«

Er wechselte das Thema. »Glauben Sie, daß er Sie liebt?«

Sie antwortete nicht.

»Sie müssen doch wissen, daß Sie ihm nichts bedeuten. Er ist bestialisch, und er kennt keine Moral. Sie sind nicht die einzige Frau für ihn – er hat noch andere. Sechs Mädchen in Brockton brachten Kinder von ihm zur Welt. Okay, Sie sind attraktiv und charmant. Aber Ihr größter Vorteil liegt darin, daß Sie sich hergeben.«

»Das ist mir egal.«

Er starrte sie an und fragte sich, ob sie das wirklich so meinte. Schließlich entschied er, daß es so sei.

»Was will er, Petey?«

»Woher soll ich wissen, was er will? Er spricht mit mir nicht darüber. Vielleicht will er die Menschen dirigieren, vielleicht will er die ganze Welt beherrschen. Wäre das so schlimm? Schließlich haben wir ein ziemliches Chaos aus dieser Welt gemacht.«

»O ja, Adam will Menschen dirigieren. Ihren Bruder zum Beispiel. Nur so zum Spaß.« Er ging vor dem ruinierten Bett auf und ab. »Weshalb ist die Polizei hinter mir her?«

»Sie haben versucht, John in der Nacht anzurufen, als er getötet wurde. Dann hat man Briefe in Ihrer Wohnung gefunden. Die Polizei nimmt an, daß John herausgefunden hat, daß Sie gar kein Professor sind und daß Sie ihn deswegen töteten.«

Die unauffindbaren Unterlagen, dachte er. Eine perfekt konstruierte Falle. Es war bestimmt nicht schwer gewesen, die Briefe zu fälschen und in seiner Wohnung zu deponieren.

»Ihr Adam Hart ist ganz schön raffiniert, nicht wahr?«

Sie zog sich ganz aus. »Ich kann nicht klagen.«

Ehe er das Zimmer verließ, rief sie ihn noch einmal zurück. Sie sah wunderschön aus, weiße Haut und braunes Haar, ein geschmeidiger Körper, und er fühlte, wie sich ihm der Hals zuschnürte. Dann sah er in ihr Gesicht, sah ihr Lächeln, die weißen Zähne und den Blick ihrer grünen Augen, und es wurde ihm fast schlecht.

Ihr Lächeln wurde zu einem bösen Grinsen. »Sie wissen, daß Sie die Nacht nicht überleben werden, nicht wahr, Professor?«

10

Er verließ das Zimmer und schloß leise die Tür hinter sich. Er haßte sie nicht, konnte sie nicht hassen. Sie war auch nur eine Marionette, die nach Adam Harts Pfeife tanzte. Bloß daß sie es im Gegensatz zu John nicht bedauerte.

Er steckte die Pfeife an, ließ das Streichholz auf den abgetretenen Teppich fallen und wandte sich der Treppe zu. Auf halbem Weg den Gang hinunter blieb er stehen. Unten hatte sich die Tür zur Straße geöffnet, und jetzt kam jemand die Treppe herauf.

Er lauschte. Die Schritte erreichten den Treppenabsatz im ersten Stock und stiegen weiter. Zum zweiten Stock, dann zum dritten. Eine Frau hätte den Lift genommen, also war es höchstwahrscheinlich ein Mann. Ein Mann, der es eilig hatte.

Dann wußte er, wer es war. Er konnte ihn die Treppe heraufkommen *fühlen,* so wie ein Schwimmer die Wellen *fühlt.*

Adam Hart hatte sich wahrscheinlich gelangweilt, nachdem er Petey vor dem Haus abgesetzt hatte. Eine Tasse Kaffee in einem Restaurant, und dann der Entschluß, Petey einen Überraschungsbesuch abzustatten. Ein bißchen Sex, bevor der Morgen graute.

Tanner stand in tödlicher Unentschlossenheit im Gang, lauschte auf die näherkommenden Schritte und spürte, wie seine Hände und sein Gesicht feucht wurden. Er wollte wissen, wer Hart war, aber er hatte nicht die Absicht, ihm von Angesicht zu Angesicht in einem dunklen Hausflur gegenüberzutreten. Dieses Begegnung konnte nur auf eine Art enden.

Jetzt hatten die Schritte den Absatz zwischen drittem und viertem Stock erreicht. Sie waren ruhig, sicher und ein kleines bißchen eilig.

Adam Hart ahnte nicht, daß er hier oben stand.

Er zögerte eine weitere Sekunde, dann floh er den Gang entlang. Hinter ihm hielten die Schritte einen Moment inne, dann wurden sie schneller.

Wer bist du –

Wer bist du –

Wer bist du –

Das Ende des Ganges, eine Tür mit einer roten Lampe darüber. Die Feuerleiter, und draußen ein nebliger, kühler Abend.

Er könnte über das Geländer springen, in die Sicherheit des Betons vier Stockwerke weiter unten, dachte er. Keine Sorgen mehr, keine Ängste –

In plötzlicher Panik umklammerte er das Geländer, dann rannte er die eisernen Stufen hinab, stolperte, fing sich wieder. Vier Treppen, immer drei Stufen auf einmal nehmend. Als er unten ankam, stolperte er wieder und fiel, und einen Augenblick lang sah er das Gebäude über sich aufragen, sah den Schatten im breitkrempigen Hut und Trenchcoat, der sich gegen die Schwärze abhob.

Er rappelte sich auf und rannte zur Mündung der Gasse. Seine Beine zitterten so stark, daß sie ihm fast den Dienst versagten.

Lauf nicht weg –

Lauf nicht weg –

Lauf nicht weg –

Sein Kopf tat plötzlich weh, und er empfand ein vorsichtiges Tasten, einen plötzlichen Druck und Stiche, die einen scharfen Schmerz hinter seinen Augen verursachten, und ein unerklärliches Jucken seiner Haut. Er öffnete den Mund, um zu schreien, aber ein Lachen brach hervor. Dann versagten seine Lungen plötzlich den Dienst, und sein linkes Bein fing an zu lahmen.

Ein vager Gedanke machte sich in seinem Kopf breit. Das war es also. Der Meister beherrschte inzwischen die Technik noch besser. Er spielte mit ihm wie ein Pianist auf seinem Flügel.

Dann legte sich ein Druck um sein Herz, eine Hand preßte es langsam zusammen, drückte auf Arterien und Venen und blockierte den Blutstrom. Das Gleiche mußte Olson empfunden haben, wenn auch nicht so plötzlich.

Das Ende der Gasse war noch zehn Meter entfernt.

Er fing an zu kämpfen, versuchte, seine Gedanken abzuschirmen, während er gleichzeitig im Geist die Finger packte, sie aufzubrechen versuchte und sich verzweifelte Mühe gab, ebenfalls Schmerz zu verursachen. Er spürte ein kurzes Nachlassen, das ihm Zeit gab, keuchend einzuatmen, und dann kam der Druck zurück.

Die Nacht und die kühle Luft – idiotisches Gelächter und Flüche, und seine eigenen Hände, die sich in seine Brust krallten, während seine Augen brannten und schmerzten.

Dann hatte er die Gasse hinter sich und befand sich auf einer Querstraße, außer Sicht des Hauses. Ein plötzliches Nachlassen, Überraschung und ein hektisches Tasten um ihn herum. Dann hörte er, wie jemand die Feuerleiter herunterkletterte.

Er mußte sich verstecken. Er war langsamer als Hart, und sobald Hart ihn wieder sehen konnte –

Er rannte auf eines der Häuser zu, dessen Fenster dunkel waren und nur den Schein der Straßenlaterne reflektierten. Ein Holzhaus mit einer Gartenveranda auf der Rückseite.

Der schmale Raum zwischen Erdboden und Verandadielen war voller Spinnweben. Bretter und Balken und Gartengeräte waren hier untergebracht. Er kroch zitternd zwischen zwei Bretterstapel. Er hatte Angst, aber die Angst half Hart nur bei seinem Vorhaben. Seine Panik spielte Hart in die Hände. Er zwang sich dazu, sich zu entspannen und an etwas anderes zu denken.

Der modrige Geruch faulenden Unkrauts unter der Veranda, und draußen eine kühle, klamme Nacht.

Er wartete.

Die kleinen Geräusche der Nacht. Das Rascheln in den Bäumen und Büschen, die kleinen Tiere, die sich zum Schlaf bereitmachten oder Futter suchten. Die Käfer in Ritzen und das entfernte Dröhnen des Verkehrs.

Etwas kratzte am Zaun hinter dem Haus, und die Gartentür schwang quietschend auf. Einen Augenblick konnte er die Umrisse eines Hundes erkennen, der nähertrottete. Eine schnelle Inspektion, dann wandte sich das Tier den Mülltonnen am Zaun zu. Mit ohrenbetäubendem Geklapper fiel der Deckel herunter.

Wenn der Hund näherkommen würde ... Aber er wühlte in den

Essensresten herum und hatte kein Interesse an der Veranda.

Dann fühlte er einen Schatten und wußte, daß Adam Hart den Lärm gehört hatte und gekommen war, um nachzusehen. Er spürte, wie der kalte Blick den Garten abtastete, an den Schatten der Büsche haften blieb, sich dem Hohlraum unter der Veranda zuwandte.

Sei nichts, sei ein Niemand.

Er versuchte, in seinem Gehirn eine Leere zu schaffen, nicht an Adam Hart zu denken, nicht daran zu denken, daß er gefunden würde, unter der Veranda, unter der Veranda, unter der Veranda –

Leere.

Nichts.

Ein Tasten unter der Veranda.

Nichts.

Ein sanftes Tasten in den Sträuchern und Büschen.

Nichts.

Es war nichts im Garten bis auf einen Hund, der sich an den Abfällen zu schaffen machte und jetzt aufsah, seinen Stummelschwanz bewegte. Er ließ den Abfall liegen und trottete durch den Garten, auf die schattenhafte Gestalt zu, die an der Gartentür stand.

Und dann plötzlich – *Wut.*

Die nächtlichen Geräusche in den Büschen und unter der Veranda erstarben. Ein kurzes Zwitschern in einem Baum, und dann – Totenstille. Etwas krachte durch die Äste und schlug auf dem Boden auf. Der Hund heulte, und sein Fell sträubte sich. Er trottete mit steifen Beinen weiter und blieb dann wie angewurzelt stehen. Er begann zu winseln.

Ein Muskel im linken Hinterbein des Hundes zuckte, spannte sich, und dann war ein knirschendes Geräusch zu hören. Der Hund schien bellen zu wollen, aber kein Geräusch drang aus seiner Kehle.

Wut!

Das Ende kam schnell. Der Hund erschauerte, und es lief wie in Wellen über ihn, zerrte an seinen Beinen und riß ihm das Maul auf. Plötzlich war ein lauteres Krachen zu hören, und der Hund sank zu Boden. Er zuckte noch einmal, als hätte jemand ihn getreten, und Blut schoß in dickem Strahl aus seiner Schnauze. Dann war der Garten still und leer.

Schritte erklangen auf dem Bürgersteig. Stille.

Tanner kroch unter der Veranda hervor. Er warf einen Blick auf den Hund, der wie zerschmettert auf dem Rasen lag, und dachte, wie leicht er jetzt an seiner Stelle dort liegen könnte. Er starrte lange auf den Kadaver, dann ging er auf die Straße hinaus.

Wolken wälzten sich vom westlichen Horizont heran. Der Wind hatte aufgefrischt, und es wurde kälter.

Ein Uhr nachts. Theaterbesucher bevölkerten die Straßen, warteten auf Busse, Taxis oder drängten sich in die Restaurants, die bis in die frühen Morgenstunden geöffnet hatten.

Menschen, dem Himmel sei Dank dafür. Er fühlte sich sicher unter ihnen. Je mehr, desto lieber.

»Für eine Tasse Kaffee, Mister.«

Schmutziges blaues Hemd und zerschlissene braune Hose, weißer Schnurrbart und blutunterlaufene Augen. Eine zitternde, ausgestreckte Hand, in die sich der Schmutz tief eingefressen hatte, abgekaute Fingernägel.

Tanner wühlte in seiner Tasche.

»Ich brauche nur fünf Dollar und sechsunddreißig Cents«, sagte die Stimme hoffnungslos.

Er zog die Hand aus der Tasche, als hätte er sich verbrannt. In den blutunterlaufenen Augen war nichts zu lesen, es gab nichts, was darauf hindeutete, daß er es nicht mit einem Stadtstreicher zu tun hatte.

Aber fünf Dollar und sechsunddreißig Cents waren genau die Summe, die er noch besaß.

Er starrte den Bettler an, wirbelte auf dem Absatz herum und ging weg.

Ich kann zu keinem Polizisten gehen und sagen: »Ich werde von jemandem verfolgt, der nicht menschlich ist.« Ich kann nicht verschwinden, ich kann mich nicht verstecken. Ich bin die Maus, und Hart ist die Katze. Und mag Gott meiner Seele gnädig sein, denn wie Petey sagte, werde ich die Nacht nicht überleben.

Paare schlenderten durch die Straßen, lachten und hielten sich eng umschlungen. Zwei Matrosen standen unter der Markise eines Kinos und beäugten die vorbeidrängelnde Menge. Eine Frau mit klappernden Absätzen eilte auf die Tiefgarage am Grant Park zu. Eine Gruppe von jungen Burschen redete auf ein Mädchen ein, dessen blondes Haar im Licht der Straßenlaternen aufleuchtete. Langsam leerten sich die Straßen.

Er sah immer wieder in Schaufenster, versuchte festzustellen, ob jemand ihm folgte. Mit Sicherheit konnte er es nicht sagen.

Zuerst bemerkte er die alte Frau gar nicht, die neben ihm auftauchte. Ihre Stimme war ein krächzendes Flüstern.

»Du willst doch das Morgen nicht aufhalten, Junge, oder?«

Hinter ihren Augen lag nichts. Wie auch in den Augen des Stadtstreichers nichts gelegen hatte, nur eine Leere, eine Art Blindheit.

Nur eine alte Frau in Schwarz.

»Das Morgen gehört denen, die schon das Heute besitzen.«

»Und wer besitzt das Heute?« fragte sie scharf. »Du nicht.«

»Wer sind Sie?«

»Glaubst du, daß du das je erfahren wirst?«

»Ja.«

Schrilles Lachen drang aus ihrem faltigen Hals. »Nur wenn du lange genug lebst.«

Sie drehte sich um und ging fort. Als sie um die Ecke verschwand, merkte er, daß er ganz allein war.

Randolph Street, die Fortsetzung der La Salle Street. Die dunklen Gebäudefronten, ausgeschaltete Leuchtreklamen, der gleichgültige Schein der Straßenlampen. Die Stille einer schlafenden Stadt, nur vom Flattern einer Zeitung unterbrochen, die gegen einen Mülleimer geweht wurde und sich dann unter einem Auto verfing.

Er blieb wieder stehen.

Adam Hart wartete am Ende des Häuserblocks auf ihn.

Eine einsame Gestalt im breitkrempigen Hut und Trenchcoat; das Gesicht war nicht zu erkennen.

Er wartete darauf, daß er näher kam.

Die Sekunden verstrichen eine nach der anderen. Er kam sich vor wie ein Hund, der eine Pfütze auf den Teppich gemacht hatte und jetzt bestraft werden würde. Er hatte das Gefühl, daß etwas Schreckliches auf ihn zukam.

Er wollte sich umdrehen und weglaufen.

Er konnte keinen Muskel bewegen. Der Mann an der Ecke hatte ihn völlig in der Hand.

Dann schlossen sich die Finger der unsichtbaren Hand langsam, und Tanner hörte auf zu atmen, so urplötzlich, als hätte ihm jemand die Luft abgedreht. Sein Herz schlug langsamer, und er verlor jedes Gefühl in den Beinen. Seine Hände wurden taub, und die Taubheit lief durch seine Arme und legte sich auf seine Brust.

Adam Hart war dabei, ihn Zelle um Zelle zu töten.

Plötzlich sah er in eine Schwärze, viel schwärzer als die Nacht, und er spürte, wie er langsam auf dem Boden zusammenbrach. Er schlug auf dem Asphalt auf, als ein Streifenwagen um die Ecke bog.

Quietschen von Reifen, gleichzeitig volle Freigabe und ein völliges Nachlassen der Spannung.

»He, Sie können doch nicht einfach auf dem Bürgersteig schlafen.«

Sie halfen ihm in den Streifenwagen.

Die Gestalt an der Ecke war verschwunden.

11

Er hatte zwar immer noch Angst, aber er ließ sich nicht von ihr überwältigen. Er schaffte es, seine Brieftasche auf dem Weg zum Polizeirevier zu verlieren, so daß sie nichts fanden, als sie ihn durchsuchten. Es gab nichts, was ihn mit dem wegen Mordes gesuchten William Tanner in Verbindung brachte. Als sie ihn fragten, nannte er einen falschen Namen und eine Adresse am Stadtrand. Sie machten sich nicht die Mühe, seine Angaben zu überprüfen.

Sie warfen ihn in eine Ausnüchterungszelle, und er dankte Gott für die vielen Betrunkenen, die vor sich hinmurmelten oder sich lautstark miteinander unterhielten. Eine halbe Stunde genoß er die Wärme, dann sank er in einen tiefen, gesunden Schlaf. Die Matratze, auf der er lag, war wahrscheinlich voller Flöhe, und als Kopfkissen hatte er nur seinen Arm, aber in der Zelle war er sicher. Das gedrängt volle Gefängnis und das Durcheinander so vieler Gedanken waren der beste Schutz, den er sich nur wünschen konnte.

Schwerer, ruhiger Schlaf und dann Wachträume, oder eigentlich mehr ein schläfriges Überdenken dessen, was geschehen war. Ein Kaleidoskop vorbeifliegenden Bilder, vor allem das eines Mannes in breitkrempigem Hut und Trenchcoat.

Er wachte zitternd auf und biß sich in den Arm, um den Schrei zu unterdrücken.

»Okay, alles aufstehen. Ihr Penner könnt schließlich nicht den ganzen Tag verschlafen. Macht schon. Aufstehen!«

Sie gaben ihm ein Frühstück aus Brot und Haferflockenbrei und ließen ihn in einem schmutzigen Waschraum baden und sich mit einem Rasierapparat rasieren. Um neun Uhr wurde er dem Schnellrichter vorgeführt, der gähnte und gelangweilt aussah und ihn mit einer Verwarnung entließ. Am Montagmittag trat er wieder in die freie Welt hinaus, und war wieder auf sich selbst gestellt.

Er hielt sich immer in der Menge auf, nie an einsamen Stellen oder auf leeren Straßen. Er betrat die öffentliche Bibliothek, ging in den gut besuchten Zeitschriftenraum und las bis in den Nachmittag hinein. Er besorgte sich etwas zu essen und setzte sich dann auf eine Bank im Grant Park, einen Steinwurf von der Buckingham Fountain entfernt. Kinder spielten im Wasser, Liebespärchen saßen auf den Bänken, eine Familie machte Picknick in der Nähe. Die Sicherheit der Menge.

Van Zandt.

Nordlund.

DeFalco.

Scott.

Grossman.

Wer von ihnen war Hart?

Er zählte sein Geld. Sechsunddreißig Cents. Die fünf Dollar hatten in der Brieftasche gesteckt, die er auf dem Weg zur Polizeiwache weggeworfen hatte. Sechsunddreißig Cents. Weniger als einen halben Dollar um zu essen, zu schlafen und – zu sterben.

Er wanderte die North Clark Street entlang und betrat eine Pfandleihe, nachdem er mit einem Blick durch das Fenster festgestellt hatte, daß kein anderer Kunde da war.

»Kann ich Ihnen helfen, Sir?«

Tanner gab sich unverbindlich. »Ich glaube nicht. Ich sehe mich nur ein bißchen um.« Die Augen des Mannes musterten ihn und versuchten ihn einzuschätzen. Der Kunde sah abgehärmt und heruntergekommen aus, aber sein Anzug war von guter Qualität und offensichtlich noch nicht alt.

»Wir haben ein paar hübsche Uhren, Pullover, Schuhe –«

»Ich interessiere mich für eine Pistole«, sagte Tanner mit ruhiger Stimme. »Mittleres Kaliber, nicht allzu groß.«

Der Mann sah ihn überrascht an, griff in eine Schublade und legte eine Selbstladepistole auf die Theke. »Eine Beretta, eine schöne Waffe.« Er zögerte. »Sie haben doch einen Waffenschein, oder?«

»Um ehrlich zu sein, nein. Wieviel?«

»Für Sie, sechzig Dollar.«

»Das ist ziemlich viel.«

»Dafür frage ich ja auch nicht, weshalb Sie ohne Waffenschein eine Pistole kaufen wollen.«

Ehe der Pfandleiher etwas dagegen einwenden konnte, nahm Tanner die Waffe und untersuchte sie. Er nahm das Magazin heraus und steckte es schnell wieder zurück. »Lassen Sie die Dinger immer geladen herumliegen?«

Der Mann hinter der Theke lachte nervös. »Natürlich nicht, wir –«

Tanner beugte sich über die Theke und richtete die Beretta auf den Bauch des Mannes. »Aber die hier ist geladen«, sagte er trocken.

Der Mann fuhr sich mit der Zunge über die Lippen. »Sie wollen mich wohl auf den Arm nehmen«, sagte er. »Wir entladen die Waffen prinzipiell immer.«

»Tatsächlich?«

Die Hand des Mannes kroch langsam zu einer Schublade unter der Theke.

»Das würde ich lieber sein lassen«, sagte Tanner mit ruhiger Stimme.

Die feiste Hand hielt inne. »Was wollen Sie?«

»Die Waffe, eine Schachtel Munition und, sagen wir, zehn Dollar für Spesen.«

Der Pfandleiher zuckte mit den Schultern, reichte ihm die Munition und das Geld. Tanner ging rückwärts zur Tür. Er war schon draußen, als der Pfandleiher sich räusperte und fragte: »Ist sie wirklich geladen?«

»Wie Sie selbst gesagt haben, entladen Sie Waffen prinzipiell immer.«

Er huschte hinaus und schloß die Tür, so daß die Flüche nicht mehr zu hören waren.

Im Fenster eines Restaurants hing ein Spiegel, und Tanner blieb einen Moment davor stehen.

Nicht mehr der ehrenwerte Professor Tanner, nicht wahr? Nicht mehr der junge, gutaussehende Projektleiter, der eine Vorliebe für Pfeifen und Tweedanzüge hat und ein intellektuelles Blitzen in den Augen. Sie sehen ein bißchen heruntergekommen aus, Professor. Ungekämmtes Haar, zerknitterter, schmutziger Anzug, blutverkrustete Schnitte im Gesicht, vom Rasieren und von deinem Abenteuer in Brockton. Du bist ein bißchen dünner geworden, und deine Augen sind gerötet, und manche Leute würden sagen, daß ein wilder Ausdruck auf deinem Gesicht liegt. Du hast einen langen Weg hinter dir – abwärts.

U-Bahnstation Van Buren Street, kühle Luft wie in einem Kellergewölbe, eine Erleichterung nach der glühenden Hitze draußen. Er steckte zwanzig Cents in den Fahrschein-Automaten und ging die Stufen zum Bahnsteig hinunter.

Es gab nur eines, was er tun konnte, dachte er, nämlich ganz am Anfang anzufangen. Er mußte zur Universität zurückgehen und in den Raum, wo sie sich am Samstagmorgen zur Besprechung versammelt hatten. Vielleicht würde das seinem Denkvermögen auf die Sprünge helfen, und vielleicht würde er einen Hinweis finden. Aber wenn er zurückging, begab er sich in große Gefahr. Die Semsterferien hatten begonnen, der Campus würde leer sein und er ganz allein auf dem Gelände.

Er blieb stehen und überlegte. Hinten im Tunnel konnte er die Lichter des Zuges sehen, der nach Norden fuhr. Die Lichter wurden größer und größer, und schließlich faßte er einen Entschluß.

Als der Zug den Bahnhof verließ, fuhr er mit.

Der Campus war leer, die Gebäude lagen in der Dämmerung grau und drohend da. Er steckte den Schlüssel ins Schloß des Gebäudes der wissenschaftlichen Fakultät und schlüpfte hinein. Der Nachtwächter verbrachte seine Zeit gewöhnlich in einem Nebenraum im Keller und saß vor dem Fernseher.

Er ging durch die stillen Flure in den Besprechungsraum der Projektgruppe. Es wurde dunkel, aber noch war es hell genug, daß er die Möbel erkennen konnte. Da waren der lange, zerkratzte Tisch, die einfachen Stühle und das Foto eines alten Professors mit Apfelbäckchen und dichtem Schnurrbart, der feierlich von der Wand herunterstarrte. Tisch und Fensterbrett lagen unter einer dicken Staubschicht, auf der man deutlich sehen konnte, daß jemand mit dem Finger darübergestrichen hatte.

Jemand hatte den Raum gründlich untersucht.

Er stand einen Moment da und überlegte, wer das wohl gewesen sein könnte, versuchte, sich auf das Geheimnis zu konzentrieren, das er lösen wollte, und nicht daran zu denken, in welch gefährlicher Situation er sich befand.

Jemand hustete hinter ihm, und er wirbelte herum. Er hatte nicht gehört, daß die Tür geöffnet worden war, und er hatte auch keine Schritte im Gang gehört. Aber jetzt stand Karl Grossman da, nervös und zögernd. War das nur Tarnung?

Grossman tapste mit ausgestreckter Hand auf ihn zu.

»Professor Tanner, ich –«

Er überließ sich ganz seinen Instinkten, dachte an nichts, denn denken hätte ihn nur gehemmt. Die Beretta lag in seiner Hand, und die Kugeln schlugen in das Holz der Tür hinter Grossman. Er drückte immer wieder ab, während er langsam rückwärts zum Fenster ging. Er sah den Ausdruck des Schocks auf Grossmans Gesicht, und dann schwankte der mächtige Mann auf ihn zu und umklammerte seine Knie.

Es war, als sehe er einen Film in Zeitlupe, jedes einzelne Bild zuckte langsam auf. Er war ohne Gedanken, ohne Gefühl.

Er spürte, wie er zu Boden ging und den Stuhl hinter sich mit umriß. Er versuchte, die Waffe umzudrehen und den Griff auf Grossmans Schädel zu schmettern. Dann packte der Physiker ihn mit einer Hand am Hals und versuchte verzweifelt, die Pistole mit der anderen Hand zu erreichen.

Sie rollten einmal übereinander, und während dieser Bewegung gelang es ihm, die Pistole wieder freizubekommen. Ihre Körper prallten gegen die Wand, und das Foto des schnurrbärtigen Professors fiel hinunter. Im gleichen Augenblick erfüllte das Knallen der Beretta den Raum.

Stille.

Rauch und Blut und Glassplitter. Ein verängstigter Mann auf dem Boden neben ihm, glasige Augen in einem totenblassen Gesicht, der Geruch von Angstschweiß. Aber ein Mann, der noch lebte, der jetzt tot wäre, hätte nicht das herabstürzende Bild Tanners Hand getroffen. Und das konnte nicht geplant gewesen sein. Das war einfach Glück gewesen – für sie beide.

Glück. Grossman hatte Glück gehabt – deshalb lebte er noch. Glück. Was bedeutete, daß der Physiker keine Gefahr darstellte.

Er sah Grossman noch einmal an, sah das Blut, das von seinem Ohr herunterlief, und stand zitternd auf.

»Es tut mir leid, Karl. Es tut mir wirklich leid.«

Grossman stand auf und suchte nach seinen Zigaretten. Seine Hände zitterten stark. »Ich kann Ihnen keinen Vorwurf machen, William. Ich glaube, ich weiß, was Sie durchgemacht haben.«

Überraschungen. Die Welt war voll von ihnen.

Der Physiker sah sich im Raum um. »Ich habe das Experiment noch einmal allein gemacht. Ich habe das Zimmer daraufhin untersucht, ob es irgendwo zieht. Jedes kleine Loch in der Wand, jeden Riß im Verputz, die Lücken zwischen Türrahmen und Wand – alles. Ich versichere Ihnen, daß der Papierschirm sich nicht von selbst bewegen konnte. Nicht auf normale Weise.« Er hielt inne. »Und ich weiß, was mit Ihnen passiert ist.«

Die Pupillen des Mannes waren übernatürlich groß. Er betupfte sein Ohr mit einem Taschentuch, betrachtete den Blutfleck und zuckte die Achseln. »Ich habe über Sie Nachforschungen angestellt, für die ich mich entschuldigen muß.« Seine Augen verengten sich. »Es war sehr merkwürdig und sehr aufschlußreich. Leute, die Sie kennen müßten, behaupten, noch nie etwas von Ihnen gehört zu haben.«

»Was für Leute?«

Grossman ging zum Fenster und starrte in die hereinbrechende Nacht hinaus. »Ihre Bank, Ihr Anwalt, Ihr Hausarzt, Ihr Dentist.

Keiner hat jemals was von Ihnen gehört. Und Sie wären erstaunt über die Zahl der Studenten, die sich sehr gut an ihre Vorlesungen erinnern, aber nicht an den Professor, der sie hielt.«

Hart hatte seine Vergangenheit manipuliert, überlegte Tanner. Hatte seine Geschichte umgeschrieben, so daß er risikolos eliminiert werden konnte. Niemand würde sich um ihn Sorgen machen, niemand würde betroffen sein, weil sich niemand erinnerte.

»Haben Sie überhaupt jemanden gefunden, der sich noch an mich erinnern konnte?«

»Wenige. Die Mitglieder der Projektgruppe, Ihre Sekretärin und ein Großvater Santucci in Connecticut. Das war alles.«

»Haben Sie mit Harry Connell gesprochen?«

»Er erinnert sich nicht an Sie.«

»Letzten Donnerstag erinnerte er sich noch sehr gut an mich.«

»Das ist schon eine Ewigkeit her.«

Jemand lief über den Gang. »Was geht hier vor?« Das empörte Gesicht des Nachtwächters erschien in der Tür. »Ich habe Schüsse gehört, nicht im Fernsehen.« Seine Augen weiteten sich, und er machte einen Schritt zurück. »Ich glaube, ich rufe die Polizei.«

Grossman zog einen Geldschein aus seiner Tasche. »Es war nichts, Joseph. Nur eine kurze Unterhaltung.«

Der Nachtwächter zögerte, die Augen fest auf Tanner gerichtet. Tanner konnte fast hören, wie er sich fragte, wo er Tanner schon einmal gesehen hatte und weshalb es so wichtig war, sich an ihn zu erinnern.

Tanner schob sich an ihm vorbei. »Gehen wir lieber, Karl.«

Es war nicht der Nachtwächter, der ihn beunruhigte. Es waren die Dunkelheit und die Stille und das Wissen, daß sie allein waren und leichte Beute.

Sie nahmen Grossmans Wagen. Tanner fuhr. Er fuhr langsam durch den warmen Abend, in südlicher Richtung auf die Innenstadt zu.

Grossman rutschte unruhig neben ihm hin und her. »Wissen Sie, daß die Polizei Sie sucht, William?«

»Ja, das habe ich gemerkt.«

»Ich habe mich umgehört«, fuhr Grossman fort. »Aber ich

habe nicht viel erfahren. Sie wissen wahrscheinlich viel mehr als ich.«

»Wenn Sie mir zuhören, Karl, setzen Sie Ihr Leben aufs Spiel.«

»Ich habe mein Leben bereits aufs Spiel gesetzt. Erzählen Sie.«

Tanner sprach mit ruhiger Stimme, erzählte Grossman alles, was er seit jenem Samstagmorgen gemacht hatte – von seinen Verdächtigungen, seinen kleinen Erfolgen und davon, wie nahe er dem Tod war. Und vor allem von Adam Hart.

Als er geendet hatte, sagte Grossman: »Wir sollten die Regierung informieren. Und zwar sofort.«

»Es würde uns bestimmt schwerfallen, die Politiker zu überzeugen.«

»Das glaube ich nicht. Ein Wissenschaftler könnte der Regierung erzählen, daß der Mond aus grünem Käse besteht, und sie würden einen Senator aus Wisconsin damit beauftragen, die Auswirkungen auf dem Weltmarkt für Käse zu berechnen. Die Regierung ist bereit und willens, alles zu glauben, William. Sie muß.«

»Sie vergessen, daß ich in Ungnade gefallen bin, Karl. Ich werde wegen Mordes gesucht. Die Polizei ist an mir bedeutend mehr interessiert als an Adam Hart.« Draußen blinkten die Lichter der Gold Coast Apartments. »Außerdem, wenn wir die Regierung informieren und tatsächlich Maßnahmen ergriffen werden sollten, würde früher oder später etwas durchsickern. Und dann können die Leute auf zweierlei Art reagieren. Entweder werden sie Hart mit ganzem Herzen als Diktator willkommen heißen, oder es kommt zu einem Pogrom, wobei jeder mit überdurchschnittlichem IQ um sein Leben laufen muß.«

»Was will er eigentlich, William?«

»Die Antwort darauf kenne ich leider noch nicht. Wie Petey Olson sagte, spricht er darüber nicht mit mir.« Er bog um eine Ecke und kam auf den äußeren Ring nach Norden. Es war Vollmond, und der Lake Michigan glitzerte im fahlen Licht. Es bereitete Tanner ein morbides Vergnügen, die dunklen Wellen heranrollen und sich brechen zu sehen. Die schmutzige Stadt mit ihrem funkelnden See – wie ein Nerzmantel um die Schultern eines Penners.

»Vielleicht will er die ganze Welt beherrschen«, sagte Tanner plötzlich. »Petey hat so etwas angedeutet. Und nach allem, was wir wissen, ist er vielleicht auf dem besten Weg, sie zu bekommen.

Wenn man die Zeitungen liest, kann man sich doch wirklich des Gefühls nicht erwehren, daß die Welt in Chaos versinkt. Aber vielleicht tut sie das gar nicht aus eigenen Stücken. Vielleicht schiebt jemand, hilft jemand ein bißchen nach. Jedesmal wenn ein Politiker einen Fehler begeht, jedesmal wenn ein Wissenschaftler etwas sagt, das er besser für sich behalten hätte, jedesmal wenn irgendein großes Tier eine Entscheidung trifft, die die Welt ein kleines bißchen schlechter macht – wie wollen wir wissen, ob nicht alles nach einem Plan verläuft?«

»Aber warum sollte er das tun?«

»Vielleicht weil er der erste ist, Karl. Vielleicht glaubt er, daß ein bißchen Chaos die Menschheit lähmt, so daß seine eigene Rasse sich vermehren kann. Wie bei einem Schlupfwespenei, das in eine Schmetterlingslarve gelegt wird – das Ei entwickelt sich, und die kleine Wespe frißt ihren lebenden Wirt auf.«

Das Brummen des Motors und das Sirren der Reifen auf dem Asphalt. Der dunkle Schatten Karl Grossmans, das Glühen seiner Zigarette.

»Wenn man zuviel darüber nachdenkt, könnte man verrückt werden«, fuhr Tanner fort. »Ich denke dauernd darüber nach, *wer* Adam Hart ist, und dann ertappe ich mich manchmal dabei, wie ich überlege, ob es nicht wichtiger ist herauszufinden, *was* er ist. Wissen Sie, die Welt hat sich in den letzten viertausend Jahren sehr verändert. Wir leben in einem technologischen Zeitalter, wo alles und jedes möglich ist und das tägliche Leben manchmal schon Übermenschliches von einem fordert. Aber die Menschen selbst haben sich nicht sehr geändert. Vielleicht beabsichtigt die Natur jetzt, uns durch ein neues Modell zu ersetzen, eine neue Rasse, die in einer hektischen Welt leben kann, ohne dabei zugrunde zu gehen.« Einen Moment lang schwieg er. »Ich weiß es nicht – es war nur so ein Gedanke.«

Grossman blies den Rauch seiner Zigarette gegen die Windschutzscheibe. »Was halten Sie persönlich von Hart?«

Einen Augenblick brachte die Frage Tanner aus dem Konzept. Ja, was hielt er eigentlich von Hart? Was hielt er wirklich von ihm? Er war die ganze Zeit über so beschäftigt gewesen, daß er darüber nicht nachgedacht hatte.

»Ich glaube nicht, daß ich ihn hasse – im abstrakten Sinn. Vielleicht könnte er wirklich alles besser machen als normale menschliche Wesen. Wenn er es wollte. Zumindest würde er wahrscheinlich dafür sorgen, daß wir gut versorgt wären. Gut gefüttert und geschützt wie eine Viehherde.«

Draußen glitt die stille Stadt an ihnen vorbei.

»Glauben Sie, William, daß die Viehherde die Möglichkeit hätte, eine Gewerkschaft zu gründen?«

Tanner antwortete nicht.

»Es wird spät. Vielleicht sollten wir nach Hause fahren.«

»Ihr Zuhause?«

»Sie wissen doch nicht, wo Sie bleiben sollen, oder?«

»Fürchten Sie nicht, daß Anna was dagegen hätte?«

»Anna wird tun, was ich sage, William.«

»Sie wissen, daß es gefährlich ist, nicht wahr, Karl?«

»Ja? Jedenfalls habe ich nicht die Absicht, tatenlos zuzusehen.«

»Wird Ihr Haus beobachtet?«

»Ich glaube nicht, und ich habe mich bemüht, mich zu vergewissern.«

Tanner hätte am liebsten gelacht. Sich vergewissern, wo alles so ungewiß war. Er bog in eine Seitenstraße ein und konzentrierte sich auf die Straßenschilder. Aber im Hinterkopf nagte der Zweifel an ihm. Er hatte Karl viel erzählt, weil er ihn für zuverlässig hielt. Aber egal, welche Tests er sich auch für Karl und die anderen ausdachte, er konnte nie ganz sicher sein, daß Karl wirklich Karl Grossman war.

12

Es war spät am Montagabend. Es war heiß und stickig, und er konnte die elektrische Spannung fühlen, die ein Gewitter ankündigte. Man hörte das leise Murmeln von Stimmen auf Balkonen, das Flüstern von Pärchen, die sich auf dem Gras ausgestreckt hatten, die Sterne betrachteten und sich nach Abkühlung sehnten.

Er parkte vor Grossmans Haus. Der Physiker öffnete die Tür und ging in eine kleine Küche voraus.

»Anna und die Jungen sind anscheinend schon im Bett. Wir

müssen leise sein. Aber ein Glas Bier und ein paar belegte Brote werden uns sicher schmecken, nicht wahr?«

Tanner nickte, und Grossman öffnete den Kühlschrank und stellte Teller auf den Tisch. »Wir haben Salami und Leberwurst und Käse – versuchen Sie es mal mit dem Pumpernickel. Kalten Braten und Senf und – William, probieren Sie diesen Käsekuchen.«

»Mit Bier?«

»Nicht so übel, wie Sie denken.« Grossman bemühte sich, leise zu sein, aber die Teller klapperten laut. Er hob die Hände. »Anna wird bestimmt aufwachen, aber sie hat nichts gegen einen nächtlichen Imbiß einzuwenden.« Er blinzelte. »Ich glaube nicht, daß sie böse sein wird.«

Tanner begann, eine Scheibe Brot mit Butter zu bestreichen. »Ich mache ihr ein Sandwich – Öl auf die stürmischen Wellen.«

In einem Zimmer am Ende des Flurs wurde das Licht eingeschaltet, und dann hörte man Schritte über den Gang kommen. Anna Grossman blieb in der Küche stehen, das Gesicht verquollen vom Schlaf.

Grossman schloß den Kühlschrank und ging auf sie zu. »Ich habe Professor Tanner mitgebracht, Anna. Er wird heute bei uns schlafen.« Er lächelte und schob ihr einen Stuhl hin. »Wir wollten uns gerade etwas zu essen machen, ehe wir ins Bett gehen, und –«

Sein Lächeln verschwand. Der schläfrige, stoische Ausdruck auf Annas Gesicht änderte sich nicht. Kein Lächeln, kein Stirnrunzeln, kein Blick des Erkennens.

»Was wollt ihr in meinem Haus?«

Grossman wurde jetzt ein bißchen böse. »Es tut mir leid, daß ich dich geweckt habe, Anna, aber wir wollen uns jetzt nicht in Gegenwart eines Gastes streiten.«

»*Was wollt ihr in meinem Haus?*«

»Anna, als dein Mann verlange ich –«

»Mein Mann ist seit fünf Jahren tot.«

Tanner machte einen Schritt auf sie zu. »Erinnern Sie sich nicht an mich, Mrs. Grossman?«

Ihre Augen starrten ihn kalt an. »Ich habe keinen von euch beiden je im Leben gesehen. Und jetzt verschwindet, bevor ich die Polizei rufe.«

Grossman atmete schwer. »*Rudolph! Frederick!*«

Man hörte Bewegung in einem anderen Zimmer, und zwei stämmige Jungen von etwa zwölf Jahren kamen in die Küche. »Eurer Mutter geht es nicht gut. Bringt sie ins Bett zurück.«

Sie wichen zu ihrer Mutter zurück und starrten feindselig zu ihnen herüber. Auch sie erkannten Grossman nicht, dachte Tanner. Hart mußte bemerkt haben, daß Grossman Nachforschungen anstellte, und jetzt würde Karl den Preis dafür bezahlen.

Grossman stand die Angst im Gesicht geschrieben. »Anna – ich verstehe nicht. Ich bin doch dein Mann! Ich . . .« Der starre Ausdruck auf ihrem Gesicht änderte sich nicht, und er wandte sich an die beiden Jungen. »Ich bin euer Vater!«

»Papa ist schon lange tot«, sagte einer der Jungen kalt. »Er ist im Krieg gefallen.«

Anna Grossman riß die Küchentür auf. »Frederick, lauf zu den Nachbarn und hol Hilfe. Rudolph, du rufst die Polizei an.«

Die Nachbarn würden sich ebenfalls nicht erinnern, überlegte Tanner. Es würde ihnen nichts helfen, hierzubleiben und zu versuchen, die Sache durchzustehen. Die Nachbarn würden sie so lange festhalten, bis die Polizei kam, und dann war alles vorbei. Er würde wegen Mordes verhaftet werden, Karl wegen Einbruchs und Diebstahls.

»Kommen Sie, Karl«, sagte er. »Gehen wir.«

Der Physiker sank schwer auf einen Stuhl. »Meine Familie – ich habe meine Familie verloren.«

Tanner packte seine Schultern und schüttelte ihn heftig. »Die werden sich nicht mehr an Sie erinnern, Karl. Egal, was Sie auch machen. Das ist Harts Werk, und wenn Sie hierbleiben, sind Sie verloren.« Er drehte sich um und rannte auf die Haustür zu. Es lag jetzt an Grossman, ihm zu folgen oder nicht. Er konnte nebenan laute Stimmen hören und wußte, daß es seine letzte Chance war, rechtzeitig zu verschwinden.

Neben ihm erklangen Schritte, und als er ins Auto sprang, glitt Grossman auf den Sitz neben ihm. Jetzt brannte in allen umliegenden Häusern die Lichter, und zwei Männer liefen auf den Wagen zu. Er gab Gas, und sie brausten davon.

Ein paar Minuten lang fuhr er schweigend, dann warf er einen Blick auf den stillen Schatten neben ihm.

Bis jetzt hatte er Grossman immer für einen robusten Mann gehalten, aber jetzt wirkte Grossman nur noch klein und rundlich, schwach und merkwürdig ausgebrannt. Wie eine Packung Milch, die sehr schwer und fest ist, wenn sie voll ist, aber leicht und problemlos zu zerdrücken, wenn die Milch ausgeschüttet war.

Adam Hart hatte eine weitere Runde gewonnen.

Mitternacht, Montag, und der Regen fiel jetzt in großen Tropfen, die sich mit dem Staub auf der Windschutzscheibe vermischten und ein ölige Schmiere hinterließen, gegen die die Scheibenwischer nicht ankamen. Schon über eine Stunde schwieg Grossman, und Tanner hatte ihn nicht gedrängt. Sie waren durch die Stadt gefahren, und Tanner hatte zugehört, wenn der Physiker reden wollte, und hatte geschwiegen, wenn er schwieg.

»William, Sie haben mich noch gar nicht gefragt, weshalb ich Ihnen helfen will.«

»Das scheint mir ziemlich offensichtlich zu sein.«

»Es ist nicht nur wegen Anna und der Jungen.«

Tanner sagte nichts. Nur eines konnte Grossman helfen – wenn er es sich von der Seele reden konnte.

»Haben Sie je einen Wünschelrutengänger gesehen?«

»Ich hatte einmal einen Onkel, der behauptete, er könne auf diese Weise Wasser finden.«

»Die meisten Leute glauben nicht daran. Aber ich habe es einmal gesehen, vor langer Zeit, als ich noch ein junger Mann war. Kurz nachdem ich nach Amerika gekommen war. Ich arbeitete ein Jahr lang in Nevada, und es gab einen Mann in der Stadt, der davon lebte. Es klappte. Der Weidenzweig schlug wirklich aus, und wenn sie anfingen zu bohren, fanden sie Wasser. Wissen Sie, was ich dachte, William?«

»Nein, Karl.«

Grossman kurbelte das Fenster herunter und ließ den Wind herein. »Ich dachte an die armen Dummköpfe, die nicht das Talent zum Wünschelrutengehen haben, und die Fehler machen und vielleicht viele trockene Löcher graben mußten, ehe sie endlich auf Wasser stießen.« Er schwieg. »Ich will Ihnen helfen, William, weil ich nicht erleben möchte, wie die armen Dummköpfe verjagt werden und die Wünschelrutengänger die Welt erobern.«

Sie fuhren schweigend weiter. Dann fragte Grossman: »Haben Sie schon einen Plan?«

»Ja, Karl. Ich habe einen Plan. Unser Problem besteht darin, zu überleben. Dazu müssen wir Hart stellen. Wir müssen ihn in eine Lage drängen, in der seine Reaktionen ihn verraten, wo er sich *zeigen* muß, um zu entkommen. Wie ich es heute nachmittag mit Ihnen gemacht habe.« Er atmete tief ein. »Ich will versuchen, alle Mitglieder der Projektgruppe umzubringen, Karl.«

»Aber das ist Mord.«

»Nicht ganz. Der Plan hat zwei Teile. Mein Teil besteht darin, den jeweils Verdächtigen umzubringen. Ich mache einen Plan, von dem ich nicht abweiche. Es wird mir nicht möglich sein, auf halbem Weg aufzuhören. Wenn Hart meine Gedanken lesen kann, wird er darin nur Mord lesen. Ich schaffe eine Situation und sage Ihnen, um was es geht. Dann liegt es an Ihnen, eine Lösung zu finden. Sie können alles in letzter Sekunde aufhalten. Aber Sie dürfen mir nicht sagen, wie die Lösung aussieht, wie Sie es anstellen werden. Ich darf es nicht wissen.«

»Und was wird Adam daran hindern, Ihre Gedanken noch gründlicher zu lesen und zu erkennen, daß alles nur Bluff ist?«

»Vielleicht kann er das, aber er wird die Lösung nicht erfahren, weil ich sie nicht kenne. Es bleibt völlig ihm überlassen, sich aus der von mir geschaffenen Situation zu retten, es sei denn, er hätte felsenfestes Vertrauen in Ihre Fähigkeit, die Lösung wirklich zu finden. Und ich zweifle daran, daß ein Organismus, der aufs Überleben konditioniert ist, zu einem solchen Vertrauen fähig wäre.«

»Und was ist mit meinen eigenen Gedanken?«

»Ich verlasse mich auf den Überraschungseffekt. Und darauf, daß er viel zuviel damit zu tun hat, sich auf die Bedrohung durch mich zu konzentrieren, als daß er Ihnen viel Zeit widmen könnte.«

Etwas von Grossmans Kraft und Stärke schien wieder zurückzukommen. Er überdachte die Idee, und Tanner konnte sehen, wie Grossmans logischer Verstand alle Gesichtspunkte überprüfte. »Es ist ziemlich riskant.«

»Das kann ich nicht abstreiten.«

»Und wenn Sie oder ich im Falle einer unschuldigen Person einen Irrtum begehen?«

»Dann sind wir Mörder.«

Sie fuhren ins Zentrum zurück und suchten nach einem billigen Hotel, in dem sie die Nacht verbringen konnte. Ehe sie eins auswählten, sagte Grossman: »Wenn Sie wissen, wer Adam Hart ist, William, was werden Sie dann tun?«

Er war überrascht darüber, wie schnell die Antwort ihm von den Lippen kam. »Ihn umbringen. Und wenn es mir nicht gelingt, werde ich seinen Namen von allen Dächern schreien. Irgendwo, Karl, wird irgend jemand mir glauben. Die Sache wird publik werden, und ich glaube, das ist dann das Ende von Adam Hart.

Sie gingen in Ihr Zimmr, machten das Licht aus und stellten einen Stuhl neben das Fenster. »Wollen Sie die erste Schicht übernehmen, Karl? Jeweils vier Stunden. Ich glaube, Sie werden gewarnt sein, wenn – wenn irgend etwas versucht, Sie zu erreichen. Wecken Sie mich dann sofort.«

Grossman nahm die Beretta und setzte sich. »Wen werden wir morgen als erstes testen?«

Er nannte ohne nachzudenken den erstbesten Namen, der ihm einfiel. »Professor Scott. Falls er es nicht ist, kann er uns bestimmt ein gutes Stück weiterhelfen.«

Er kroch ins Bett und versuchte, einen Gedanken zu verdrängen, den bösen Gedanken, daß er auch bei Karl nicht ganz sicher sein konnte.

Kurz bevor er einschlief, bewegte Grossman sich auf seinem Stuhl und sagte: »Weißt du, William, ich glaube nicht, daß wir es schaffen werden. Wir sind wie zwei Hunde, die versuchen, den Hundefänger zu erwischen.«

13

Professor Scott.

Ein siebzigjähriger Exzentriker, der jeden Morgen um acht Uhr aufwacht, wenn die Sonne durch die Schlafzimmerfenster scheint. Er steht auf und zieht sich bedächtig an. Die Unterwäsche schlägt Falten um die knochigen Hüften. Er wäre der letzte, der es zugeben würde, aber das Aufstehen fällt ihm schwer, und er setzt sich eine Minute lang auf die Bettkante, um seine Kräfte zu schonen. Dann geht er ins Bad und seift die kantigen Wangen mit einem Pinsel ein, der kaum mehr Haare hat und muffig riecht. Er rasiert sich mit einem altmodischen Messer. Die blitzende Klinge zittert kurz in seiner Hand und wird erst ruhig, wenn sie seine Haut berührt.

Er rasiert sich, zieht sich fertig an und stochert in dem einfachen Frühstück, das die Haushälterin für ihn zubereitet hat – Haferflocken und Toast mit Marmelade. Er verbringt eine Stunde mit der Morgenzeitung. Sein Verstand ist noch immer scharf, und nur ganz selten vergißt er etwas, das er gelesen hat. Dann geht er langsam aus dem Haus, um seinen üblichen kurzen Spaziergang im Park zu machen, wo er sich auf einer Bank entspannt und den Sonnenschein in sich aufsaugt und sich Gedanken macht über die Jugend von heute.

Ein energischer Mann, der langsam alt wird, in der Sonne sitzt und beobachtet, wie die Tage vorbeiziehen, der feststellt, daß jeder Morgen ein bißchen kühler ist, daß es jeden Morgen ein bißchen mehr Kraft erfordert, zum Park zu gehen.

Oder ist das alles nur Tarnung?

Es war wieder ein glühend heißer Tag. Die Sonne brannte vom strahlend blauen Himmel herab. Ein Tag, an dem die Feuerwehr die Hydranten öffnete, der Asphalt klebrig wurde und Rasenflächen verdorrten. Früher Nachmittag. Die meisten Leute waren am Strand oder versuchten, die Hitze in verdunkelten Zimmern oder auf schattigen Verandastühlen zu verschlafen.

Die gewundenen Wege des Parks waren fast leer. Ein kleiner Junge in pitschnasser Hose spielte an der Trinkwasserfontäne, hielt den Daumen auf die Düse und beobachtete, wie das Wasser spritzte. Zwei Mädchen spielten auf dem Tennisplatz, nur der dumpfe Aufschlag des Balls unterbrach die Stille des Nachmittags.

Und da war der alte Mann, der langsam an den leeren Bänken vorbeiging, nach einer Ausschau hielt, die im Schatten lag. Der alte Anzug, der jetzt zu weit war, ein Strohhut, und unter dem Arm eine zusammengerollte Zeitung. Der Rücken vom Alter gekrümmt, der Gang die müde Imitation eines einst energischen

Schrittes.

Schauspielerei?

Tanner steckte den Schlüssel ins Zündschloß und ließ den Motor an. Scott würde auf dieser Seite der Straße keine schattige Bank finden. Sein Lieblingsplatz lag voll in der Sonne, der hölzerne Sitz und die Armlehnen aus Metall waren glühend heiß. Früher oder später mußte der alte Mann die Straße überqueren.

Und wenn er es tat, würde die Entscheidung fallen.

Der alte Mann blieb stehen und sah zu einer schattigen Stelle unter den Bäumen hin, etwa zehn Meter entfernt. Tanner hielt den Atem an. Scott mußte die Straße überqueren. Wenn er es nicht tat, war alles umsonst gewesen. Später konnten sie den Plan nicht mehr ausführen. Dann würden zu viele Menschen im Park sein.

Professor Scott ging geradeaus weiter.

Tanner war nervös, und es wurde ihm fast schlecht vor Anspannung. Er lenkte das Auto zur Straßenmitte. Es kam auf den Überraschungsmoment an. Professor Scott wußte nicht, was passieren würde – und Adam Hart wußte es auch nicht.

Aber er durfte nicht darüber nachdenken. Das konnte gefährlich werden.

Leere.

Ein paar Meter weiter endete der Bürgersteig an einer Kreuzung. Hinter der Kreuzung führte nur ein Fußgängerweg weiter. Aber um ihn zu erreichen, mußte man die Straße überqueren.

Er trat aufs Gaspedal und sah sich schnell um. Der Park und die Bänke waren leer. Der kleine Junge am Trinkwasserbrunnen und die Tennisspieler waren hinter einer Kurve verborgen.

Keine Zeugen.

Professor Scott trat auf die Straße, wollte sie überqueren – diagonal.

Vor Schweiß wurden Tanners Handflächen auf dem Lenkrad glitschig. Das Auto machte einen Satz, der Motor dröhnte laut durch die stille Luft.

Der alte Mann blieb stehen und sah überrascht auf.

Ein perfektes Opfer.

Ein kleiner Fehler, und ich bin ein Mörder, dachte Tanner. *Aber es ist jetzt zu spät, umzukehren. Ich könnte nicht umkehren, selbst wenn ich wollte, Grossman – aber ich darf nicht daran denken –*

115

Professor Scott fing an zu laufen; sein Gesicht war angstverzerrt. Er hatte die Zeitung fallenlassen, und der Hut flog ihm vom Kopf.

Jetzt zeig uns die Veränderung, Professor. Wenn du Hart bist, bist du jetzt aus dem Konzept gebracht. Du kannst dieses Auto nicht aufhalten. Zeig uns, wie du plötzlich mit der Schnelligkeit eines Dreißigjährigen die Straße entlangsprintest. Und wenn du das tust, ist alles vorbei. Dann hast du das Spiel verloren. Aber wenn du nicht schneller laufen kannst als jetzt, dann bitte, lieber Gott, laß Grossmans Teil gelingen –

Und dann dachte er plötzlich: Wenn Scott wirklich nur Professor Scott war, dann konnte er jetzt auch an einem Herzanfall, an Angst oder an Überanstrengung sterben. Die Panik schnürte ihm den Hals zu.

Jetzt hatte er die Kreuzung erreicht. Professor Scott hatte sie schon hinter sich, lief aber immer noch mitten auf der Straße. Seine Beine bewegten sich mit panischer Hast –

O Gott –

Er war nur noch den Bruchteil einer Sekunde von einem Mord entfernt. Dann schoß eine blaue Limousine aus der Seitenstraße und bohrte sich in seine Flanke. Das Kreischen von Reifen und Metall, und dann standen die beiden Autos ineinander verkeilt da.

Sonne, Hitze und entsetzte Stille. Tanner zerrte am Türgriff, drückte mit der Schulter die Tür auf. Fünfzig Meter weiter lag eine Gestalt am Boden. Einen schlimmen Anfang hatten sie da gemacht, dachte er. Sie hatten zwei gestohlene Autos ruiniert und fast einen Menschen umgebracht.

Aber die Möglichkeiten, wer Adam Hart sein konnte, hatten sich um eine verringert.

Grossman stieg aus der blauen Limousine und eilte zu ihm.

»William, ist er –«

»Nein, wahrscheinlich ist er nur ohnmächtig. Hilf mir mal.«

»Sofort, aber ich glaube, wir – *Vorsicht!*«

Ein Lastwagen kam herangebraust, und Tanner konnte gerade noch zur Seite springen. Dann merkte er, daß der Laster weder hinter ihm noch hinter Grossman her war, daß jemand anderes zum Opfer des Tages auserwählt worden war. Der Lastwagen hätte dem gestürzten Professor Scott leicht ausweichen können, ja er mußte sogar einen kleinen Bogen fahren, um ihn zu erwischen.

Ein dumpfer Aufprall und ein durchdringender Schrei, dann war der Lastwagen verschwunden.

Irgendwo wurden Stimmen laut.

Grossmans Gesicht war kreideweiß. »Er hätte ihn nicht überfahren müssen.«

Tanner rannte zu dem blutenden Mann. Er warf nur einen Blick auf ihn und sah, daß niemand mehr etwas für Scott tun konnte. Er kniete sich hin und durchsuchte die Taschen des Professors, fand, was er suchte und zwängte sich in die Büsche am Straßenrand.

Grossman war dicht hinter ihm. »Was machst du denn jetzt?«

»Verschwinden. Was glaubst du denn, wie wir eine Menschenmenge davon überzeugen sollen, daß nicht wir ihn überfahren haben? Nachdem Hart in der Nähe ist und die Leute aufwiegeln kann, können wir uns glücklich schätzen, wenn sie uns nicht an dem nächsten Baum aufhängen. Wo hast du dein Auto stehen?«

»Ein paar Straßen weiter. Wohin gehen wir?«

»In Professor Scotts Wohnung – bevor die Polizei dort auftaucht. Der alte Mann wurde nicht nur deshalb umgebracht, um uns in eine heikle Lage zu bringen. Ich will wissen, warum er wirklich sterben mußte.«

Aus einer Telefonzelle rief Tanner bei Scott an. Er gab sich als Polizist aus und sagte der Haushälterin, der Professor sei überfahren worden, und sie solle so schnell wie möglich in den Park kommen.

Dann fuhr er zum Haus, hielt an, und wartete bis die Frau gegangen war. Er nahm die Sachen aus der Tasche, die er dem alten Mann abgenommen hatte, und sah sie durch.

Grossman blickte ihn vorwurfsvoll an. »Warum hast du seine Brieftasche genommen?«

»Weil, mein lieber Karl, Professor Scott mit dem Geld sowieso nichts mehr anfangen kann, wir aber essen und schlafen müssen.« Er wischte sich mit der Hand über die Stirn. »Tut mir leid, Karl. Ich bin nervös. Gehen wir hinein.«

Er öffnete die Tür mit dem Schlüssel, den er in Professor Scotts Tasche gefunden hatte. Handgeschnitzte Rosenholzmöbel und viel Spitze bildeten die Einrichtung. Auf einer Kommode lag ein

Familienalbum neben einem Kasten mit altem, angelaufenem Tafelsilber. Auf dem Nachttisch im Schlafzimmer stand eine alte Rasierschale mit abgeblättertem Goldrand. Das Fenster war geschlossen. Der Raum war stickig, und überall lag Staub. Vergilbte Vorhänge und der Geruch des Alters.

Er warf einen schnellen Blick in die Schubladen der Kommode und sah die Kleidungsstücke im Schrank durch. Ein Anzug fiel ihm ins Auge, und er legte ihn aufs Bett. Scott war vom Alter gebeugt, aber dennoch ein hochgewachsener Mann gewesen. Der Anzug würde ihm passen, dachte Tanner, und er brauchte ganz dringend einen sauberen.

Grossman sagte boshaft: »Sogar seinen Anzug, William?«

»Den Toten ist es egal, Karl. Und ich brauche einen.«

»Suchst du nach etwas Bestimmtem?«

»Ja, aber ich weiß noch nicht genau, nach was. Notizen, Aufzeichnungen. Etwas, das Scott zu einer Gefahr für Hart machte.«

»Vielleicht in seinem Arbeitszimmer.«

Er hatte zwar bis jetzt noch kein Arbeitszimmer gesehen, aber eigentlich war es logisch, daß Scott eins hatte. Er schnippte mit den Fingern. »Versuchen wir es im Keller.«

Auf den ersten Blick sah der Keller aus wie jeder andere auch. Heizungsanlage, der Heizöltank, die Waschmaschine und was man sonst noch in jedem Keller fand. Von der Waschküche ging eine Tür ab. Tanner öffnete sie, betrat den Raum und schaltete das Licht an.

Es war eine Neonröhre, und es dauerte einen Augenblick, ehe sie ansprang. Das Arbeitszimmer wirkte ganz modern, mit Kiefernholztäfelung, eingebauten Bücherregalen, Schreibtisch und Aktenschrank.

Er wußte nicht, wo er anfangen sollte. Er wußte nicht, was er zu finden erwartete oder wonach er überhaupt suchte. Er sah sich aufmerksam im Raum um, dann fielen ihm zwei Dinge auf.

Das erste war eine Karteikarte auf dem Schreibtisch, auf der in Maschinenschrift stand: »Heterosis-Bibliographie«. Auf die Karte hatte Scott weiter geschrieben: »Sehr wichtig. Siehe Dossiers.«

Welche Dossiers? dachte Tanner.

»Und über wen?

Und dann wußte er es. Professor Scott war schnell gewesen, wahrscheinlich schneller als Hart. Der alte Mann hatte keine Zeit verloren. Er hatte angefangen, Informationen über jedes Mitglied der Projektgruppe zu sammeln und zusammenzustellen, ehe die Leute anfingen zu vergessen.

Aber wo waren die Dossiers?

Er durchsuchte den Schreibtisch und die Bücherregale, dann wandte er sich dem Regal über dem Schreibtisch zu. Eine Lücke befand sich dort, etwa fünf Zentimeter breit, gerade ausreichend für ein halbes Dutzend Heftmappen.

Jemand hatte sie weggenommen. Jemand, der das Haus betreten hatte, als Professor Scott es für seinen Spaziergang im Park verließ. Jemand, der von den Dossiers gewußt oder zumindest ihre Existenz geahnt hatte.

Die andere Sache, die ihm aufgefallen war, erschütterte ihn. Scott hatte Zugang zu den gleichen Informationen über Olson gehabt wie Tanner, und der alte Mann hatte einen Brief an Dr. Schwartz in Brockton geschrieben.

Er war zurückgekommen.

Mit dem Stempel: *Verstorben.*

Der Rücksendestempel trug das Datum vom Samstag.

Am Samstagabend hatte er noch mit Schwartz gesprochen, dachte er. Entweder hatte er Schwartz unbeabsichtigt verraten, oder . . . Er sah noch einmal auf den Brief. Jemand hatte ihn gelesen und wieder zugeklebt, allerdings nicht sehr sorgfältig.

»Was ist das, William?«

»Nichts besonderes, zumindest nicht mehr. Nur ein Brief an einen Mann, der zuviel wußte und deswegen sterben mußte.« Er steckte den Brief in seine Tasche. »Ich ziehe mir nur schnell Professor Scotts Anzug an, dann verschwinden wir von hier.«

Auf der Treppe vor dem Haus sagte Grossman: »Warum hat der Lastwagen Professor Scott überfahren und nicht uns?«

»Weil der Fahrer, wer es auch war, nicht den Befehl hatte, uns zu töten. Hart wußte nicht, daß wir beide uns in der Nähe aufhielten. Während wir im Park waren, hat Hart Professor Scotts Haus durchsucht.« Er ging zur Straße.

»Wo werden wir heute nacht schlafen?«

Tanner runzelte die Stirn. »Ich weiß es nicht, aber ich glaube, es ist ein Fehler, wenn wir die ganze Zeit zusammenbleiben. Hart könnte uns beide auf einen Schlag erledigen.« Er zögerte. »Weißt du was, wir treffen uns morgen früh um zehn im Foyer der Stadtbibliothek. Einverstanden?«

Grossman nickte. »Paß auf dich auf, William.«

»Im Aufpassen habe ich inzwischen reichlich Übung, Karl. Sei vor allem du sehr vorsichtig.« Er ging die Straße entlang, bog um die Ecke und war wieder einmal allein.

Nordlund.

Van Zandt.

DeFalco.

Die Liste wurde schnell kleiner, schneller, als Adam Hart wahrscheinlich erwartet hatte. Grossman kam nicht in Frage, Scott war ermordet und Petey als Harts Geliebte identifiziert worden. Marge konnte aus gleichermaßen offensichtlichen Gründen fallengelassen werden.

Jetzt waren es nur noch drei.

Egal, wen ich mir als nächstes vornehme, die Chancen, den richtigen zu erwischen, stehen drei zu eins. Eene, meene muh, der Supermann bist du.

Womit er sich dem Problem zuwenden konnte, wie er die Nacht verbringen würde. Es hat keinen Sinn, sich selbst etwas vorzumachen. Er hatte zwar die Gefahr zwischen sich und Grossman aufgeteilt, aber es bestand kein Zweifel daran, daß er als erster auf Harts Abschußliste stand.

Es war fast Essenszeit, und die Straßen leerten sich wieder. Er nahm den Bus ins Zentrum und betrat eines der größeren Hotels. Er war sauber angezogen und hatte Scotts Geld in der Tasche. Er war präsentabel.

Eine schwarze Tafel in der Halle verriet ihm, daß drei Kongresse stattfanden. Er merkte sich die Namen der Firmen und ihre Branche, dann ging er in die Hotelbar. Leute, viele Leute, die bestimmt bis spät in die Nacht aufbleiben würden. Ehe alle zu Bett gingen, würde er Kontakte knüpfen und vielleicht zu einer Party eingeladen werden.

Er setzte sich an einen Ecktisch, von dem aus er die Bar gut überblicken konnte, und bestellte Bier. Es war fast acht Uhr, und er malte, wie es seine Angewohnheit war, die Bierkreise auf der Tischplatte nach, als er plötzlich sein Glas fest umklammerte.

Es war nur so ein Gefühl, das unbestimmte Wissen, daß jemand den Raum betreten hatte und sich umsah. Jemand, der ein paar Tische weiter stehengeblieben war, warf ihm einen Blick zu und ging weiter.

Alle seine Muskeln waren angespannt. Er wartete auf das Tasten und Suchen, aber es kam nicht. Nur die Luft schien lebendiger zu sein, und er wurde das Gefühl nicht los, daß jemand ihn beobachtete. Wer immer es war, er befand sich noch in der Bar, wartete darauf, daß er zur Toilette ging oder sonst einen Fehler machte, der ihn für kurze Zeit von den anderen Menschen trennen würde.

Er lehnte sich zurück. Es hatte keinen Zweck. Der Raum war düster, und es gab zu viele Säulen, hinter denen man sich verstecken konnte. Abgesehen davon war es zweifelhaft, daß er im trüben Licht überhaupt jemanden erkennen würde. Er wandte sich wieder den Bierringen zu und zeichnete mit dem Finger kleine Gemälde auf die Tischplatte.

Jemand kam an seinen Tisch und blieb davor stehen.

»Bill!«

Er sah nicht auf. »Du hast die einmalige Chance, schnell wieder zu gehen, Marge. Wenn du bei mir bleibst, begibst du dich in Gefahr. Adam Hart ist hier.«

»Ich habe keine Ahnung, wovon du redest.«

Er gab sich Mühe nicht zu zeigen, daß ihre Begriffsstutzigkeit ihn ärgerte. »Der geheimnisvolle Unbekannte, Marge. Der Mann, der kleine Papierschirmchen bewegen kann. Der Mann, der Olson umgebracht hat. Also sei ein braves Mädchen und verschwinde.«

»Ich laufe nicht weg.«

»Es wäre nicht feige, Marge, sondern nur ein Zeichen von gesundem Menschenverstand.«

»Dann war ich ohnehin schon zu lange hier. Also macht es jetzt auch keinen Unterschied mehr, ob ich noch ein bißchen bleibe.«

Seine Stimme wurde sarkastisch. »Es ist wirklich äußerst großzügig von dir, ein solches Interesse an meinem Wohlergehen zu zeigen. Du hast dich in den zwei Tagen sehr verändert. Wenn ich mich recht erinnere, hieltest du mich bei unserem letzten Gespräch für einen Mörder.«

»Alles wies darauf hin. Kannst du mir einen Vorwurf machen?«

»O ja, das kann ich. Du kennst mich lange genug, um zu wissen, daß das nicht wahr sein konnte.«

»Vielleicht war es ein Fehler, jetzt zu dir zu kommen.«

»Das habe ich dir bereits gesagt. Warum verschwindest du also nicht?«

»Du mußt mich nicht beleidigen, nur damit ich gehe.«

»Dann sag mir, was ich tun muß, um dich endlich loszuwerden.«

»Das brauche ich mir nicht gefallen zu lassen«, sagte sie gepreßt. »Nicht von dir, und auch nicht von sonst jemandem. Also schön, ich hielt es für möglich, daß du John umgebracht haben könntest. Die Polizei war dieser Meinung, und die haben von so etwas mehr Ahnung als ich. Dann habe ich heute mit Petey geredet, und die erinnert sich nicht daran, jemals für dich gearbeitet zu haben.«

»Klug wie du bist, hast du dir dann gleich gedacht, daß etwas faul ist im Staate Dänemark. Wirklich sehr klug.«

Sie sah auf den Tisch und sagte nichts.

»Du kennst den Rest noch nicht«, sagte er bitter. »Professor Scott wurde heute umgebracht. Und letzte Nacht ein Dorfarzt in Dakota. Ich werde auch in diesen beiden Fällen der Tat verdächtigt werden. Was wirst du dann glauben?«

Ihre Stimme wurde leise. »Wie oft muß ich denn noch sagen, daß es mit leid tut?«

Er sah sie an. Er konnte ihr nicht böse sein.

»Also schön, *mir* tut es jedenfalls leid. Wahrscheinlich hätte ich mir denken können, daß es so enden würde.« Er hatte immer noch das Gefühl, beobachtet zu werden, das Gefühl, daß keine seiner Bewegungen dem anderen entging. Plötzlich keimte das Mißtrauen wieder in ihm auf. »Woher wußtest du, daß ich hier bin?«

»Ich wußte es nicht. Ich bin hier mit jemandem verabredet – er ist gerade zur Toilette gegangen. Einer vom Studentenausschuß. Ich werde auf dem Heimweg seine Hand halten, und er wird allen erzählen, wie er mich verführt hat. Du kennst diesen Typ ja.«

Er mußte lächeln. »Dann solltest du wieder an die Bar gehen, ehe er zurückkommt.«

»Bill?« Einen Augenblick kaute sie nachdenklich auf ihrer Unterlippe. »Ich glaube, daß deine Jagd auf diesen Adam Hart – ich glaube, er ist ein sehr gefährlicher Mensch. Und ich frage mich, ob du nicht lieber aufgeben solltest.«

»Wer hat dir aufgetragen, das zu sagen?«

Sie schlug ihm nicht ins Gesicht, sie weinte nicht, sie wurde nicht sauer. »Ich will es einmal sehr einfach ausdrücken, Bill. Ich liebe dich. Ich will, daß du am Leben bleibst.« Sie beugte sich zu ihm vor, und er wurde sich plötzlich der sanften Wölbung ihrer Brüste, der Bräune ihrer Schultern und ihrer klaren, frischen Haut bewußt. Der schwache Duft ihres Parfüms und der Seife, die sie immer benutzte. »Ich bin einsam, und ich will dich haben, was eine Frau natürlich nie zugeben sollte, aber ich habe es satt, dumme Spielchen zu spielen, vor allem, da es nicht so aussieht, als hätten wir viel Zeit dafür.«

»Bis jetzt hat mir noch nie jemand ein solches Angebot gemacht.«

»Es wird auch das letzte sein.«

Er lächelte. »Wahrscheinlich hast du recht.«

Sie stand auf, um wieder zur Bar zu gehen. »Kommst du zum Frühstück zu mir? Sagen wir, um neun?«

»Gehen wir lieber in ein gut besuchtes Café.« Er beobachtete, wie sie den Raum durchquerte, wollte den Mann sehen, mit dem sie hier war. Aber andere Gäste versperrten ihm die Sicht, und der Mann wandte ihm ständig den Rücken zu; kurze Zeit später gingen sie beide.

Er beschäftigte sich wieder mit seinen Tischkritzeleien.

Die Spannung war noch nicht aus dem Raum gewichen.

Es wurde spät, und er mußte sich bald um Kontakte bemühen. Er stand auf und schlenderte zur Bar, wo eine kleine Gruppe von Männern stand und plötzlich in lautes Gelächter ausbrach. Sie trugen alle Namensschilder am Revers. Er lehnte sich lässig an die Bar und sah sie an. Er las, was auf den Namensschildern stand.

»Entschuldigen Sie, sind Sie alle in der Küchenmöbelbranche?«

Sie hörten auf zu reden, und er wußte, daß er ihr Interesse gewonnen hatte. »Ich habe einen Bruder, der auch in diesem Geschäft ist. Ihm gehört das Amco-Haus in der South Side.«

»Was Sie nicht sagen.«

Ein freundlicher Schlag auf die Schulter.

»He, Barkeeper, bringen Sie unserem Freund hier einen Drink.«

Seine Hand wurde energisch geschüttelt.

»Ich habe Ihren Namen nicht verstanden, aber meiner ist –«

»Amco sagten Sie? Wissen Sie, wir haben da ein ganz neues Programm –«

»Später findet im kleinen Salon eine Party statt –«

Er hatte es geschafft.

Es gab kein Haus für Kücheneinrichtungen, das Amco hieß, und er hatte auch keinen Bruder, aber es war nicht schwer, die Story einen Abend lang durchzuhalten. Er konnte die Stichworte aus der Unterlage herauspicken und sogar mündliche Kaufabschlüsse für seinen Bruder tätigen. Die Party würde natürlich langweilig werden. Billiger Whisky und zu viele Leute in einem zu kleinen Raum.

Aber es war eine Party, die bestimmt bis zum nächsten Morgen dauern würde. Er hätte sich nichts besseres wünschen können.

Er trank mit ihnen in der Bar, und als sie im Lift hinauffuhren, war er immer noch bei ihnen.

Aber auch die Spannung war ihm gefolgt. Sie fuhr mit im Lift, ein Schatten, den er nicht abschütteln konnte. Ein Geist, der in einer Ecke sitzen und darauf warten würde, daß er einen Fehler beging.

Der Schatten ging mit ihm von Party zu Party, wechselte immer den Standort, wenn er versuchte, ihn zu lokalisieren. Die Zimmer waren voll lachender, kichernder, leerer Gesichter, und alle redeten sich ein, daß sie sich köstlich amüsierten. Aber es waren die einsamsten Gesichter der Welt. Und hinter einer dieser Fratzen –

Aber hinter welcher?

In den frühen Morgenstunden merkte er, daß er müde wurde. Er trank etwas zuviel, er lachte etwas zuviel, er wurde ein bißchen zu schnell betrunken. Etwas versuchte, ihn in diese Richtung weiterzudrängen. Etwas versuchte, ihn zum Trinken zu animieren.

Er trank und lachte insgeheim darüber, weil es so verdammt komisch war, daß alle dachten, er hätte einen Bruder, der ein großes Geschäft besaß. Wie schlau er doch war. Was für eine raffinierte Geschichte er sich ausgedacht hatte. Er sollte sie ihnen eigentlich erzählen, nur um den Audruck auf ihren Gesichtern zu sehen. Die würden vielleicht Augen machen, wenn sie es wüßten.

»Wenn sie was wüßten?«

Er schüttelte den Kopf und versuchte, den Alkoholnebel loszuwerden. Wenn er ihnen erzählte, daß alles nur eine Lüge gewesen war, würden sie ihn rausschmeißen. Er würde allein im Flur stehen, und Hart würde ihn erwischen, ehe er den Aufzug erreichen konnte.

Von da an hielt er ständig ein Glas in der Hand, aber er trank nicht mehr.

Es ging auf halb sechs Uhr morgens zu, und er spürte, wie die Spannung einem Gefühl der Enttäuschung Platz machte. Die Sonne ging auf, färbte den Himmel hinter der Skyline rosa. Bald würden sich die Straßen wieder mit Menschen füllen, die Stadt zu neuem Leben erwachen.

Plötzlich hatte er die Nase voll vom Geruch schalen Biers und vom Geschrei betrunkener Stimmen. Es waren noch etwa zehn Gäste auf der Party, und keiner von ihnen war mehr Herr seiner Sinne. Gläser, leere Flaschen und Zigarettenkippen lagen überall herum, und in der Ecke hatte sich jemand übergeben.

Innerlich höhnte er: Die menschliche Rasse ist wirklich ein Haufen von Schweinen.

Genau meine Meinung.

Es war nur ein flüchtiger Gedanke, der ihm durch den Kopf schoß, er konnte sich nicht ganz sicher sein. Vielleicht hatte er es auch selbst gedacht.

Deine Tasche –

In deiner Tasche –

Schau in deine Tasche –

Er sah sich hastig um. Niemand sah ihn an, niemand schenkte ihm auch nur die geringste Beachtung. Er ging zum Fenster und spürte, wie die Haut zwischen seinen Schulterblättern anfing zu kribbeln. Jemand beobachtete ihn.

Er steckte die Hand in die Tasche und fühlte das Stück Papier.

Irgendwann im Lauf des Abends mußte jemand es ihm zugesteckt haben. Er zog es hervor und entfaltete es.

Darauf stand:

»Wie gefällt es Ihnen im Zoo?«

Eine säuberliche Handschrift, die fast wie gedruckt aussah, und die Unterschrift:

Adam Hart.

Zoo? dachte er.

Der Raum und die Atmosphäre darin wirbelten plötzlich um ihn herum wie in einem Karussell.

Rock'n Roll aus dem Kassettenrecorder. Ein unterdrücktes Kichern. Das Geräusch einer Flüssigkeit, die in ein Glas gluckerte, brüllendes Gelächter, die Wasserspülung der Toilette, die schrille Stimme einer Frau, ein Glas, das auf dem Fußboden zerschellte, der Mann auf dem Bett, der sich übergab –

Und im Gehirn spürte er die Niederlage und ein plötzliches böses Lachen, als Adam Hart sich zurückzog.

»Das Füttern der Tiere ist verboten.«

14

Es war halb acht Uhr morgens und noch etwas zu früh für den Weg zur Arbeit. Lastwagen wurden entladen, Zeitungsautos lieferten dicke Packen der *Tribune* und der *Times* an die Kioske. Ein paar verschlafen aussehende Geschäftsleute kamen aus der U-Bahnstation, aber noch gehörte die Innenstadt hauptsächlich den Zeitungsverkäufern und Lieferanten. Es würde noch eine Stunde dauern, ehe die Theke im *Walgreens* sich mit Sekretärinnen füllten, die vor der Arbeit hier frühstückten.

Die Sonne schien, und es war keine einzige Wolke am Himmel zu sehen. Es war heiß, und Tanner wußte, daß die Hitze im Laufe des Tages sengend werden würde.

Er kaufte eine Zeitung und setzte sich in ein Café. Er bestellte Kaffee und Toast. Er frühstückte und las die Zeitung. Ein Senator war gestorben, eine bekannte Schauspielerin war in New York wegen Drogenmißbrauchs festgenommen worden, ein Regierungsbeamter wurde der Korruption beschuldigt. Und die Polizei suchte immer noch einen Universitätsprofessor, dessen Aussage in einem Mordfall dringend benötigt wurde. Merkwürdigerweise brachte die Zeitung jedoch kein Foto von ihm. Dank sei Gott wenigstens für diesen kleinen Pluspunkt. Es hieß, daß die Polizei kein Foto von ihm hatte finden können; folglich brauchte er auch keine Angst zu haben, daß ein Streifenpolizist oder ein Passant ihn erkennen würde.

Er bezahlte und verließ das Café.

Acht Uhr. Noch eine Stunde Zeit, ehe er sich mit Marge treffen würde. Eine Stunde, in der er nichts zu tun hatte. Warum sollte er nicht gleich zu ihr gehen? Sie konnten sich ein bißchen unterhalten. Es würde ihn ablenken, er würde seine Sorgen wenigstens für kurze Zeit vergessen.

Er nahm den Bus nach Norden und kam um zwanzig nach acht vor ihrer Wohnung an.

Marge war nicht da. Er klingelte, aber niemand öffnete. Vielleicht war sie schon früher weggegangen, dachte er enttäuscht. Oder vielleicht hatte sie auch die Verabredung vergessen. Das war zwar kein angenehmer Gedanke, aber nichtsdestoweniger eine Möglichkeit.

Aus reiner Gewohnheit drehte er am Türknauf, und die Tür ging auf. Sie mußte vergessen haben, abzuschließen. Oder vielleicht hatte das Schloß geklemmt und war nicht eingeschnappt, oder vielleicht –

O Gott, nein!

Marge!« Er rannte in die Wohnung, ins Wohnzimmer, ins Schlafzimmer. Ein kurzer Blick in die Küche und ins Bad. Sie war nicht da, und einen Augenblick lang überflutete ihn die Erleichterung. Dann fragte er sich, wo sie wohl sein mochte. Wahrscheinlich nur weggegangen.

Es war still und warm in der Wohnung. Die Sonne schien durch die Fenstervorhänge. Es roch angenehm.

Er wollte gerade zur Tür gehen und draußen warten, als er plötzlich mitten im Zimmer stehenblieb. Irgend etwas störte ihn, beunruhigte ihn. Ein hübsches, modernes Zimmer, dachte er. Sauber, luftig, angenehm. Aber fast wie ein Krankenbettzimmer. Es war nicht zum Wohnen und Leben eingerichtet worden, sondern nach ästhetischen Gesichtspunkten. Bestimmt nicht nach Marges

Geschmack. Marge war eher der Typ, der die Wäsche im Badezimmer herumliegen ließ und Strümpfe auf dem Handtuchhalter zum Trocknen aufhängte.

Aber da war noch etwas anderes, ein ganz wichtiger Hinweis –

Er sah sich noch einmal um, suchte etwas, das nicht ins Bild passen wollte, das so auffallend war wie eine bunte Kuh. Nicht die Kleider im Schrank, nicht die Kommode.

Die Kommode!

Der Bilderrahmen darauf, der kein Foto enthielt.

Die Leute kauften Bilderrahmen, weil sie Fotos besaßen, die sie einrahmen wollten. Man kaufte keinen Bilderrahmen und wartete dann darauf, daß man irgendwann ein passendes Foto dafür bekommen würde. Zumindest nicht im Normalfall. Und Marge hatte ein Foto für diesen Rahmen gehabt, dachte er. Das Foto, das er ihr letzte Weihnachten geschenkt hatte. Ein Foto von sich selbst.

Er nahm den Rahmen und betrachtete ihn. Es war kein neuer Rahmen, und es befand sich ein Blatt Fotopapier darin. Ein Blatt sauberes weißes Fotopapier, aber ohne Bild darauf.

Aber Marge sah etwas, wenn sie den Rahmen ansah, überlegte er. Sie sah ein Bild.

Adam Harts Bild.

Marge war ein Judas. Natürlich, Frühstück um neun, aber sie hatte nicht die Absicht gehabt, da zu sein. Jemand anderer würde ihn erwarten. Er hätte an ihrer Stelle mit Adam Hart gefrühstückt, und es wäre seine Henkersmahlzeit gewesen.

Und gestern abend. Merwürdig, daß von den vielen Hotels in Chicago Marge und er ausgerechnet dasselbe aufgesucht hatten. Und ihr Begleiter, den er nicht richtig gesehen hatte. Die Spannung war für kurze Zeit weg gewesen, nachdem Marge gegangen war, dann war sie zurückgekommen – intensiver.

Adam Hart hatte sie nach Hause gebracht und war zurückgekommen.

Und Tanner hatte Marge jedes Wort geglaubt.

Eine Uhr schlug halb neun. Zeit, sich aus dem Staub zu machen.

Er sah auf den Bilderrahmen in seiner Hand. Dann zerbrach er ihn über dem Knie. Die Scherben schnitten ihm die Hand auf. Es war ihm völlig egal.

Er verließ die Wohnung und schlug die Tür hinter sich zu.

Grossman wartete in der Bibliothek auf ihn, lief nervös im Foyer auf und ab. Er hätte sich lieber in den Lesesaal setzen und eine Zeitung oder ein Buch lesen sollen, das wäre unauffälliger gewesen.

Der Physiker sah ihn und kam zu ihm. »Was werden wir heute tun, William?«

»Genau das, was wir vorhatten. Ein weiteres Mitglied der Projektgruppe eliminieren.«

Grossman befeuchtete sich die Lippen. »Wen? Professor Van Zandt? DeFalco?«

»Keinen von beiden. Ich dachte eigentlich an Arthur Nordlund.«

»Wieso ausgerechnet an ihn?«

»Wieso nicht? Er ist jung und kräftig. Und er hat Kontakte, die uns nutzen können. Das heißt, wenn er harmlos ist und wir ihn dazu überreden können, uns zu helfen.«

Grossman nickte. »Also gut. Stellen wir Commander Nordlund also eine Falle.«

Tanner sah sich um. In einer Ecke der Halle befand sich eine Telefonzelle. Er schrieb sich die Nummer auf. »Ich bleibe eine Weile weg, Karl. Ich rufe dich später hier an.«

Er verließ die Bibliothek und ging die State Street entlang. Ein paar Straßen weiter gab es eine kleine Druckerei. Dort würde er sich einen Dienstausweis anfertigen lassen, ehe er sich an die Überprüfung Arthur Nordlunds machte.

Er zählte an den Fingern ab, was er über den Mann wußte. Anfang dreißig, obwohl er jünger aussah. Drahtiger Körperbau, ein unfreundliches Wesen, das den meisten Leuten auf die Nerven ging. Es machte keinen Spaß, sich mit ihm zu unterhalten, in seiner Gesellschaft zu sein. Die Leute gingen ihm wenn möglich aus dem Weg. Wenn er morgen sterben würde, hatten ihn die meisten schon bald vergessen.

Er hielt an einer Telefonzelle an, blätterte im Telefonbuch und machte einen kurzen Anruf, bei dem er seine Stimme verstellte.

Commander Nordlund wurde, wenn überhaupt, erst am späten

Nachmittag erwartet. Was bedeutete, daß Tanner in Nordlunds Büro freie Bahn hatte.

Mehrere Marineoffiziere hatten ihre Büros in dem Gebäude an der Rush Street. Nordlunds befand sich am Ende des Ganges, ein nicht allzugroßes Zimmer, bemannt mit einer eleganten Sekretärin und einem etwas dicklichen Assistenten, der halb schlafend in seinem bequemen Drehsessel hing.

Als Tanner die Tür öffnete, fuhr er hoch. »Ja, Sir? Kann ich etwas für Sie tun?«

»Ist Commander Nordlund da?«

Er war natürlich nicht da. Der Schreibtisch am anderen Ende des Zimmer sah aus, als läge eine dicke Staubschicht darauf. Aber Tanners Ton verriet dem Assistenten, daß er nicht erwartet hatte, Nordlund anzutreffen, und daß er ihn auch gar nicht treffen wollte.

»Nein, Sir. Er wird wahrscheinlich erst am Nachmittag kommen, falls überhaupt. Kann ich etwas für Sie tun?«

Tanner nickte in Richtung auf die Sekretärin, die ihre Arbeit an der Schreibmaschine unterbrochen hatte und sie interessiert beobachtete. »Ich möchte Sie gern allein sprechen.«

Der Assistent nahm eine Münze aus der Tasche und warf sie dem Mädchen zu. »Kaffee, Sue. Nur Milch, kein Zucker. Und Sie brauchen sich nicht zu beeilen.« Als sie weg war, fragte er: »Worum geht es?«

Tanner zog die gefälschte Karte aus seiner Brieftasche und ließ sie auf den Schreibtisch fallen. »Sicherheitskontrolle. Commander Haskell hat mir geraten, mich an Sie zu wenden. Ich habe ein paar Fragen über Commander Nordlund.« Haskells Namen hatte er von einem Türschild abgelesen.

Der Assistent fuhr sich mit der Zunge über die Lippen, und Tanner konnte sehen, wie er im Geiste in einem Aktenordner blätterte, in dem Nordlund abgeheftet war. Er suchte nach allem, was er über Nordlund wußte, und nach allem, was ihm selbst in diesem Zusammenhang vielleicht schaden könnte.

»Ich helfe Ihnen gern, Sir. Der Commander ist einer der besten Offiziere, die ich kenne. Ich –«

Tanner unterbrach ihn. »Vielleicht ist es besser, wenn ich die Fragen stelle. Auf diese Art wird es nicht so lange dauern.«

Der Assistent schluckte. »Ja, Sir.«

»Kennen Sie Commander Nordlund schon lange?«

»Ja, Sir. Wir dienten auf demselben Zerstörer.«

Tanner setzte sich auf den Stuhl, den die Sekretärin verlassen hatte, und lehnte sich zurück. »Er hatte einen ziemlich guten Ruf, nicht wahr? Wir haben natürlich seine Personalakte vorliegen, aber wir möchten auch ein, sagen wir, privatmenschliches Bild von ihm bekommen.«

»Er hatte einen sehr guten Ruf, Sir. Ein kühler Kopf, der sich nie von Gefühlen leiten ließ, nie die Nerven vorlor. Und entscheidungsfreudig.«

»Ungewöhnliche politische Ansichten?« Er konnte es dem Gesicht des Assistenten ansehen, daß er das für die Schlüsselfrage hielt.

»Ich kann mich nicht erinnern, daß er überhaupt je politische Meinungen geäußert hätte, Sir.«

»Spielte er Karten? Glücksspiele?«

»Ich wüßte nicht, Sir.«

»Sie sagten, daß Sie ihn ziemlich gut kennen.«

»Es war vor langer Zeit, Sir.«

»Das hier ist nur eine Routineüberprüfung«, sagte Tanner. »Wir haben keineswegs die Absicht, dem Commander etwas anzuhängen, und soviel wir wissen, hat er sich auch nichts zuschulden kommen lassen.«

Ein Teil der vorsichtigen Zurückhaltung schwand. »Er hat ein bißchen gespielt. Nicht viel, aber ein bißchen.«

»Wie steht es mit Frauen?«

»Er ist nicht der Typ. Oh, natürlich hat er Freundinnen, aber er ist keine Casanova, wenn Sie wissen, was ich meine.«

»Ich verstehe. Sie wissen nicht zufällig, ob er je mit einer jungen Frau namens Patricia Olson befreundet war?« Er tat so, als ziehe er ein Blatt Papier zu Rate, das er seiner Brieftasche entnommen hatte. »Sie ist Sekretärin bei einem Projekt für Überlebensforschung an der Universität.«

Ein leicht überraschter Blick. »Aber nein, Sir. Ich weiß, wen Sie meinen, aber Commander Nordlund hat einen besseren Geschmack.«

Tanner beugte sich vor und lächelte vertraulich. »Unter vier

Augen, was halten Sie von Commander Nordlund? Ich meine, persönlich.«

Der Assistent biß nicht auf den Köder an. »Ich halte ihn für einen ausgezeichneten Offizier, Sir. Vielleicht ist er nicht der freundlichste und umgänglichste Mensch, den man sich vorstellen kann, aber er weiß genau, was er tut, und das ist mehr, als man von vielen anderen sagen kann.«

Womit er so ziemlich am Ende angelangt war, bis auf einen letzten Punkt. Etwas, das ihm noch von seiner Reise nach Brockton in Erinnerung war und das ihm in Marges Wohnung erneut aufgefallen war.

»Sie haben nicht zufällig ein neueres Foto Ihres Vorgesetzten da? Ich erinnere mich daran, ihn vor Jahren einmal kurz gesehen zu haben, und natürlich haben wir auch Fotos von ihm in den Akten, aber die sind alle schon älteren Datums.«

»Tut mir leid, Sir. Wir könnten natürlich eins machen lassen –«

Tanner stand auf. »Ist schon gut. Übrigens würde ich es sehr schätzen, wenn Sie dem Commander nicht sagten, daß ich hier war. Wir sind noch nicht fertig mit der Überprüfung und legen Wert darauf, daß noch nichts darüber bekannt wird.«

»Ich verstehe, Sir.«

Tanner war fast an der Tür, als der Assistent sagte: »Einen Augenblick noch, Sir.« Er ging zu einem Aktenschrank und suchte ein paar Sekunden lang zwischen den Papieren. Schließlich kam er mit einem Formular zurück, an dessen rechte obere Ecke ein Foto geheftet war. »Der Commander hat das Formular vor etwa sechs Monaten ausgefüllt, aber dann hat er es doch nicht weggeschickt, und inzwischen ist es überholt. Vielleicht hilft Ihnen dieses Foto weiter.«

Tanner warf einen Blick darauf. »Nein, ich glaube nicht. Es ist zu klein für meine Zwecke.«

Die Aufnahme war verschwommen und verwackelt. Es hätte das Foto irgendeines beliebigen Marineoffiziers sein können.

Was bedeutete, daß Arthur Nordlund plötzlich ganz oben auf der Liste der Verdächtigen stand.

Lächle der Sekretärin beim Weggehen zu. Laß dir von ihr erzählen, daß der Commander fast immer spät kommt, daß er in einem Appartementhaus am Diversey Parkway wohnt und regelmäßig in einem kleinen Café um die Ecke frühstückt.

Bring sie nicht in Verlegenheit, indem du fragst, woher sie das alles weiß. Der Commander ist kein Casanova, aber es ist nur natürlich, daß eine hübsche junge Frau, die in derselben Dienststelle arbeitet, ihn ziemlich gut kennt.

Nimm den Bus nach Norden, schlendere lässig an dem Café vorbei und wirf einen Blick hinein. Der Commander sitzt an einem Tisch im Hintergrund, vor eine Grapefruit und Toast. Sein Gesicht sieht heute morgen ein kleines bißchen unausgeschlafen aus, mit einer leichten Andeutung von Ringen unter den Augen.

Nur ganz normal letzte Nacht ein bißchen gefeiert?«

Oder war er überhaupt nicht im Bett? Hat er die Nacht in einem Hotel verbracht, auf einer dummen, langweiligen Party, und einen gehetzten Professor der Anthropologie dabei beobachtet, wie er sich bemühte, die Nacht zu überleben?

Möglich, aber denk nicht zu lange daran, und beobachte ihn nicht zu lange. Ein schneller Blick, und geh weiter, damit er deine Gedanken nicht wahrnehmen kann. Du darfst dich jetzt nicht verraten. Und dann gibt es natürlich noch die Möglichkeit, daß Adam Hart beobachtet, wie du Nordlund beobachtest, und sich ins Fäustchen lacht.

Kauf dir an der Ecke eine Zeitung und trink im Drugstore auf der gegenüberliegenden Seite eine Cola. Trink aus, wenn Nordlund plötzlich aufsteht und zahlt. Du siehst, wie er ein Taxi anhält, und du wartest nicht auf dein Wechselgeld. Es steht noch ein anderes Taxi da, du steigst ein und sagst dem Fahrer, er soll Nordlunds Taxi folgen. Man kann auf dem Michigan Boulevard praktisch nicht feststellen, ob man verfolgt wird. Viel zu viel Verkehr. Und außerdem ist Nordlund bestimmt nicht darauf vorbereitet und wird nicht darauf achten.

Oder doch?

Nordlunds Taxi hielt vor dem Sportcenter. Tanner fuhr einen Block weiter und stieg vor sich hinfluchend aus. Das Center stand nur Mitgliedern offen; er konnte also nicht hinein. Und es war nicht abzusehen, wie lange Nordlund drin bleiben würde.

Er ging über die Straße zu einer Bank am See, setzte sich und las Zeitung. Egal, wie lange der Commander blieb, er würde warten.

Nach kaum einer halben Stunde kam der Commander wieder

heraus, in T-Shirt und weißer Hose, unter dem Arm ein zusammengerolltes Handtuch. Offensichtlich wollte er am nahegelegenen Strand schwimmen gehen.

Auf dem Bürgersteig steckte Nordlund sich eine Zigarette an, lehnte sich an die Wand und sah den Passanten nach. Tanner versteckte sich hinter seiner Zeitung. Nordlund wartete auf jemanden.

Zwei Zigaretten später lief ein Mädchen in Tennis-Shorts auf Nordlund zu, küßte ihn leicht auf die Wange, und dann redeten die beiden eine Weile miteinander. Plötzlich runzelte das Mädchen die Stirn und deutete auf Nordlunds Handtuch. Der Commander schnippte mit den Fingern, zog eine Grimasse und deutete dann auf den Strand. Das Mädchen ging, drehte sich noch einmal um und winkte ihm zu.

Nordlund trat an den Straßenrand und hielt ein Taxi an. Tanner erwischte eins dicht hinter ihm und folgte ihm zurück zu seiner Wohnung am Diversey Parkway. Er sah gerade noch, wie Nordlund das Gebäude betrat.

Das Mädchen war schon zum Strand gegangen, während Nordlund noch einmal in seine Wohnung zurückfuhr. Warum? Weil er etwas vergessen hatte? Eine Decke? Das Radio?

Der Taxifahrer, den er gebeten hatte zu warten, trommelte mit den Fingern auf das Lenkrad. »Warum sind Sie so an ihm interessiert? Haben Sie etwas gegen ihn?«

»Könnte ja sein, daß er mir Geld schuldet.«

Der Fahrer nickte weise. »Einer von denen also. Wissen Sie, die sind doch alle gleich – wohnen in tollen Appartements und haben in der ganzen Stadt Schulden.«

Die Minuten krochen dahin. Was, zum Teufel, hielt ihn bloß so lange auf? Es konnte doch nicht ewig dauern, in die Wohnung zu gehen, schnell zu holen, was er vergessen hatte, und wieder zurückzukommen.

Fünf Minuten.

Zehn Minuten.

Eine halbe Stunde.

Der Postbote kam die Straße entlang, ging in das Haus und redete mit dem Mädchen in der Telefonzentrale. Tanner konnte durch die Glastüren in die Halle schauen. Ein alter Mann in Portiersuniform kam an die Tür, und drei Mädchen, wahrscheinlich Sekretärinnen, verließen das Gebäude. Ein Wäschereilieferwagen fuhr vor, und Körbe weißen Leinens verschwanden durch die Türen. Ein paar Kinder spielten auf dem Bürgersteig mit einem Ball.

Das Taxi, mit dem Nordlund gekommen war, legte plötzlich den Gang ein und fuhr los.

Tanners eigener Fahrer drehte sich unruhig um. »Sieht nicht so aus, als würde er noch mal rauskommen. Ich glaube, er ist Ihnen entwischt.«

»Warten Sie noch ein paar Minuten.«

Der Fahrer schüttelte den Kopf. »Tut mir leid, aber jetzt ist die beste Tageszeit fürs Geschäft, und ich habe schon eine ganze Menge Geld verloren. Das Herumstehen bringt nichts ein. Ich muß jetzt weiter.«

Tanner zahlte, ging in den Drugstore an der Ecke und beobachtete den Eingang des Appartementhauses. Er blätterte durch die Zeitschriften im Ständer und gönnte sich eine Tasse Kaffee.

Vierzig Minuten.

Er ging zur Telefonzelle in der Ecke, ließ die Tür halb offen, so daß er die Appartements sehen konnte, und rief Grossman an. Er konnte zwar auch allein hinauf, aber warum sollte er ein unnötiges Risiko eingehen?

Eine Stunde später. Grossman stieg aus dem Taxi und eilte in den Drugstore, das Gesicht schweißfeucht. »Er ist noch nicht wieder aufgetaucht?«

»Nein, und es hätte höchstens ein paar Minunten dauern dürfen. Gehen wir hinauf.«

Am Pult sagte die Empfangsdame: »Commander Nordlund hat Appartement 607. Ich sage ihm telefonisch Bescheid, daß Sie kommen.« Ehe er sie davon abhalten konnte, hatte sie schon durchgestellt. Niemand hob ab. Sie runzelte die Stirn. »Das ist aber merkwürdig. Er muß da sein. Er hat doch Besuch –«

Die Geräusche von der Straße wirkten plötzlich sehr laut.

»Was für Besuch?«

Sie sah ihn verwirrt an. »Etwa vor einer halben Stunde ist ein Herr gekommen. Ist etwas nicht in Ordnung? Was ist denn los?«

»Wie sah der Besucher aus?«

»Nun, sehr elegant und seriös. Wirklich, ein sehr eleganter

Herr. Groß und schlank, stahlgraues Haar und einen kleinen Schnurrbart –«

Die gleiche Veränderung im Tonfall und der gleiche Blick in den Augen, dachte Tanner. Er hatte diesen Blick und diesen Tonfall in Brockton schon erlebt. Bei dem jungen Mädchen, das im Hotel arbeitete.

»Ich glaube«, sagte er, »daß wir alle hinaufgehen sollten. Ich fürchte, dem Commander ist etwas zugestoßen.«

»Oh!« Sie bat das andere Mädchen, ihren Platz zu übernehmen, und kam hinter dem Pult hervor. Etwa fünfzig, schätzte Tanner sie, und ziemlich rundlich. Wie das Mädchen in Brockton hatte sie den Mann gesehen, den sie sehen wollte. Sie hielt den Wäschereifahrer an, der gerade gehen wollte. »Jeff, können Sie uns einen Augenblick helfen? Ein Mann im sechsten Stock ist krank.«

Jetzt waren sie zu viert, dachte Tanner. Vielleicht genug, um mit Adam Hart fertig zu werden, falls er noch da war.

Sie fuhren schweigend hinauf, und Tanner spürte, wie die Spannung in ihm wuchs. Wenn Hart noch da war? Sie waren zwar zu viert, aber das war keine Garantie. Er würde sich die Überraschung und den Schock zunutze machen müssen und durfte mit keinem Gedanken daran denken, was er vorhatte. Er zog die Beretta aus der Tasche und überprüfte das Magazin. Die Augen der Frau weiteten sich, und der Wäschereifahrer sah überrascht auf und sagte: »Was haben Sie vor, Mister?«

Er antwortete nicht, und als die Türen des Aufzugs sich öffneten, rannte er den Korridor entlang. 601 – 603 – 605 . . .

Er stieß die Tür mit der Schulter auf. Sie war nicht verschlossen gewesen, nicht einmal richtig eingerastet, und er stolperte fast bis zur Mitte des Zimmers, ehe er seinen Schwung bremsen konnte.

Es dauerte ganze zehn Sekunden, bis ihm klar wurde, daß niemand da war, daß keine Spannung da war, daß niemand sich tastend in seinen Geist einschleichen wollte. Aber es lag eine gewisse Elektrizität in der Luft, so schwach wie ein leichter Parfümhauch, und er wußte, daß noch vor einem Augenblick jemand dagewesen war.

Und dann rief Grossman aus dem Schlafzimmer: Hierher! Schnell!«

15

Nordlunds Augen waren halb geschlossen, die Muskeln seines Gesichts angespannt und verzerrt. Sein loses Baumwollhemd war schweißnaß. Er war neben dem Bett in die Knie gebrochen, eine Hand in die Laken verkrampft. Auf den ersten Blick sah Tanner, daß er unter Schock stand. Die Haut fühlte sich kalt an, der Puls war so schwach, daß man ihn kaum noch fühlte, und die Atmung ging sehr flach.

»Nordlund!«

Er schob die Hände unter Nordlunds Achselhöhlen und hob den Mann aufs Bett. Der Wäschereifahrer und die Frau vom Empfangspult standen nur da. Dann löste sich der Schreck, und sie machte eine Bewegung zur Tür hin. »Vielleicht sollte ich besser einen Arzt –«

Schnell zog Tanner seine Brieftasche und zeigte ihr die gefälschte Karte, die ihn als Marineoffizier auswies. »Es wäre mir lieber, wenn Sie das nicht täten, aber es wäre gut, wenn Sie heißen Kaffee besorgen könnten.« Er deutete mit dem Daumen auf den Wäschereifahrer, der ihn hilflos anstarrte. »Sie helfen mir, ihn auszuziehen und zuzudecken. In ein paar Minuten wird er wieder zu sich kommen.« Er zog Nordlund die Schuhe aus, und kurze Zeit darauf lag er warm eingehüllt im Bett. Wärme und etwas Heißes zu trinken, und Nordlund würde schnell wieder auf die Beine kommen. Es war ein Wunder, daß er überhaupt noch lebte.

»Was ist denn mit ihm passiert? Meinen Sie, jemand hat ihm was angetan?«

»Müßten Sie sich nicht eigentlich um ihre Wäsche kümmern?« ließ Tanner den Mann grob abfahren.

»Eigentlich schon«, sagte der Wäschereifahrer und ging zur Tür. Bitter fügte er hinzu: »Aber wenn Sie das nächste Mal Hilfe brauchen, fragen Sie jemand anderen.«

Ich schaffe es doch immer wieder, die Leute zu verärgern, dachte Tanner. *Aber verflucht, ich konnte einfach nicht zulassen, daß er hierblieb.*

»Behalt den Commander im Auge, Karl.«

Er ging zurück ins Wohnzimmer und sah sich um. Vor dem Fenster stand ein Tisch, daneben ein Stuhl, so, als hätte jemand darin

gesessen. Nordlund hatte das Zimmer betreten, war ins Schlafzimmer gegangen, und dann war Adam Hart aufgetaucht und
hatte sich leise hingesetzt. Auf dem Weg zum Schlafzimmer lagen
ein umgekippter Stuhl und eine umgeworfene Lampe.

Also war Nordlund aus dem Schlafzimmer gekommen, hatte
versucht, sich zu verteidigen, und das hatte wohl ein paar Minuten gedauert, dachte er. Und Nordlund hatte einen kleinen Erfolg
verbuchen können – er hatte zumindest lange genug gelebt, daß
Hilfe kommen konnte. Das reinste Glück, die Chance von eins zu
einer Million, hatten ihn am Leben gehalten. Nur die Tatsache,
daß jemand ihm gefolgt und schließlich neugierig geworden war.

Tanner ging ins Schlafzimmer zurück und sah Nordlund mit re-
spektvollem Ausdruck an. Nordlund war etwa so groß wie er
selbst und hager, vielleicht höchstens einhundertfünfzig Pfund
schwer, hatte dünne Handgelenke und schmächtige Schultern.
Aber in anderer Hinsicht mußte er ein Bär von einem Mann sein.

Grossman hatte die Frau aus dem Zimmer begleitet und kam
jetzt zurück. »Sollten wir nicht doch einen Arzt holen, William?
Er sieht nicht sehr gut aus.«

»Nein, er kommt schon wieder hoch.« Er zog die Pfeife aus der
Tasche und bemerkte zum erstenmal, daß seine Hände zitterten.
»Das war ganz schön knapp.«

»Kann man wohl sagen.«

»Glaubst du, daß er Nachforschungen betrieben hat? Schließlich haben wir alle das gemacht, du, Scott, und ich auch.«

»Vielleicht. Obwohl er nicht zu glauben schien, was am Samstagmorgen passiert ist.«

Tanner stand auf. »Sehn wir uns einmal um.«

Sie durchsuchten die Wohnung eilig, aber sorgfältig, und ohne
auf etwas Interessantes zu stoßen. In Nordlunds Schreibtisch fanden sie nur einen Stapel Kopien des Sitzungsprotokolls, einige
persönliche Papiere, und auf einem Regal einen dicken Ordner
mit nicht veröffentlichten Marinedokumenten.

Aus dem Schlafzimmer war ein Geräusch zu hören, und Tanner
lief hin. Nordlund saß aufrecht im Bett, die Augen glasig.

»Es ist alles in Ordnung, Commander. Er ist weg. Es ist alles
gut.«

Das Brennen in Nordlunds Augen verschwand, und er sank auf

das Kopfkissen zurück. »O mein Gott!«

Tanner wartete einen Augenblick, bis Nordlund sich etwas gefaßt hatte, dann stellte er die Frage, die er schon seit einer Stunde stellen wollte. »Wer war er, Commander?«

Nordlund schüttelte den Kopf. »Ich habe sein Gesicht nicht gesehen, Tanner. Er kam herein, und dann ging es auch schon los. Ich konnte sein Gesicht nicht sehen. *Wissen Sie, wie es ist, wenn plötzlich jemand Ihren Geist überwältigt und Sie lenkt, wie man ein Auto lenken würde?«*

Seine Stimme brach, und Tanner sagte: »Beruhigen Sie sich. Hart ist nicht hier, und er kommt auch nicht zurück. Zumindest nicht so bald. Und ich weiß, was für ein Gefühl das ist. Ich habe es am eigenen Leib erfahren.«

Plötzlich wallte die Panik wieder in Nordlund auf, und sein ganzer Körper zitterte unter der Bettdecke. Er biß sich in die Hand, um das Schreien zu unterdrücken. Tanner beobachtete ihn aufmerksam und wartete darauf, daß der Angstanfall vorbeiging. Nordlunds Augen waren rot gerändert und eingesunken, ein Wangenmuskel zuckte. Seine Nerven waren völlig außer Kontrolle geraten, dachte Tanner. Jemand hatte den Mann all seiner Energie und Kraft beraubt, jemand hatte die Drähte durchgeschnitten, die ihn zusammenhielten.

Er sagte: »Was haben Sie seit jenem Samstag gemacht, Commander?«

»Wie meinen Sie das?«

»Haben Sie versucht, etwas über Olson herauszufinden oder über ein anderes Mitglied des Teams?«

»Nein, ich habe es nicht für notwendig gehalten.« Nordlunds Lippen preßten sich zusammen. »Ich habe alles gesehen, was ihr anderen auch gesehen habt, aber es ergab für mich keinen Sinn. Ich dachte, vielleicht hätte ein Luftzug den Papierschirm bewegt. Damals haben auch Sie das geglaubt.«

Armer, pragmatischer kleiner Offizier, dachte Tanner.

Er glaubte nur, was er berühren konnte, und alles andere existierte einfach nicht. Nach jenem Samstag hatte er überhaupt nicht mehr gewußt, was er glauben sollte, und er hatte sich bemüht, alles so schnell wie möglich zu vergessen.

»Und als Olson ermordet wurde?«

Nordlund wandte den Blick ab. »Die Polizisten sagten, daß Sie der Mörder wären. Ich glaubte ihnen. Sie waren verschwunden. Es schien nur logisch zu sein.«

»Und Professor Scott?«

»Jeden Tag kommen alte Männer unter Autos.« Seine Stimme wurde bitter. »Ich war wirklich dumm, nicht wahr?«

»Ja, das waren Sie, aber darüber brauchen wir jetzt nicht mehr zu reden. Vielleicht sollte ich sie zuerst einmal näher informieren über das, was in den letzten Tagen passiert ist.«

Als er fertig war, sagte Nordlund: »Es ist einfacher, an den Mann im Mond zu glauben.«

»Meinen Sie etwa, daß ich lüge, Commander?«

Nordlund zitterte. »Guter Gott, nein. Schließlich habe ich für meinen Unglauben fast mit dem Leben bezahlt.«

Tanner ging zum Fenster. Es wurde schon spät. In ein paar Stunden würde die Nacht wieder über die Stadt hereinbrechen. Und wieder würde er vor dem Problem stehen, was er dann machen sollte. »Wir sind jetzt zu dritt, und wir sind hinter zwei Männern her. Welchen nehmen wir uns als ersten vor? Van Zandt oder DeFalco?«

Nordlund schloß die Augen. »Entscheiden Sie das, Professor. Ich weiß zu wenig über die beiden.«

»Es gibt nicht viel zu wissen«, sagte Grossman und fuhr fort: »Van Zandt wurde in Belgien geboren – glaube ich. Sein Vater war Bäcker, seine Mutter Näherin. Er kam mit zehn Jahren in die Vereinigten Staaten. Ein frühreifes Kind, wie es heißt. Er studierte in Beliot und promovierte in Harvard. Ein brillanter Student. Er schrieb mehrere Arbeiten über die Psychologie der Fabrikarbeiter – Arbeiten von unschätzbarem Wert, soviel ich weiß, wenn man an diesem Gebiet interessiert ist.«

»Was ist mit DeFalco?«

»Über ihn weiß ich nicht viel. Er wurde hier in Chicago geboren. Ein überdurchschnittlich guter Student, wenn auch nicht herausragend. Sehr guter Sportler. Er wurde in seinem letzten Semester von der Universität relegiert, aber nach einem Monat wieder zugelassen. Er hat hier sowohl sein Diplom als auch seinen Doktor gemacht.«

»Alle diese Informationen«, sagte Tanner, »stammen aus den

Akten und Unterlagen, die wir vorliegen haben. Was bedeutet, daß einer dieser Lebensläufe falsch sein muß.«

Womit sie wieder da waren, wo sie angefangen hatte.

Macht, Macht, wer hat die Macht?

Professor Harold Van Zandt – kalt, abweisend, bitter? Oder Edward DeFalco, der an jenem Morgen auf dem Friedhof solche Angst gehabt hatte? Oder war auch das nur Theater gewesen?

»Irgendwelche Vorschläge?«

Nordlunds dünne Hände zupften an der Bettdecke. Seine Stimme war so leise, daß Tanner ihn kaum hören konnte. »Wir könnten weggehen – wir könnten fliehen. Uns irgendwo verstekken, wo er uns nicht findet.«

»Und uns jeden Tag fragen, ob wir auch wirklich in Sicherheit sind? Sie glauben doch nicht etwa, daß Adam Hart uns je vergessen wird, oder?«

Nordlund seufzte. »In Ordnung, ich habe also dummes Zeug geredet.«

»Karl?«

»Ich glaube, wir sollten uns DeFalco zuerst vornehmen. Die Chance, daß er es ist, ist vielleicht kleiner, und dann wären wir zu viert.«

Nordlund setzte sich auf. Ein bißchen Farbe war in sein Gesicht zurückgekehrt, und seine Augen sahen nicht mehr so gehetzt aus wie zuvor. »Warum sollen wir sinnlos auf den Busch klopfen? Wir haben es nur noch mit zwei Möglichkeiten zu tun. Warum überhaupt ein Risiko eingehen?«

Es dauerte einen Augenblick, ehe Tanner ganz verstand.

»Was ist denn daran so schlimm?« fragte Nordlund scharf. »Wenn Sie im Krieg wären, würden Sie auch nicht zögern. Je länger wir warten, desto kleiner wird unsere Chance. Warum das Risiko eingehen?«

»Ich würde nicht gern jemanden kaltblütig umbringen«, flüsterte Grossman, »ohne mir ganz sicher zu sein.«

Tanner dachte, daß der Gedanke schon seine Reize hatte. Aber Hart zu identifizieren und ihn zu töten waren zwei ganz verschiedene Paar Schuhe. Es wäre nicht sonderlich schwer. Eine Kugel aus dem Hinterhalt, und die Sache wäre vorbei. Aber wenn der erste Schuß danebenging, würden sie nie wieder eine zweite Chance erhalten. Und einen Mann zu töten, der vielleicht unschuldig war – Er sagte: »Was würden Sie von Ihrem Vorschlag halten, wenn Grossman und ich ihn schon gestern gefaßt hätten?«

»Das würde überhaupt keinen Unterschied machen«, sagte Nordlund, aber seine Stimme klang nicht sehr überzeugt.

»Glauben Sie, daß Sie jetzt aufstehen können?«

Nordlund versuchte es. »Ich bin noch ein bißchen schwach, aber abgesehen davon geht es schon. Was machen wir jetzt?«

»Als erstes verschwinden wir hier. Nur weil Hart es beim ersten Anlauf nicht geschafft hat, dürfen Sie nicht glauben, daß er Sie jetzt in Ruhe lassen wird. Wahrscheinlich wird die Polizei in kurzer Zeit hier auftauchen – mit irgendeinem Grund für unsere Verhaftung.« Er empfand Mitleid mit Nordlund. »Es ist Ihnen doch klar, Commander, daß Sie die Kriegsmarine vergessen können. Ihre Unterlagen und Akten werden verschwinden, und irgend jemand wird sich etwas einfallen lassen, um es Ihnen in die Schuhe zu schieben.«

»Daran habe ich schon gedacht.« Nordlund ging zum Schrank und packte eine Reisetasche. »Was machen wir heute nacht?«

»Das bleibt Ihnen überlassen. Wir trennen uns und treffen uns morgen früh im Foyer der Stadtbibliothek. Sagen wir, um zehn Uhr.«

Sie fuhren mit dem Lift hinunter und trennten sich auf dem Bürgersteig. Nordlund ging in nördlicher Richtung davon, Grossman kaufte sich am Kiosk eine Zeitung und wandte sich nach Westen, Tanner sah ihnen nach und machte sich auf den Weg zur Innenstadt.

Es war Abendessenszeit, und die Straßen waren voller Menschen auf dem Nachhauseweg. Noch ein paar Stunden, dann würde die Sonne untergehen, und eine weitere, lange Nacht würde beginnen.

Wie viele Nächte hatte er sich jetzt schon versteckt?

Wie viele Nächte hatte er jetzt schon hinter geschlossenen Türen und vorgezogenen Vorhängen darauf gewartet, daß Adam Hart in Person auftauchte? Und wie viele Nächte war er durch die Straßen gewandert, hatte versucht, immer in Gesellschaft von Menschen zu bleiben, im Gefängnis oder bei Saufgelagen, bloß damit er nicht allein sein mußte?

Er wanderte durch die Innenstadt. Vielleicht konnte er sich ein anderes Hotel und eine andere Party suchen –

Aber es würde ihm schwerfallen, noch eine Nacht ohne Schlaf auszukommen. Er war jetzt schon halb tot vor Müdigkeit. Seine Nerven würden nicht mehr lange durchhalten. Und wenn er einschliefe?

Er mußte lachen. Dann würde es eine Kleinigkeit sein, ihn umzubringen. Ein Kinderspiel.

Er gähnte, schüttelte den Kopf und zwang sich dazu, Interesse an der Stadt und den vielen Menschen zu haben. *Komisch,* dachte er. *Ich habe ganz vergessen, wie häßlich die Stadt sein kann. Nachts ist sie nichts als Neon und Chrom und Plastik, aber man kann den Blick darüber erheben und die alten Mauern hinter dem Licht sehen.*

Die alten Bauten, nichts als Ecken und häßliche Winkel, bedeckt mit Schmutz und Rauch und Taubendreck. Die hellen, blitzenden Geschäftsfronten, Glas und rostfreier Stahl, und darüber die düstere Architektur vom Anfang des Jahrhunderts. Die schmutzigen, dreckigen Asphaltbänder, die man als Straßen bezeichnete, und die aufreizenden Leuchtreklamen. Die häßlichen Straßenlampen und die Metallkästen mit der Aufschrift: »Haltet die Stadt sauber«. Die pseudo-romanischen Säulen des Institus der Künste, das steinerne Monster der Stadtbibliothek und die geschmacklosen Boutiquen.

Und dann die Menschen.

Die hastenden, gierigen, überfressenen, dummen Menschen. Der fette Mann im Fenster des Restaurants, der in einer Schüssel Spaghetti wühlte. Die mit Juwelen behangene Schaufensterbummlerin, das Gesicht völlig verschwunden unter Schichten von Puder, Rouge und Make-up, die davon träumte, mehr Kleider und mehr Schmuck zu besitzen, als sie je tragen konnte. Die Halbwüchsigen, schwarzes Haar in Wellen über Stirn und Schläfen, Sportmäntel, die an schmalen Schultern herabhingen, gierige Augen, die das Pornofoto eines Sexschuppens fast verschlangen.

Jede kleine Unvollkommenheit hundertfach vergrößert. Jeder kleine Fehler ins Maßlose gesteigert.

Hart, dachte er.

Irgendwo in der Menge hinter ihm. Irgendwie mußte er ihn abschütteln.

Er blieb stehen, starrte in die Auslage eines Obstgeschäfts und versuchte, Hart aus seinen Gedanken zu verdrängen. Die Äpfel im Fenster wogen mindestens ein Pfund pro Stück, und die Grapefruits waren so groß wie Kinderköpfe. Ein Angestellter schrieb von innen mit weißer Kreide das Angebot des Tages auf die Scheibe. Tanner las:

Hast du genug davon?«

Er blinzelte und wandte sich ab. Eine leere Gasse, in der die Lieferwagen entladen werden konnten. Ein schneller Sprint, und dann vielleicht in den Hintereingang eines Geschäfts.

Er hatte bereits zwei Schritte in die Gasse gemacht, als er plötzlich die Abwesenheit jeglichen Drucks empfand. Das aufmerksame Warten war weg. Das *erwartungsvolle* Warten. In der Gasse würde er allein sein. Am Ende der Gasse wartete der Tod. Dieses Mal würde er so schnell und endgültig zuschlagen wie bei John Olson.

Er rannte zurück, und es war, als liefe er auf Leim. Hart hatte bereits teilweise die Kontrolle über ihn gewonnen. Er taumelte, und die Leute auf dem Bürgersteig starrten ihn an. Ihre Gesichter waren ausdruckslos, neugierig oder voller Ekel. Dann war er mitten unter ihnen, und der Kontakt brach ab.

Irgendwo ein Schulterzucken im Geiste.

Ich muß aufpassen. Die Leute starren mich an, und irgendwann wird eine alte Hexe sagen: »Herr Wachtmeister, sehen Sie doch den Mann da. Ist das nicht furchtbar?« Und dann wird der Polizist mich mitnehmen, und ich wette fünf Dollar darauf, daß ich aus der Zelle nicht wieder rauskommen werde.

Er kam an einer Zeitungsagentur vorbei, durch deren Fenster er sehen konnte, wie ein Mann gerade die Schlagzeilen des Tages auf ein Plakat druckte. Er blieb stehen und sah zu, wie der Mann das Papier aus der Presse nahm und ins Fenster hängte.

Es ist eine miese Welt,
nicht wahr, Mr. Tanner?

Eine miese Welt. Adam Harts Welt würde viel sauberer sein, viel besser organisiert, die Menschen wären viel glücklicher. *Nein!*

Er mußte hier weg!

Er rannte über die State Street, als die Ampel schon gelb wurde, und ließ die meisten Leute hinter sich. In ein großes Warenhaus hinein. An der Lebensmittelabteilung vorbei. Etwas zupfte an seinen Gedanken, und er warf einen Blick auf die Speisekarte des Restaurants, die eine Schülerin ihm hinhielt. Dort, wo sonst der Name des Restaurants stand, war jetzt zu lesen: *Fütterung der Raubtiere?*

Er rannte weiter, umrundete den Block und verschwand in einer U-Bahnstation. Er ging nicht auf den Bahnsteig, sondern lief unterirdisch weiter bis zum Ausgang in der Dearborn Street. Das Geräusch seiner Schritte hallte laut in den gekachelten Gängen wider, und hinter sich konnte er ein suchendes Tasten spüren.

Dann rannte er die Stufen hinauf und sah die Stadt wieder so, wie er sie immer gesehen hatte. Die majestätischen Gebäude der Handelskammer, die einfache Marmorschönheit von St. Peter, die klaren Umrisse des Prudential-Gebäudes. Und die Menschen auf den Straßen, einige schön, einige eher häßlich, einige mit den Zeichen eines harten oder auch leichten Lebens. Nicht alle gut, nicht alle schlecht. Einfach Menschen, für die er plötzlich eine überwältigende Zuneigung empfand.

In diesem Augenblick traf es ihn, und zwar so plötzlich und unerwartet, daß es fast das Ende bedeutet hätte. Ein Griff um seinen Geist, ein kräftiges, fast schon vertrautes Zudrücken, aber diesmal ein Angriff, der ihn blitzschnell überwältigen sollte.

Er taumelte und mußte sich an eine Wand lehnen, schloß einen Augenblick lang die Augen. Der Druck ließ etwas nach, war aber immer noch da, wurde wieder stärker, und er wußte, daß er höchstens ein paar Minuten lang Widerstand leisten konnte. Er hätte nie gedacht, daß Hart versuchen würde, ihn in der Öffentlichkeit zu erledigen, daß er das Risiko eingehen würde, sich zu verraten. Aber er hatte eben auch noch nie daran gedacht, was Hart tun würde, wenn er keinen anderen Ausweg mehr sah.

Er sah sich mit wilden Augen um. Leute auf der Straße, aber nirgendwo ein Streifenwagen. Autos am Straßenrand. Eins davon hatte gerade eingeparkt. Der Besitzer stieg aus, hielt immer noch die Schlüssel in der Hand. Tanner rannte zu ihm, riß die Schlüssel an sich und sprang ins Auto. Er knallte dem Mann die Tür vor der Nase zu, verriegelte sie und startete. Vor Hast würgte er jedoch den Motor wieder ab.

»Polizei! Wo ist denn die verdammte Polizei? Der Typ hier klaut mein Auto!«

Leute liefen auf ihn zu und strömten aus den Restaurants. Der Autobesitzer hämmerte gegen die Tür.

Tanner startete wieder, und endlich sprang der Motor an. Er fuhr los, ohne darauf zu achten, daß er den Kotflügel des Autos vor ihm zerkratzte. Der Mann, der gegen die Tür gehämmert hatte, konnte nicht mehr Schritt halten.

Tempo, dachte er blind. Tempo, Geschwindigkeit, um hier weg-zukommen, so lange er noch atmete, so lange sein Herz noch schlug. Und Entfernung – er mußte so schnell wie möglich eine größtmögliche Entfernung zwischen sich und Adam Hart legen.

Adam Harts Einfluß wurde schon schwächer. Er spürte, wie seine Atmung wieder normaler wurde, wie sein Herz wieder lang-samer schlug. Er brauste die Randolph Street entlang, und dann hatte er die Innenstadt hinter sich. Weit in der Ferne hörte er das Heulen von Polizeisirenen.

Entwischt, dachte er.

Dann sah er es im Rückspiegel. Ein anderes Auto, das ohne Licht fuhr, abbog, wenn er abbog. Er trat das Gaspedal bis zum Anschlag durch, aber das andere Auto klebte hinter ihm. Die Ran-dolph – und die Ogden-Street flogen an ihm vorbei, dann schoß er durch den nur mäßigen Abendverkehr auf den Washington Boulevard. Hier spürte er plötzlich wieder das schwache Tasten in seinem Kopf. Winzige Bewegungen, ein sanftes Zittern, und dann ein plötzlicher heftiger Versuch, die volle Beherrschung über ihn zu gewinnen.

Seine Hände klebten am Steuer, umkrampften es, und er konnte sich kaum noch bewegen. Nur mit Mühe gelang es ihm, die Kurve zu nehmen und den Laternenmasten auszuweichen.

Irgendwo ein stilles Lachen.

Schneller, o mein Gott, schneller!

Die Nacht huschte an ihm vorbei. Die Mietshäuser und die Ein-familienhäuser und die Straßenlampen, die ihm höhnisch zuzublinzeln schienen.

Dann verloschen sie eine nach der anderen.

Er schüttelte den Kopf und riß die Augen weit auf. Die Lichter wurden trüber. Hart versuchte es jetzt auf andere Weise, beschränkte sich nur auf die Augen. Die Welt verblaßte, der Mond und die Sterne verschwanden, und die erleuchteten Häuser schwammen vorbei wie blasse Geister. Noch ein paar Minuten, dann würde er blind fahren, würde versuchen, seinen Weg in völliger Dunkelheit zu finden.

Dann empfand er das dringende Bedürfnis, abzubiegen und nach Norden zu fahren. Ein zwingendes, forderndes Bedürfnis.

Warum?

Er verkrampfte sich hinter dem Steuer und fuhr weiter geradeaus. Die Straßen und die Stadt waren ein immer dichter werdender Nebel. Und dann, sehr schwach, hörte er es. Das noch weit entfernte Pfeifen eines Zuges. Irgendwo weiter vorn war ein Bahnübergang, das rote Licht blinkte bereits, die Schranken waren bereits geschlossen.

Er schleuderte auf eine Abbiegung zu, als irgend etwas versuchte, ihn in diese Seitenstraße zu drängen, weg vom Bahnübergang weiter vorn.

Da fuhr er durch völlige Dunkelheit, hörte nur noch das Pfeifen des Zuges. Krachen und Splittern der Bahnschranke, das Rattern der Reifen auf den Schienen. Dann das Brausen hinter sich. Er stemmte den Fuß aufs Gaspedal und betete.

Die Straßenlampen flammten kurz auf wie Kerzen, die gerade angezündet wurden, flackerten und zitterten und strahlten dann mit voller Leuchtkraft. Die Sterne blinkten wieder vom Himmel, und die Häuser mit ihren hellen Fenstern tauchten wieder auf wie aus einem schlammigen Fluß.

Der Güterzug war sehr lang. Er würde den Verkehr für Minuten aufhalten. Tanner war jetzt schon mehrere Blocks weit von Hart entfernt, und er wußte, daß er für den Rest der Nacht gerettet war. Natürlich gab es immer noch Probleme. Die Polizei, zum Beispiel, die nach dem gestohlenen Auto suchen würde, was bedeutete, daß er es früher oder später stehenlassen mußte.

Und dann war da noch die nebensächliche Frage, wo er die Nacht verbringen sollte.

16

Er ließ das Auto am Stadtrand stehen und ging kilometerweit zurück bis zu einem Park, in dem unzählige Menschen im Freien schliefen; es war so still, daß er jedes Flüstern hören konnte. Aber es war sicherer hier als in einem Hotelzimmer, und nicht so stickig, und es roch auch nicht nach billigen Desinfektionsmitteln.

Er folgte den Wegen bis zum anderen Ende des Parks. Vor ihm lag nur noch ein Streifen nackter Boden, übersät mit Bierdosen, zerknüllten Kartons und anderem Abfall, und dann kamen eine steilabfallende Böschung, ein schmaler Grasstreifen und ein Entwässerungskanal. Der Grasstreifen gefiel ihm gut. Er lag abseits und war vielleicht sicherer als der Park selbst.

Er rutschte die Böschung hinab und legte sich hin, starrte in den Himmel, betrachtete den Mond und die Sterne, dann döste er ein und schlief bis zum Morgen.

Mit den Vögeln wachte er auf. Es war noch sehr früh; der Himmel war in ein durchsichtiges Rosa getaucht. Er gähnte, stand auf und ging durch den Park, bis er zu einer Geschäftsstraße kam. Er war noch weit von der Innenstadt und Stunden von seiner Verabredung mit Grossman entfernt.

Ein früher Donnerstagmorgen.

Wie lange kann ich noch durchhalten?

Er sah zwei Fabrikarbeiter einen Bus besteigen, suchte in seiner Tasche und fand ein paar Münzen. Es waren nicht genug.

Er zuckte mit den Schultern und marschierte los.

Es war ein warmer Morgen. Er ließ sich Zeit und beobachtete, wie die Stadt allmählich erwachte. In den Parks und auf den Feuertreppen wurden die Leute wach, gähnten und streckten sich. Die Frauen in schmutzigen Morgenröcken, die Haare auf Lockenwickler gedreht, müde, schlaffe Gesichter. Fette Männer in viel zu kleinen Schlafanzügen, dünne Männer in Shorts und T-Shirts blickten auf die Welt, als sei sie ein Anzug, den sie am Abend zuvor gebraucht gekauft hatten, und den sie jetzt zum erstenmal bei Licht sahen.

Die ganz normalen kleinen Leute, die neunzig Prozent der Weltbevölkerung ausmachten, die alle Fehler und Verbrechen begingen, die man sich nur vorstellen konnte, und denen alles fehlte, was ihnen je ein kleines bißchen Vergnügen hätte bereiten können. Die anständigen kleinen Leute, die nett zu Fremden waren und sich selbst nichts gönnten, damit ihre Kinder es einmal besser haben sollten. Dabei war die Wahrscheinlichkeit groß, daß die Kinder einem Krieg zum Opfer fallen würden, den offensichtlich jede Generation einmal führen mußte. Die armen kleinen Dummköpfe, die in kleinen Wohnungen lebten, wo es nach Essen und Schweiß stank, oder die ihre billigen Fertighäuser abbezahlten, in denen man die Toilettenspülung bis ins letzte Zimmer hören konnte.

Die meisten von ihnen waren weder Sünder noch Heilige, sondern eine merkwürdige Mischung aus beidem – so verworren und kompliziert, daß nur der beste Psychiater je seinen Weg durch diesen Irrgarten finden konnte. Unter ihnen gab es einige, die Jahr um Jahr Rasen und Blumen hinter dem Haus anpflanzten, obwohl sie genau wußten, daß die Blumen in all dem Abfall und der dreckigen Luft der Stadt nicht gedeihen konnten. Es gab unter ihnen einige, die sich für Kunst interessierten, ohne sich gleich für etwas besseres zu halten, und dann gab es natürlich noch die Kinder, die das Leben genießen konnten, auch wenn sie in Mülleimern groß wurden.

Das waren die Menschen, die am meisten zu verlieren hatten, wenn Adam Hart die Macht übernahm. Die meisten anderen Leute wären nur allzugern bereit gewesen, ihm die Welt zu übergeben und zu sagen: »So, nun kümmere du dich darum.«

Aber warum war er so sicher, daß Hart die Welt überhaupt wollte?

Es war zehn Uhr, als er endlich die Innenstadt erreichte und die Bibliothek betrat. Grossman und Nordlund waren noch nicht da.

Sie waren um elf Uhr noch nicht da.

Sie waren auch um zwölf Uhr nicht da.

Um ein Uhr kam endlich Nordlund. Tanner hätte ihn fast nicht erkannt. Die weiße Leinenhose und das T-Shirt waren verschwunden. Die Turnschuhe waren durch schwarze Halbschuhe ersetzt worden, und er trug einen dunkelblauen Anzug, in dem er fünf Jahre älter aussah. Er hatte sich das Haar braun gefärbt, und vielleicht war nur das Licht daran schuld, daß die Falten in seinem Gesicht bedeutend tiefer aussahen.

»Den Anzug habe ich gestohlen«, sagte Nordlund trocken. »Es war das erste Mal im Leben, daß ich mich als Dieb betätigt habe.«

»Es wird nicht das letzte Mal sein. Wo haben Sie die Nacht verbracht?«

»In einem Auto. Mit Liegesitzen.«

Nordlund wußte sich zu helfen, dachte Tanner. Es war bestimmt nicht schlecht, ihn dabei zu haben.

Plötzlich fiel Nordlund auf, daß Grossman nicht da war. »Wo ist Karl?«

»Ich hatte gehofft, er wäre bei ihnen.«

Der Marineoffizier sah besorgt aus. »Ich habe ihn seit gestern abend nicht mehr gesehen.«

Wieder einer weniger, dachte Tanner grimmig. Karl war ein pünktlicher Mensch, es mußte also etwas passiert sein. Soviel Tanner wußte, war die Polizei nicht hinter Grossman her, womit also bloß einer übrigblieb, der die Verspätung verursacht haben konnte – Adam Hart.

»Was machen wir jetzt, Professor?« fragte Nordlund erwartungsvoll.

Tanner fühlte sich sehr müde. Er hatte nicht gut geschlafen, und jeder Muskel tat ihm weh. Er hätte sich gern rasiert und geduscht, und er sehnte sich nach einem frisch bezogenen Bett, wo er einschlafen konnte, ohne sich darüber Gedanken machen zu müssen, daß dieser Schlaf vielleicht sein letzter war. Und er hatte es satt, daß alle immer von ihm erwarteten, daß er die Initiative ergriff. Schließlich ging das, was hier passierte, auch eine ganze Menge anderer Leute an.

»Wie gut sind Sie als Spürhund, Commander?«

»Sie meinen, als Detektiv? Ich könnte es ja mal versuchen.«

Nordlunds Selbstbewußtsein möchte ich haben, dachte Tanner. Bisher war ihm offensichtlich noch nie etwas schiefgegangen. Er fragte sich, ob der Mann wirklich wußte, mit wem sie es zu tun hatten und gegen wen sie kämpften. Er ärgerte sich darüber, daß er sich ärgerte. Zumindest war Nordlund kein Jammerlappen. Er hielt sich ganz gut.

Aber schließlich war er nicht seit Wochen auf der Flucht.

»Es sind nur zwei Mitglieder des Teams übrig, Commander. Einer der beiden muß es sein. Wir wissen von keinem sehr viel. Vor allem wisen wir nicht, was sie in den letzten beiden Wochen gemacht haben. Ich glaube, das sollten wir feststellen. Sie übernehmen DeFalco, ich Van Zandt. Finden Sie so viel wie möglich heraus über ihn und das, was er in letzter Zeit gemacht hat; wir treffen uns vor der Bibliothek um, sagen wir, heute abend elf Uhr.« Er zögerte. »Seien Sie vorsichtig – es ist schon viel wert, wenn Sie nur so lange am Leben bleiben.«

Als Nordlund weg war, ging Tanner zu einem Kiosk und kaufte sich alle Ausgaben der Nachmittagszeitungen. Falls Grossman etwas zugestoßen war, stand vielleicht schon etwas darüber drin.

Er konnte nichts über Grossman finden, dafür aber zwei andere interessante Artikel. Einer, auf der Titelseite, betraf ihn persönlich. Ein reißerisch aufgemachter Bericht über den immer noch frei herumlaufenden Mörder, mit einer detaillierten Beschreibung des Mordes und einem sentimentalen Nachruf auf John Olson. Obwohl der angebliche Mord schon zwei Wochen alt war, wurde er noch einmal groß herausgebracht, und man brauchte kein Hellseher zu sein, um zu wissen, wer dahintersteckte. Aber wieder war kein Foto von ihm abgebildet.

Das zweite war eine Science Fiction-Kurzgeschichte über den Menschen der Zukunft. Sie war gut geschrieben und wissenschaftlich fundiert. Aber das war kein Wunder.

Sie stammte schließlich von Professor Harold Van Zandt.

Er hatte noch viel Zeit bis zum Abend, dachte er. Einen Teil der Zeit konnte er damit verwenden, herauszufinden, was mit Grossman passiert war, aber er hatte das Gefühl, daß dabei nicht viel herauskommen würde. Es war wohl besser, sich erst einmal über Harold Van Zandt zu informieren, den neidischen Kollegen und unglücklichen Ehemann. Das alles konnte auch nur Attrappe sein.

Er ging den weiten Weg zum Haus der Van Zandts zu Fuß und schlenderte auf der anderen Straßenseite daran vorbei. Das Haus an der Ecke lag still und friedlich in der heißen Nachmittagssonne, und soviel er das beurteilen konnte, bewegte sich nichts und niemand hinter den Chintzvorhängen der Fenster. Susans zwei Jungen spielten auf der Straße, aber sie waren zu beschäftigt, um ihn überhaupt zu bemerken.

Eine ganze Stunde lang betrat oder verließ niemand das Haus. Dann kam ein Bote mit einem Lieferwagen und schleppte einen Karton mit Lebensmitteln zum Kücheneingang. Wenige Minuten später kam er pfeifend zurück und zählte die Scheine, die er in der Hand hielt. Tanner zeigte auch ihm die gefälschte Karte der Kriegsmarine. Der Mann zuckte mit den Schultern. »Also, was wollen Sie wissen?«

»Seit wann beliefern Sie schon die Van Zandts?«

»Seit etwa einem Monat.«

»Ist Ihnen in dieser Zeit irgendeine Veränderung aufgefallen?«

»Ich weiß nicht. Die Frau war immer nett zu mir. Gibt mir Kaffee und ab und zu auch ein Trinkgeld – in letzter Zeit übrigens öfter. Der Mann ist, glaube ich, ein furchtbarer Tyrann. Einen richtigen Befehlston hat er am Leib. Wenn er den Mund aufmacht, springen alle.«

»Kannten Sie auch John Olson, den Untermieter, als er noch hier wohnte?«

Die Augen des Mannes weiteten sich. »Ich habe von ihm gehört und in den Zeitungen gelesen. Aber ich habe ihn nie gesehen.«

»Haben der Professor und seine Frau ihn je erwähnt?«

»Die Frau hat sich einmal darüber beklagt, daß er gern englische Erdbeermarmelade ißt und sie dafür eine Menge ausgeben muß. Abgesehen davon wüßte ich nicht, daß sie über ihn gesprochen haben.«

»Und die beiden haben sich nicht verändert, seit Olson ermordet wurde?«

Der Mann schüttelte den Kopf. »Das würde ich nicht sagen. Aber das Haus sieht etwas anders aus.«

»Wie meinen Sie das?«

»Ach, wissen Sie, ein neuer Kühlschrank, neue Fliesen in der Küche und eine Gefriertruhe. So etwas fällt einem auf. Sie bestellen jetzt auch mehr Tiefkühlkost und weniger Konserven.«

Tanner wandte sich ab. »Okay, vielen Dank für Ihre Hilfe.« Olson war gestorben, und jetzt lebten die Van Zandts auf bedeutend größerem Fuß.

Der Mann in der Metzgerei war weniger hilfsbereit. Er war riesig und kräftig, und seine Oberarme hätte Tanner mit beiden Händen nicht umfassen können.

»Ja, sie kauft immer ihr Fleisch hier. Gute Kundin, mit Familie.«

»Kauft sie in letzter Zeit mehr ein als sonst?«

Der Metzger sah ihn an, als sei er ein Schweineschnitzel in der Auslage. »Polizei? Falls nicht, zeigen Sie Ihre Papiere meinetwegen irgendwo anders herum, aber nicht bei mir.«

Tanner zuckte mit den Schultern und ging. Beim Friseur zwei Querstraßen weiter hatte er mehr Glück.

Die Besitzerin war eine dünne, spitznasige Frau mit grauem, sorgfältig frisiertem Haar und einem bequemen, weiten Baumwollkleid.

»Susan Van Zandt? O ja, sie ist eine meine regelmäßigsten Kundinnen. Eine wirklich wunderbare Frau – wissen Sie, sie ist mit einem Professor von der Universität verheiratet. Wieso fragen Sie?

Tanner senkte seine Stimme zu einem vertraulichen Flüstern. »Ich hätte gern ein paar Informationen über sie.«

»Nun, es ist nicht unsere Gewohnheit, Informationen über Kunden weiterzugeben. Ist etwas nicht in Ordnung?« Die kleinen Vogelaugen glitzerten vor Neugier.

»Haben Sie das Gefühl, daß etwas nicht in Ordnung ist?«

Ihre Hände machten eine hilflose Bewegung, und sie warf einen schnellen Blick auf die Nischen mit den Trockenhauben. »Nun, das könnte ich wirklich nicht sagen, aber was wollen Sie denn genau wissen?«

»Ich möchte nur wissen, ob Mrs. Van Zandt sich in letzter Zeit verändert hat. Wie sie sich anzieht, wie sie sich gibt und so weiter.«

Sie machte einen Schmollmund. »Sie zieht sich wirklich sehr gut an.« Eine kleine Pause. »Das war nicht immer so. Sie hat eine schwierige Figur, wenn Sie wissen, was ich meine. So eine Zwischengröße, nicht richtig schlank, aber auch nicht kräftig. Natürlich kann man gutsitzende Kleider finden, wenn man so eine Figur hat, aber die kosten eben ein bißchen mehr – Maßarbeit und so –, und die Van Zandts hatten dafür wohl nie das Geld.« Eine weitere Pause. »Offensichtlich ist das jetzt anders.«

»Wie meinen Sie das?«

»Mein Lieber, man braucht nicht auf die Etiketten zu sehen,

um zu wissen, wo eine Frau ihre Kleider kauft. Ich weiß nicht, wie sie es macht, aber in letzter Zeit gibt sie mindestens doppelt soviel Geld für Kleider aus wie früher. Und wenn sie hierherkommt! Früher wollte sie immer nur eine Dauerwelle und einen Schnitt, jetzt ist es einfach alles.«

Tanner nickte freundlich und machte sich Notizen auf einem Blatt Papier. »Sie waren eine sehr große Hilfe. Würden Sie sagen, daß sie sich auch persönlich geändert hat?«

Ein leichtes Stirnrunzeln. »Nun, ich habe das Gefühl, daß der Professor und sie eine Zeitlang nicht allzugut miteinander ausgekommen sind. Manchmal kam sie her und war richtig gemein zu den Mädchen. Jetzt ist sie ganz anderes. So selbstsicher, selbstbewußt, und, nun ja, *zufrieden.*«

Tanner hatte das Gefühl, jemand kratze mit Kreide über eine Tafel. Er faltete sein Blatt Papier zusammen und steckte es weg.

»Sie haben mir sehr geholfen. Vielen Dank.«

Sie sah ihn enttäuscht an.

»Können Sie mir nicht sagen, worum es eigentlich geht? Ich meine, es ist doch nicht etwa – eine Scheidungssache?«

»Nein«, sagte er ruhig. »Es ist viel ernster. Man könnte sagen, daß es dabei um Leben und Tod geht.«

»Tatsächlich?«

Und das Komische war, dachte er draußen, das alte Mädchen hatte keine Ahnung, daß dies genau der Wahrheit entsprach.

Er verbrachte den Rest des Nachmittags damit, andere Leute in der Nachbarschaft zu befragen, ohne großen Erfolg. Die Van Zandts hatten keine engen Kontakte gepflegt. Die Geschäftsleute hatten alle festgestellt, daß sie in letzter Zeit mehr Geld ausgaben, aber keiner wollte sich näher darüber auslassen.

Als es anfing dunkel zu werden, war er wieder in der Innenstadt. Er mußte noch mehrere Stunden bis zu seiner Verabredung mit Nordlund totschlagen, und dann mußten sie eine Kampagne gegen Van Zandt ausarbeiten. Er hatte das Gefühl, daß sie bei Van Zandt auf der falschen Spur waren, aber es mußte doch irgendeinen Grund für den plötzlichen Wohlstand geben. Würde Adam Hart sich so auffällig verhalten? Wahrscheinlich nicht, aber dann –

Er aß in einem Schnellrestaurant zu Abend und ging anschließend ins Kino. Als der Film vorbei war, war es schon nach zehn Uhr. Er ging die Randolph Street entlang, an der Bibliothek vorbei, und kaufte sich eine Zeitung. Er überflog sie, um zu sehen, ob etwas über Grossman darinstand, und dann wäre es auch schon fast Zeit, sich mit Nordlund zu treffen.

Er fand die Notiz auf Seite neun. Der kurze Artikel erwähnte noch nicht Grossmans Namen, denn die Leiche hatte nicht identifiziert werden können. Ein dicklicher Mann von etwa vierzig Jahren war tot in einer Gasse abseits der Rush Street gefunden worden. Er hatte einen ungebügelten braunen Anzug getragen, schwarze Schuhe, ein weißes Hemd und eine gestreifte Krawatte. Die Todesursache war noch nicht bekannt, aber die Polizei hatte nichts gefunden, was auf Gewalttat schließen ließ.

Es mußte nicht unbedingt Grossman sein, dachte Tanner, und gleichzeitig wußte er, daß er sich damit nur selbst etwas vormachte. Ein dicker Mann, der durch eine Gasse gegangen und gestorben war. Wie Olson sich in seinem Zimmer hingesetzt hatte und gestorben war.

Keine Anzeichen von Gewaltanwendung.

Natürlich nicht.

Niemand würde um ihn trauern. Niemand würde ihn vermissen. Karls Familie erinnerte sich nicht einmal mehr an ihn.

Er ging langsam zur Bibliothek und sah Nordlund, der an einer Säule lehnte. Er reichte ihm die Zeitung. »Grossman ist tot«, sagte er.

Nordlund las schweigend. Einen Augenblick lang war Tanner verärgert, weil Nordlund kein Wort zu sagen hatte, aber dann wurde ihm klar, daß es nichts dazu zu sagen gab. Er zog die Pfeife aus der Tasche, zündete sie an und trat in den Schatten der Säulen, beobachtete die Menschen, die auf dem Bürgersteig an ihnen vorbeieilten.

»Ich habe mich über Van Zandt erkundigt. Er gibt in letzter Zeit viel Geld aus.«

»Und woher hat er das?«

»Möchte ich auch wissen.«

»Das klingt nicht nach – Hart.«

»Nein. Aber andererseits ist es auch schwierig für uns, Harts Motive zu erraten.« Er hielt inne. »Was hat sich bei DeFalco ergeben?«

Nordlund runzelte die Stirn. »Ich weiß nicht. Seine Nachbarn haben ihn in der letzten Woche nicht gesehen. Niemand weiß, wo er ist. Er scheint verschwunden zu sein.«

DeFalco. Hart. Dieses Verschwinden ergab keinen Sinn. Es war verdächtig, und Adam war nicht der Typ, der sich verdächtig machte.

»Wenn wir lange genug durchhalten können«, sagte Nordlund, »glaube ich, daß wir es schaffen. Irgend jemand muß doch einmal anfangen, Nachforschungen anzustellen.«

Das stimmte, dachte Tanner. Aber wie lange würde das noch dauern? Ein Mitarbeiter der Projektgruppe war ermordet worden. Ein weiterer war überfahren worden. Mehrere waren verschwunden. Die Polizei von Chicago würde sich mit der Sache beschäftigen, würde sich fragen, was mit dieser Projektgruppe los war. Und die Regierung? Es gingen keine Berichte mehr nach Washington, aber schließlich war Sommerpause, wo alles langsamer lief. In ein paar Tagen würde vielleicht irgendein Abteilungsleiter in Washington aufmerksam werden und anfangen, zwei und zwei zusammenzuzählen, aber nicht sofort. Frühestens in ein paar Tagen.

»Wahrscheinlich haben Sie recht, Commander. Wahrscheinlich wird jemand Nachforschungen anstellen. Etwa in einer Woche, würde ich denken. Und so lange haben wir nicht Zeit. So lange können wir nicht durchhalten.«

»Also, was machen wir? Hier und heute?«

»Morgen kümmern wir uns um Van Zandt. Heute nacht können wir sowieso nichts mehr unternehmen.«

»Professor?«

»Was?«

Nordlund sprach nur zögernd. »Glauben Sie, daß es gut ist, wenn wir uns wieder für die Nacht trennen? Wenn wir gestern zusammengeblieben wären, wäre Grossman vielleicht noch am Leben.«

»Das stimmt«, sagte Tanner trocken. »Vielleicht wäre er noch am Leben. Aber andererseits wären wir vielleicht alle drei tot.«

»Könnte auch sein. Treffen wir uns morgen wieder hier?«

»Wieder um zehn Uhr.«

Tanner beobachtete, wie Nordlund im Eingang einer U-Bahnstation verschwand. Er konnte ihm keinen Vorwurf machen, daß er Angst hatte, daß er mit ihm zusammenbleiben wollte. Keiner stirbt gern. Schon gar nicht allein.

17

Tanner ging die Stufen der Bibliothek hinunter und verlor sich in der Menge. Er hatte nicht die Wahrheit gesagt, als er Nordlund erzählte, in dieser Nacht könnten sie nichts mehr unternehmen. Aber schließlich war es bestimmt nicht klug, alle seine Pläne aufzudecken. Was Nordlund nicht wußte, konnte er auch niemandem verraten.

Es war riskant, dachte er. Es war gefährlich und vielleicht auch dumm, aber vielleicht war heute nacht der günstigste Zeitpunkt für einen Besuch bei den Van Zandts.

Er stahl ein Auto und fuhr zum Haus der Van Zandts, parkte ein paar Blocks weit entfernt. Er überprüfte seine Pistole, stieg aus und schlich sich durch einen Hof in eine Gasse, die hinter den Häusern verlief. Vorsichtig näherte er sich dem Haus Van Zandts.

In der Küche brannte Licht, es war also jemand zu Hause. Es war Mitternacht, und vielleicht tranken die Van Zandts vor dem Schlafengehen noch eine Tasse Kaffee.

Einen Augenblick lang hatte er Angst, daß die Verandastufen knarren könnten oder die Fliegengittertür der Veranda abgeschlossen war. Die Tür öffnete sich jedoch lautlos, und er betrat die Veranda. Das Geräusch, das er dann machte, war nicht sehr laut. Er stieß gegen ein Skateboard, das ein kurzes Stück über den Boden rollte. In der Küche wurden Schritte laut, und Susan Van Zandt öffnete die Küchentür. Gelbes Licht fiel auf die Veranda.

Er trat aus der Dunkelheit in den Lichtschein. Susan hielt die Hand vor den Mund und holte tief Luft, um zu schreien.

Er drückte die Beretta gegen ihren Bademantel und sagte: »Seien Sie ruhig, Susan. Kein Geschrei, keine Hysterie. Und jetzt rufen Sie ihren Mann. Mit ganz normaler Stimme.«

Sie stand einen Augenblick wie erstarrt da. Ihre Brust hob und senkte sich schnell. Dann drehte sie sich um und ging in die Küche.

Er war schon einmal in dieser Küche gewesen. Jetzt hätte er sie nicht wiedererkannt. Die Van Zandts besaßen jetzt einen neuen Kühlschrank und eine neue Gefriertruhe. Neue Schränke und einen neuen Herd, mit so vielen Knöpfen und Schaltern wie im Cockpit einer Düsenmaschine. Er konnte einen Teil des Hausflurs sehen. Der abgetretene Teppich war durch einen dicken, weichen Teppichboden ersetzt worden.

Susan brauchte ihren Mann nicht zu rufen. Van Zandt kam mit der Abendzeitung und einem Glas Milch in die Küche. Er trug eine neue weinrote Hausjacke, die mindestens hundert Dollar gekostet haben mußte.

Zuerst sah er Tanner nicht. »Ich dachte, ich hätte jemanden gehört, Susan –«

Das Milchglas fiel aus seiner Hand und zerbrach. Warme Milch floß über die neuen Fliesen.

Tanner machte eine Bewegung mit seiner Pistole. »Hierher, Van. Setzen Sie sich an den Tisch, und legen Sie die Hände auf die Tischplatte.«

»Ich – ich trage keine Schußwaffen bei mir.«

»Tun Sie, was ich sage. Und Sie auch, Sue.«

»Sie machen einen Fehler, Bill.« Ihre Stimme war leise und kehlig. Sie hatte sich von ihrem Schock erholt.

»Das glaube ich nicht.«

Sie setzte sich, beobachtete ihn mit wachsamen Augen, und er wußte, daß sie die gefährlichere der beiden war.

»Ich will von Ihnen nur, daß Sie mir ein paar Fragen beantworten, Van. Zum Beispiel: wie ist Olson gestorben?«

»Das müßten Sie doch am besten wissen. Die Polizei sagt, daß Sie ihn umgebracht haben.«

»Blödsinn, und das wissen Sie auch. Ich glaube, daß Sie hier waren, als es passiert ist, vielleicht haben Sie sogar mit eigenen Augen gesehen, wie er starb. Und vielleicht hatten Sie Angst.«

Sie sagten nichts. Sie starrten ihn nur an.

Er machte ein Bewegung mit der Pistole. »Na los, macht endlich den Mund auf. Ich will Einzelheiten wissen. Oder soll ich sie erzählen? Die Geschichte von Adam Hart kennen Sie ja bestimmt besser als ich. Adam Hart, der Zigeunerjunge aus Brockton. Vielleicht wissen Sie sogar zuviel über ihn. Wenn ich an Ihrer Stelle wäre, würde ich mir darüber Sorgen machen. Sie wissen, wie er tötet, und Sie wissen, daß er John Olson in seiner Hand gehalten und ihm langsam das Leben abgedrückt hat. Sie hatten einen guten Vorsprung vor uns anderen, Van. Olson wohnte bei Ihnen. Sie wußten, daß es mit ihm bergab ging. Sie haben Ihre Nachforschungen lange vor jenem Samstagmorgen begonnen. Sie sahen Olson sterben. Sie sahen ihn schwitzen und sich winden, und Sie sahen, wie er sich an die Brust griff, als seine Atmung aussetzte, und Sie sahen, wie das Leben ihm entglitt, als sein Herz zu schlagen aufhörte.«

Susan schloß die Augen, und Tanner beugte sich vor. »Was ist? Bin ich zu brutal? Können Ihre Nerven das nicht aushalten? Hören Sie schon auf, Susan. Sie lieben Ihre Familie sehr, aber alle anderen Menschen sind Ihnen völlig egal. Als ich vor zehn Tagen mit Ihnen über John sprach, zeigten Sie über seinen Tod so viel Bedauern, als handle es sich um einen Grashalm, den jemand niedergetrampelt hat.«

Van Zandt fand seinen Mut wieder. »Sie reden zuviel«, sagte er sarkastisch.

Tanner richtete die Pistole auf ihn. »Halten Sie den Mund, Van. Ich möchte keine dummen Bemerkungen von Ihnen hören. Mir ist es bitter ernst. John Olson ist nicht einfach so gestorben, wie alle anzunehmen scheinen. Wie Sie es der Polizei gesagt haben – obwohl das jetzt keine Rolle mehr spielt. John Olson war von Adam Hart Hunderte von Malen benutzt worden und nichts ist schwerer, als den Teufel zu bekämpfen, den man kennt. Es war nicht leicht für Hart, Olson das letzte Mal unter seine Kontrolle zu bekommen. Olson hat den Kampf nicht gewonnen, aber ich bin sicher, daß es ihm gelungen ist, zu schreien. Vielleicht einmal, vielleicht zweimal. Auf jeden Fall oft und laut genug, daß Sie beide wach wurden und vielleicht sogar auch noch ein Nachbar. Aber als der Nachbar herüberkam, um zu sehen, ob etwas nicht in Ordnung war, sagten Sie ihm, daß er sich keine Sorgen machen solle, und ein paar Tage später hatte er alles vergessen. Natürlich. Hat es sich nicht genauso abgespielt?«

Van Zandts Stimme war belegt. »Sie raten ja nur. Alles ist völlig aus der Luft gegriffen.«

Tanner nickte. »Teilweise haben Sie recht. Ich rate tatsächlich nur, und manchmal rat ich schlecht. Eine Zeitlang dachte ich sogar, daß sie Adam Hart sind. Wie dumm von mir, nicht wahr? Adam Hart ist ein Monster, aber Ihr beide seid etwas Schlimmeres.« Er wischte sich mit der Hand über die Stirn. Sie war schweißnaß von der Hitze in der Küche und von der Erschöpfung, die sich immer stärker zeigte. Sein Atem ging schwer, und er wußte, daß er Fieber hatte. »Sie sahen Olson sterben und errieten, wie er starb. Das konnte Ihnen nicht schwergefallen sein, Van. Er wohnte bei Ihnen im Haus, Sie hatten bereits Nachforschungen angestellt, und Sie beobachteten ihn bei der Sitzung wie einen Käfer unter dem Mikroskop. Nach unserer Demonstration zählten Sie zwei und zwei zusammen, und Sie waren dabei wahrscheinlich eine gute Portion klüger als ich. Vielleicht halfen Sie Scott sogar bei seinen Dossiers. Sie errieten auf jeden Fall, wer Adam Hart war, und dann haben Sie etwas getan, wobei sich mir der Magen umdreht, wenn ich nur daran denke.«

Susan sah ihn nicht an. Sie starrte auf den Tisch. Seltsamerweise schien Van jetzt viel entspannter zu sein, nicht mehr so besorgt. Der Schatten eines Lächelns huschte über sein Gesicht.

»Sie haben sich verkauft«, sagte Tanner mit gepreßter Stimme. »Sie haben sich an ihn verkauft. Und Adam Hart akzeptierte das, weil ihm klar wurde, daß selbst er Verbündete brauchte, daß Sie ihm nützlich sein konnten. Er hätte Sie natürlich auch unter seinen Einfluß zwingen können, aber das hätte Zeit und Kraft gekostet, und unwillige Lakaien sind nie so tüchtig wie solche, die ihre Aufgabe mit Begeisterung erledigen. Vielleicht haben Sie Scott verraten. Vielleicht haben Sie Hart gesagt, daß Grossmans schwächste Stelle seine Familie ist. Vielleicht haben Sie ihn auch auf Marge angesetzt, weil Sie genau wußten, was Sie mir damit antun. Sie waren bestimmt sehr gut auf diesem Gebiet. Sie sind schließlich Psychologe. Sie konnten Hart hervorragend ergänzen.« Er hielt inne, fühlte sich erschöpft und schwindlig. »Sie haben jeden verkauft, den Sie kannten. Die ganze Menschheit. Und wofür?«

Van Zandts Lächeln war jetzt breiter. »Sie sind ein Dummkopf, Tanner. Und Sie werden immer einer bleiben. Wir haben Adam Hart nicht geschaffen. Wir haben ihn nicht gemacht, wie Frankenstein sein Monster gemacht hat. Aber er ist da, und jeder, der es weiß und nicht kapiert, daß die Welt nach seiner Pfeife tanzen wird, wenn er es will, ist ein Dummkopf. Sie wissen es, ich weiß es. So etwas lernt man beim Militär. Man lernt einzuschätzen, wann man eine Stellung nicht mehr halten kann. Und wie heißt es doch so schön? ›Wenn du sie nicht schlagen kannst, verbünde dich mit ihnen.‹ Ich bin auf den Zug aufgesprungen. Vielleicht ein bißchen früher als die anderen, aber das ist eben mein persönliches Glück. In ein paar Monaten wird dieser Zug völlig überfüllt sein.«

Er schüttelte den Kopf und sah Tanner traurig an. »Sie schätzen Ihre lieben Mitmenschen zu hoch ein, William. Es ist nur intelligentes Vieh, nicht mehr. Ich glaube, daß Adam Hart die Welt beherrschen will, und wenn er das tut, wird es den Leuten bedeutend besser gehen, man wird sich mehr um sie kümmern.«

»Wenn Adam Hart den Stall leitet, wird das Vieh gut gefüttert und getränkt und jede Woche einmal gegen Ungeziefer behandelt werden. Meinen Sie das, Van?«

Susan starrte immer noch auf den Tisch, mit einem Lächeln wie Mona Lisa. Es beunruhigte ihn. Der Tisch war für drei gedeckt. Manche Leute deckten den Frühstückstisch schon abends, damit sie morgens mehr Zeit hatten.

Dann fiel es ihm auf. Ein Tisch für drei.

Warum war er nicht für zwei Personen gedeckt, oder, falls die Kinder zur selben Zeit frühstückten, für vier?

Drei.

Er war für heute nacht gedeckt, dachte er plötzlich. Ein Tisch für drei. Für Susan, Harold und Adam. Ein kleiner Imbiß vor dem Schlafengehen, eine kleine Unterhaltung mit einem Ungeheuer, um ihm immer und immer wieder zu beweisen, daß man voll und ganz auf seiner Seite stand. Wenn sie lange mit ihm redeten, vielleicht die ganze Nacht lang, würden sie nicht allein im Bett liegen müssen – allein mit ihrem Gewissen.

Ein Tisch für drei, und sie hatten auf den dritten Teilnehmer gewartet, als er aufgetaucht war.

Abrupt ging er in den Flur, der zur Haustür führte.

»Wo ist er, Van?«

Van Zandt sah ihn an. Siegesgewißheit glomm in seinen kleinen Augen. »Wo ist wer, William?«

»Eddy DeFalco, Van. Sie wissen schon – Adam Hart.«

18

»Weiß ich nicht«, sagte Van Zandt gelassen. »Und wenn ich es wüßte, würde ich es Ihnen nicht sagen.«

»Ich habe gesehen, wie Scott starb, und ich habe gelesen, daß Karl in einer leeren Gasse tot aufgefunden wurde. Ich habe meine Skrupel verloren, Van. Sie sind ein freier Mensch. Niemand zwingt Sie, den Mund zu halten. Niemand hat Sie so beeinflußt, daß Sie nicht reden könnten. Wo ist er also?«

Van Zandts Lächeln verschwand. Die Hände auf der Tischplatte zitterten leicht. Dann lag außer der Angst noch etwas anderes in seinen Augen – ein Anflug von Erleichterung.

Tanner spürte es im selben Augenblick, wie er es schon einmal auf der Treppe zu Peteys Wohnung gespürt hatte. Das Wesen an der Gartentür hinter dem Haus, das Anheben des Riegels, das Näherkommen.

Der dirtte Gast war fast da.

»Sie haben Glück, Van«, flüsterte Tanner. »Zumindest im Augenblick. Ich glaube nämlich nicht, daß Adam sehr zufrieden ist mit Ihnen.«

Er drehte sich um und rannte zur Haustür, dann zögerte er in der Dunkelheit und warf einen schnellen Blick durch das Fenster. Es stand kein Auto auf der Straße, und niemand wartete.

Er öffnete die Tür und zog sie langsam, lautlos hinter sich zu. Er rannte zwei Häuser weiter und versteckte sich im Gebüsch, um zu beobachten, was geschehen würde. Von seinem Versteck aus hatte er einen ungehinderten Blick auf das Eckgrundstück der Van Zandts und auf die Straße, die am Grundstück entlang lief. Die Haustür flog auf, und er konnte eine Gestalt im Licht aus dem Flur sehen. Adam Hart, der nachsah, ob er noch in der Nähe war. Dann ging die Gestalt zurück ins Haus, und die Tür schlug zu.

Tanner starrte auf das Küchenfenster. Nur die kleine Lampe auf dem Küchentisch brannte, und sie warf verzerrte Schatten auf die Vorhänge. Er konnte drei Gestalten erkennen, von denen eine heftig gestikulierte. Dann hörten die Bewegungen auf, und die drei Schatten wirkten wie erstarrt.

Das Licht auf dem Tisch ging aus, und der Schrei, als er schließlich ertönte, war mehr ein Wimmern als ein Schrei. Tanner spürte ein leises Vibrieren in der Luft, als sei er ganz kurz von einer unsichtbaren Blase angerührt worden, die aus dem Haus zu ihm herübergeweht war.

Hart mußte sehr wütend sein, weil es den Van Zandts nicht gelungen war, ihn lange genug aufzuhalten. Und er mußte gemerkt haben, daß die Van Zandts zuviel Geld ausgaben. Falls die Regierung Untersuchungen anstellte, würde das unangenehme Fragen nach sich ziehen. Und Van Zandt war in der Lage, alle Antworten zu liefern.

Also blieb nur eines – Wut.

Jetzt war in der Küche ein flackerndes, tanzendes Licht zu sehen. Ein Schatten huschte über die Wände, zerrte an Schränken, warf Dinge durch die Luft, zerschmetterte Stühle. Man hörte das Klirren von Glas und Porzellan, und die ganze Zeit über wurde das Licht heller und stärker.

Tanner sah zu, unfähig, die Augen abzuwenden. Minuten vergingen, und jetzt fraßen sich die Flammen an den Vorhängen entlang, und man hörte Fensterscheiben bersten. Einen Augenblick später schlug die Tür, und eine Gestalt in Trenchcoat und breitkrempigem Hut rannte die Treppe hinab und zu einem Auto in der Seitenstraße. Sie stieg ein und brauste davon.

Die Nachbarn würden die Feuerwehr alarmieren, dachte Tanner, aber es würde zu spät sein. Das Haus bestand aus Holz und brannte wie Zunder, wie ein anderes Haus vor Jahren in Brockton gebrannt hatte. Das Haus der Van Zandts würde völlig ausbrennen. Aus irgendeinem Grund würde die Polizei vergessen, eine genauere Untersuchung durchzuführen, und die Zeitungen würden den Brand nicht erwähnen. Eine Baufirma würde kommen, und innerhalb einer Woche würde das Grundstück planiert und bepflanzt sein. Die Nachbarn würden einem nicht sagen können, wer hier einmal gewohnt hatte, und der Metzger würde einen nur verwirrt ansehen, wenn man den Namen Van Zandt erwähnte.

Van Zandt und Susan und die beiden Kinder. Im Höchstfall würden sie ein Stirnrunzeln verursachen, wenn jemand, der sie gekannt hatte, zufällig wieder auf ihren Namen stieß.

Die totale Auslöschung – nicht einmal eine Erinnerung würde bleiben.

Er ging hastig durch die Gasse, hielt sich im Schatten der Büsche, der Garagen und Zäune.

Der Vollmond und die Sterne standen hell und klar am Himmel.

Er rannte von Schatten zu Schatten, sah sich vorsichtig um, ob auch niemand in der Nähe war, ehe er eine Straße überquerte.

Die vier Blocks zu seinem Auto kamen ihm wie vier Meilen vor.

Er fuhr in die Stadt zurück und parkte im Slumgürtel, der die Innenstadt umgab. Es war riskant, in einem gestohlenen Auto zu bleiben, aber er war zu schwach, um auszusteigen und eine weitere Nacht auf den Straßen zu verbringen. Es war zwei Uhr morgens, und er zitterte vor Erschöpfung und brannte vor Fieber. Er kroch auf den Rücksitz, starrte in die lampenerleuchtete Dunkelheit hinaus, hielt die Beretta fest umklammert und wartete. Er konnte die Augen nicht offenhalten. Immer wieder döste er ein, und immer wieder schrak er zitternd hoch.

Der Freitagmorgen dämmerte unendlich langsam.

Er frühstückte in einer Cafeteria, setzte sich in die hinterste Ecke, damit die Leute sein stoppelbärtiges Gesicht und den zerknautschten Anzug nicht sahen. Noch eine Stunde, ehe die Bibliothek öffnete. Noch eine Stunde, ehe Nordlund kommen würde.

Und was dann?

Er blieb bis nach neun Uhr über seinem Kaffee sitzen, zahlte und ging. Der Lesesaal der Bibliothek war bereits geöffnet. Er verbrachte eine Stunde damit, in eine Zeitschrift zu starren, dann ging er ins Foyer.

Nordlund wartete auf ihn, die Augen rotgerändert. Der Marineoffizier hatte die letzte Nacht also auch nicht allzu bequem verbracht, dachte Tanner und irgendwie verschaffte es ihm perverse Befriedigung.

»Wie ich sehe, haben wir beide Glück gehabt«, sagte Nordlund.

»Es hätte schlimmer kommen können.« Das Mädchen am Informationspult starrte sie an, und Tanner ging zur Tür. »Gehen wir lieber in den Park.«

Sie fanden eine Bank, und Nordlund brach fast darauf zusammen, klemmte die Ellbogen hinter die Rückenlehne und ließ den Kopf zurücksinken, die Augen geschlossen. »Was werden wir wegen Van Zandt unternehmen?«

»Nichts. Er ist tot.«

Nordlund erstarrte, den Kopf immer noch zurückgelehnt, die Augen immer noch geschlossen. Seine Lippen formten lautlos die Silbe: »Wie?«

»Hart hat ihn letzte Nacht erledigt. Wie Olson. Wie Grossman. Van Zandt und die ganze Familie.« Er atmete rasselnd ein. »Aber es braucht Ihnen nicht leid zu tun. Van arbeitete mit ihm und für ihn. Die ganze Zeit über.«

Passanten starrten zu ihnen herüber, und er wandte die Augen ab. Ein Polizist ging achtlos an ihnen vorbei.

Nordlunds Stimme klang nervös. »Damit bleibt ja nicht viel übrig, nicht wahr?«

»DeFalco ist es.«

Nordlund beugte sich vor und stützte den Kopf in die Hände. Er sah aus, als wolle er anfangen zu weinen. »Und jetzt, da wir es wissen, was werden wir tun? Was können wir tun? Tanner, dieser Typ ist ein Supermann – was, zum Teufel, können wir schon gegen ihn ausrichten? Was für Chancen haben wir denn gegen ihn?«

»Überschätzen Sie ihn nicht. Er macht Fehler, auch er gerät in Panik.«

»Er macht Fehler?« fragte Nordlund bitter. »Das sagen Sie, der Sie hier sitzen, krank und dreckig, während er frei herumläuft? Und trotzdem glauben Sie, daß er Fehler macht?«

»Ich bin immer noch am Leben«, sagte Tanner ruhig.

Nordlund atmete tief ein, und als er wieder ausatmete, klang es fast wie ein Schluchzen. Seine Hände zitterten. »Okay, Professor. Ich mache weiter mit. Aber was tun wir?«

Er mußte jetzt ganz ruhig und logisch nachdenken, dachte Tanner. Mußte die Tatsache vergessen, daß er krank war und Fieber hatte. Er hatte das größte Problem gelöst. Er wußte, wer Hart war. Wie sollte er jetzt weiter vorgehen?

Und dann glaubte er, einen Teil der Antwort gefunden zu haben. Hart hatte ihm den Mord an Olson mit gefälschten Beweisen in die Schuhe geschoben, und er, Tanner, war wie geplant weggelaufen, sobald er davon gehört hatte. Aber vielleicht war das ein Spiel, das man auch umgekehrt spielen konnte.

»Wir könnten Hart die Polizei auf den Hals hetzen – wegen des

Mordes an Olson.«

Ein müdes Lachen. »Sie sind verrückt, Professor. Die Polizei sucht *Sie.*«

»Aber ich habe Olson nicht umgebracht. DeFalco war es – Hart war es.«

»Die Polizei wird das nicht glauben. Alle Beweise sprechen gegen Sie.«

»Niemand hat das Verbrechen gestanden, Commander. Niemand wurde auf frischer Tat ertappt. Niemand hat den Mörder gesehen. Ohne ein Schuldgeständnis, zumal der angebliche Mörder ein ehemals ehrbares Mitglied der Gesellschaft ist, würden selbst die besten Beweise der Welt Zweifel offenlassen.«

Nordlund schüttelte den Kopf. »Es wäre Ihr Wort gegen seins. Sie haben nicht die Zeit, Beweise gegen DeFalco zu konstruieren, und wenn Sie zur Polizei gehen und behaupten, unschuldig zu sein, wird niemand Ihnen glauben. Und Sie wissen genau, was passieren würde. Sie brauchen mehr.«

Eddy DeFalco, dachte Tanner. Jung, liebenswert, intelligent. Und das mußte er auch sein, denn er war Adam Hart, und niemand konnte sich der Anziehungskraft Adam Harts entziehen. Aber jetzt hatte Adam Hart vielleicht einen Fehler gemacht. Hart verbrachte wahrscheinlich genauso viel Zeit damit, nach ihm, Tanner, zu suchen, wie er brauchte, um zu verhindern, daß er gefunden wurde. Vielleicht war Hart ein Supermann, aber er konnte nicht an zwei Stellen gleichzeitig sein. Wenn Hart auf der Suche nach ihm war, konnte DeFalco nicht zu Hause sein.

Er war seit zwei Wochen ständig unterwegs, dachte Tanner, was bedeutete, daß auch Hart unterwegs war, was wiederum bedeutete, daß DeFalco über längere Zeiträume hinweg verschwunden sein mußte.

»Ich weiß, wie es funktionieren könnte, Commander. Als die Polizei schließlich sagte, Olson sei ermordet worden, hat Leutnant Crawford da nicht verlangt, daß keiner von Ihnen die Stadt verlassen dürfe? Weil Sie mich ja alle kannten, brauchte man Sie doch alle als Zeugen.«

»Einer seiner Männer kam jeden Abend bei mir vorbei, aber was bringt das schon?«

»Er kam zu Ihnen, um zu sehen, ob Sie auch tatsächlich noch in der Stadt waren, Commander. Verstehen Sie jetzt? DeFalco ist verschwunden – Crawford wird zumindest mißtrauisch sein. Und vielleicht können wir da ansetzen.« Er stand auf und ging über die Straße.

Nordlund holte ihn ein und packte ihn am Arm. »Ich verstehe immer noch nicht. Wohin gehen Sie?«

Tanner fühlte sich schwindlig und schwach, und er war es ein bißchen leid, ständig Erklärungen abgeben zu müssen. Er begriff nicht, weshalb Nordlund nicht verstand, was für ihn ganz klar war. »Wenn Crawford wegen DeFalcos Verschwinden mißtrauisch ist, braucht es nur ein winziges Fädchen, um ihm den Mord an Olson anzuhängen, nur einen ganz kleinen Hinweis, damit er DeFalco zum Verhör holt.«

»Und selbst wenn er sich DeFalco zum Verhör holt?« sagte Nordlund. »Alle lieben doch Adam. Alle werden ihm glauben, was immer er auch sagt.«

Tanner wollte sich nicht streiten. Er fing gerade an, etwas zu glauben, und er wollte sich diesen Glauben nicht verderben und zerstören lassen. »Hart wird nicht das Risiko eingehen, sich von drei oder vier Polizisten gleichzeitig verhören zu lassen. Er wird nicht das Risiko eingehen, sich dem Lüdendetektor unterziehen zu müssen. Eine Maschine ist nicht aus Fleisch und Blut, Commander. Und eine Maschine wird ihn nicht lieben.«

»Was werden Sie unternehmen?«

Tanner fing an zu lachen, hörte dann aber auf, weil er husten mußte. »Hart ist aus seiner Ruhe aufgescheut, Commander. Er ist aus dem Gleichgewicht gebracht, und ich werde ihm noch einen kleinen Schubs versetzen.«

Und im stillen fügte er hinzu: Falls Adam mich nicht zuerst erwischt.

Sie gingen die Madison Street entlang. Auf der anderen Seite des Flusses verwandelte sich diese Straße der Geschäfte und Büros in die West Madison, die Straße der verlorenen Träume von Pennern und Alkoholikern. Er wählte eine kleine Spelunke und ging an dem Schwarzen vorbei, der gerade den Boden fegte.

Was er suchte, saß zusammengesunken an einem Tisch in der Ecke, ganz allein. Die Frau hatte den Kopf auf die Arme gelegt, und ihr ziegelrotes Haar floß über den Tisch.

»Haben Sie etwas Geld, Commander?«

Nordlund gab es ihm, und Tanner warf die Scheine auf den Tisch und schüttelte die Frau grob.

»Ha? Was los?«

»Wollen Sie sich ein paar Dollar verdienen?«

Ihre Augen wurden langsam ein bißchen klarer, sie versuchte, den Rücken durchzudrücken, so daß ihre schlaffen Brüste sich strafften, gab es aber gleich als sinnloses Unterfangen auf. Sie legte den Kopf wieder auf die Arme. »Geh weg, is' noch zu früh.«

Tanner legte einen weiteren Schein auf den Tisch.

Sie setzte sich auf und starrte das Geld an. Tanner winkte dem Schwarzen zu, der eine Flasche billigen Wein brachte. Er stellte die Flasche auf den Tisch.

Sie stand auf, wobei sie sich am Tisch festhalten mußte, und blinzelte zu ihm auf. »Was soll ich machen?«

Er schleppte sie zum Telefon in der Ecke und schlug ihr einmal ins Gesicht. Fest. Ihr Kopf flog zurück, und der betrunkene Ausdruck verschwand aus ihren Augen. »Nimm deine dreckigen Hände weg!«

»Hör zu, wenn du jetzt nicht zwei Minuten lang nüchtern wirst, gibt es kein Geld und keinen Wein. Kapiert?« Er steckte eine Münze in den Apparat und wählte eine Nummer. »Du brauchst nur zu sagen, was ich dir vorsage, dann bekommst du genug Wein für eine ganze Woche.«

Sie zuckte mit den Schultern. Tanner hielt den Hörer ans Ohr, lauschte, nickte und flüsterte mit ihr.

»Ich will mit Leutnant Crawford sprechen«, sagte sie. Tanner legte die Hand über die Muschel, sobald sie ausgeredet hatte, und wartete auf die Antwort. Als er sie hörte, flüsterte er wieder.

»Ist doch egal, wer hier ist, geben Sie mir den Leutnant.«

Pause.

»Ich muß Ihnen was sagen, Crawford. Professor Tanner hat – hat Johnny Olson nicht umgebracht. DeFalco war es.«

Pause. Sie riß die Augen auf und runzelte die Stirn, als merkte sie erst jetzt, was sie gesagt hatte. Tanner flüsterte ihr wieder etwas ins Ohr.

»Ist doch egal. Sagen Sie nur, daß – daß – daß Sie es von mir wissen.«

Er hängte ein und half ihr an den Tisch zurück, wo er das Geld zusammenstrich und es ihr mit der Flasche Wein reichte. Sie wollte sich setzen, aber seine Finger legten sich um ihren Oberarm, und er zerrte sie zur Tür. »Nicht hier«, sagte er rauh. »Irgendwo anders. Die Bullen werden jeden Augenblick hier sein. Du hast doch keine Lust, dich von denen ausfragen zu lassen, oder?«

Sie riß sich los und funkelte ihn wütend an. »Nehmen Sie Ihre verdammten Pfoten weg. Und die Bullen brauchen mich nicht zu suchen – ich werde von allein hingehen und Sie sollten erst mal lernen, wie man mit einer Dame umgeht.« Sie wandte sich ab und stolperte die Straße entlang, dann drehte sie sich plötzlich um und zog eine Grimasse, als wolle sie ihn herausfordern.

Tanner ging zu dem Schwarzen zurück. Er zog einen Geldschein aus der Tasche. »Sie brauchen sich ja an nichts zu erinnern, nicht wahr?«

Der Mann nahm das Geld, faltete es mehrmals zusammen und steckte es in seine Uhrtasche.

»Ich habe Sie nicht kommen und nicht gehen sehen.«

Draußen sagte Nordlund: »Und wenn sie doch zur Polizei geht?«

»Das wird sie nicht tun. Und falls man sie später tatsächlich finden sollte, ist es zu spät. Dann wird sie schon so betrunken sein, daß sie sich an nichts mehr erinnert.«

»Der Anruf – ob der etwas bringt?«

Tanners Kopf war heiß, und ihm war schlecht. Nervöse Erschöpfung, diagnostizierte er. Es war so weit. Er würde nicht mehr lange durchhalten können.

»Vielleicht glaubt Crawford es, vielleicht auch nicht. Es sollte ja auch nur ein Hinweis darauf sein, daß DeFalco etwas mit dem Mord an Olson zu tun haben könnte. Ich wollte nur ein bißchen Interesse bei der Polizei wecken. Mehr nicht.«

Nordlund lehnte sich an einen Laternenmast und steckte die Hände in die Taschen. Sein Gesicht war ausdruckslos. »Und weiter?«

»Wenn Sie noch genug Geld haben, würde ich mich gern rasieren lassen«, sagte Tanner tonlos. »Vielleicht sollten Sie das auch tun, Commander. Und dann werden wir den Mörder ans Messer liefern. Wir werden die Polizei anrufen und sagen, wo DeFalco zu finden ist.«

»Und das wissen Sie?«

Tanner schüttelte den Kopf. »Nein, das weiß ich nicht. Aber ich weiß, wer es wissen könnte. Hart ist ein logisch denkender Mann. Er weiß, daß De Falcos Abwesenheit Verdacht erregen könnte. Tagsüber ist das kein Problem, aber für die Nächte braucht er ein Alibi. Er wird die Nächte bei seiner Freundin verbringen. Und ich wette, um was Sie wollen, daß diese Freundin Rosemary O'Connor ist.«

Sie war Verkäuferin in einem Damenbekleidungsgeschäft in der Nähe der Universität gewesen, gingen die Gerüchte. Was bedeutete, daß sie eine Spur hinterlassen haben mußte und nicht schwer zu finden sein würde.

Nachdem er und Nordlund sich ein bißchen frisch gemacht hatten, statteten sie den Geschäften rund um den Campus einen Besuch ab. Am späten Nachmittag sprachen sie mit dem Besitzer des Geschäfts, in dem Rosemary O'Connor vor zwei Jahren gearbeitet hatte. Es war ein kleiner, eleganter, ordentlicher Mensch, der so zerbrechlich aussah wie die Schleife, die er trug.

»O ja, Miss O'Connor. Ich erinnere mich noch gut an sie. Sie war in einen Skandal oder so etwas verwickelt, glaube ich. Natürlich mußten wir sie unverzüglich entlassen.« Er beäugte die beiden Männer neugierig.

»Wissen Sie, wo sie wohnt? Haben Sie noch Unterlagen über sie?«

»Ja, Sir. Ich bin ziemlich sicher, daß wir die Unterlagen noch haben.« Er winkte einer Verkäuferin zu. »Miss Sherwood, die Personalakte Rosemary O'Connor, bitte.« Während sie warteten, fragte er: »Ich weiß ja, daß es mich nichts angeht, aber hat sie etwas angestellt? Das würde mich natürlich nicht wundern.«

Tanner antwortete nicht.

»Natürlich möchte ich nicht aufdringlich sein. Es ist einfach Neugier.«

»Natürlich.«

Dann brachte die Verkäuferin einen Aktenordner mit der Aufschrift *Rosemary O'Connor*. Tanner blätterte ihn durch. Heimatadresse und Telefon, was aber wahrscheinlich inzwischen nicht mehr stimmte. Sie hatte nicht bei ihren Eltern gelebt.

Was ihn am meisten interessierte, war der Brief einer Versicherungsgesellschaft.

Er überlegte einen Augenblick, dann wählte er die Nummer, die auf dem Briefkopf angegeben war. Man hatte die O'Connor nicht eingestellt, aber ihre Bewerbung war noch bei den Unterlagen. Man nannte ihm eine Adresse in der West Side der Stadt.

Wenn sie sich beeilten, dachte Tanner, konnten sie dort sein, ehe sie von der Arbeit kam.

Die Wohnung befand sich in einem heruntergekommenen Mietshaus. Sie warteten im engen Flur neben den Briefkästen.

Als sie das Haus betrat, wußte Tanner sofort, daß sie es war. Sie blieb stehen und starrte die beiden Männer an. Sie war nicht außergewöhnlich hübsch, was Tanner überraschte.

Ein durch und durch normales Mädchen, durchschnittlich attraktiv, nicht dumm, das einmal einen Fehler gemacht hatte, den es wahrscheinlich gar nicht hätte vermeiden können. Ein Spielzeug für Adam Hart.

Er zeigte ihr seine Karte und deutete mit dem Daumen auf Nordlund, der hinter ihm stand. »Wir haben mit Ihnen zu reden.«

Ihre Stimme war kalt. »Kommen Sie mit.« Sie ging voran die Treppe hinauf zu einem häßlichen kleinen Zimmer mit einem farblosen Teppich und einem Sofa, dessen Sprungfedern man durch den Bezug erkennen konnte. »Nun?«

»Kennen Sie Eddy DeFalco?«

»Sie würden nicht fragen, wenn Sie das nicht annehmen würden.«

»Wissen Sie, wo er sich aufhält?«

»Nein.«

»Ich glaube, Sie lügen.«

»Glauben Sie, was Sie wollen.«

Er deutete auf Nordlund. »Wir kommen von der Regierung, Rose. Wir müssen es wissen.«

»Ich brauche Ihnen gar nichts zu sagen.«

»Kennen Sie Eddy schon lange?«

»Lange genug.«

»Sie gehen jetzt schon seit zwei Jahren mit ihm, nicht wahr?«

»Wenn Sie alles wissen, weshalb fragen Sie mich dann?«

»Sie wußten, daß er auch andere Frauen hatte, nicht wahr?«

»Ja, ich wußte es.«

»Und trotzdem sind Sie bei ihm geblieben?«

»Ja.«

»Warum?«

»Das ist eine dumme Frage.«

»Er hat Sie in Schwierigkeiten gebracht, Rose. Sie haben seinetwegen Ihren Job verloren.«

»Das war kein großer Verlust. Der Job war nicht besonders.«

»Wo ist er, Rose?«

»Ich habe doch schon gesagt, daß ich es nicht weiß.«

»Was würden Sie tun, wenn ich Ihnen jetzt sagte, daß Eddy ein Mörder ist?«

Sie starrte ihn an. »Ich würde es nicht glauben«, flüsterte sie.

»Tut mir leid, Rose, aber es stimmt. Gestern nacht hat er eine ganze Familie umgebracht.«

Sie schüttelte heftig den Kopf. »Nein, nein, nein! Das ist alles nicht wahr. Er hat vor jemandem Angst, er läuft vor jemandem weg! Er hat niemanden umgebracht. Er hat Angst davor, daß jemand ihn umbringen wird.«

»Das ist nur Tarnung«, sagte Tanner sanft. »Und Sie spielen dabei eine Rolle.«

»Ich glaube es nicht!«

»Wo verbringt er die Nächte, Rose?«

»Hier, bei mir, oder was haben Sie gedacht?«

»Haben Sie eine Ahnung, wo er im Augenblick ist?«

»Hören Sie, ich werde Ihnen überhaupt nichts mehr sagen –«

Wütend und drohend trat er dich an sie heran. »Ich suche nicht nach ihm, weil er Ihr Freund ist, und es ist mir verdammt egal, wie oft er mit Ihnen ins Bett gegangen ist. Vielleicht interessiert es Sie zu hören, daß Eddy DeFalco überhaupt nicht Eddy DeFalco ist. Vielleicht interessiert es Sie zu hören, daß er nicht einmal ein Mensch ist. Vielleicht interessiert es Sie zu wissen, daß er die letzten zwei Jahre nur eine Rolle gespielt hat und daß Sie nichts als einen Teil seiner Verkleidung sind!«

Sie fing an zu weinen. »Ich werde Ihnen nichts sagen, nicht ein einziges Wort. Meinetwegen können Sie machen, was Sie wollen!«

»Nordlund, holen Sie ihre Handtasche.«

Nordlund verschwand und kam einen Augenblick später wieder zurück. Rosemary hörte plötzlich zu weinen auf und fragte: »Was wollen Sie mit meiner Handtasche?«

Tanner öffnete sie, ohne zu antworten, und kippte den Inhalt auf das Sofa. Rosemary wollte sich darauf stürzen, aber Nordlund hielt sie fest.

Rouge und Lippenstift und billiger Kompaktpuder. Ein gefaltetes Taschentuch und ein Duftsäckchen mit Rosenblättern. Schlüssel, Aspirin und ein Kugelschreiber. Ein Adressbuch. Und Eintrittskarten. Eintrittskarten in vier verschiedenen Farben für den Vergnügungspark der Stadt.

Chicagos Vergnügungspark, der größte der Welt: Achterbahnen, Karussells und Imbißbuden. Eine andersfarbige Eintrittskarte für jeden Tag. Dann Karten, die für verschiedene Fahrten gekauft, aber nicht benutzt und in die Handtasche gesteckt worden waren. Karten, die sich immer noch fest und glatt anfühlten und noch nicht alt sein konnten.

»Wie oft treffen Sie ihn dort, Rose? Jeden Abend? Und er kommt nicht mit Ihnen hierher, nicht wahr? Sie treffen sich für etwa ein Stunde mit ihm, und dann verschwindet er, nicht wahr?«

Sie hielt nicht mehr durch. Sie ließ sich auf den Stuhl neben dem Sofa fallen, schloß die Augen und brachte schluchzend hervor: »Er kommt mit mir! Ehrlich! Ich schwöre, daß wir zusammen herkommen. Jeden – jeden Abend.«

Das war's, dachte Tanner. Noch ein Anruf bei der Polizei und Crawford würde im Vergnügungspark sein, auf der Suche nach DeFalco/Hart – der keine Ahnung davon hatte, daß die Polizei hinter ihm her war.

»Versuchen Sie nicht, das Haus zu verlassen, Rose. Es wird bewacht. Sie können Eddy jetzt nicht mehr helfen.« Das war eine Lüge, aber sie würde Rose davon abhalten, DeFalco zu warnen.

Noch als er die Tür hinter sich geschlossen hatte, konnte er ihr Weinen hören. Sie liebte DeFalco, dachte er, und er fragte sich, ob Hart sie dazu gezwungen hatte. Wahrscheinlich nicht – ihr war es gleichgültig, ob er ein Monster war oder nicht.

19

Es war der Geruch, der ihm zuerst auffiel. Der penetrante, süßliche Geruch nach Karamelbonbons, Zuckerwatte und Popcorn, vermischt mit den Abgasen der Dieselmotoren, die die Bahnen antrieben. Der Geruch nach Tausenden von Menschen, die aßen und tranken, klebrige Cola, Büchsenbier und billiger Orangensaft, Hot Dogs und Hamburger, Schaschlik und Pommes frites.

Und die Geräusche. Die Rufe der Ausschreier, die Gesprächsfetzen aus der Menge.

»– versuchen Sie ihr Glück. Bringen Sie die Pyramide zu Fall!«

»– zeigen Sie ihrer Freundin, wie stark Sie sind.«

»– hast du Lust auf die Achterbahn?«

»– drei Würfe für nur zwanzig Cents!«

»– zwei Karten für den Liebestunnel.«

»– der war vielleicht besoffen –«

Nordlund hatte sich einen Hamburger geholt.

»Haben Sie eine Ahnung, wie die Polizei die Sache anpacken wird?«

Tanner zuckte mit den Schultern. »Ich vermute, daß Crawford die Ausgänge bis auf einen schließen wird.«

»Wir ihnen aber ganz schön schwerfallen, bei dieser Menschenmenge.«

»Kann schon sein.«

»Und wenn die Polizei *Sie* erwischt?«

»Erstens werde ich nicht hingehen und ihnen auf die Nase binden, daß ich auch hier bin, und zweitens suchen sie im Augenblick nicht nach mir.«

»Professor –« sagte Nordlund zögernd, »könnte Hart nicht auch einfach über den Zaun verschwinden?«

»Warum sollte er? Er weiß ja nicht mal, daß die Polizei auf ihn wartet. Er hat seine Maskerade noch nicht abgelegt. Er ist immer noch Eddy DeFalco, der auf Rosemary O'Connor wartet. Und falls es hart auf hart kommen sollte, ist der Vergnügungspark nicht so groß, daß man ihn nicht umstellen könnte.«

»Und wenn er einfach hinausspaziert? Die Leute sehen Hart mit verschiedenen Augen. Wie ist es da möglich, daß jemand ihn erkennt?«

»Aus dem gleichen Grund. Weil er nicht weiß, daß jemand nach ihm sucht. Weil er immer noch Eddy DeFalco ist. Und als Eddy DeFalco ist er zu erkennen.«

Nordlund aß seinen Hamburger auf und wischte die fettigen Finger an einer Papierserviette ab. »Wie fühlt man sich, wenn man zur Abwechslung mal gewinnt?«

»Noch ist die Sache nicht ausgestanden, Commander.«

Er spürte etwas Nasses auf dem Gesicht und sah zum Himmel auf. Dunkle Wolken zogen über den Mond, und ein heftiger Wind bewegte die Blätter der Bäume. Das Wetter würde bald umschlagen, ein Sommergewitter kündigte sich an.

Tanner blieb an einem Schießstand stehen. Eine junge Frau reichte ihm geistesabwesend das Gewehr, während sie stirnrunzelnd die Leute betrachtete, die zu den Ausgängen strebten.

»Sieht aus, als könnten wir heute früh Schluß machen.«

Tanner zielte, schoß und reichte ihr das Gewehr zurück. »Schlechte Nacht, was?«

Sie beugte sich vor und senkte die Stimme. »Wissen Sie was, es geht das Gerücht um, daß die Polizei hier drin einen Mörder umzingelt hat.«

Plötzlich war es Tanner kalt. Wie immer es auch angefangen hatte, dieses Gerücht konnte Hart warnen und alles verderben.

»Glauben Sie das?«

Sie stellte das Gewehr zurück und lachte. »Warum nicht? Ein bißchen Aufregung muß doch sein im Leben.«

Tanner lachte ebenfalls und ging weiter.

Er war noch keine zehn Meter gegangen, als er es hörte. Es war gedämpft und schwach und klang wie die Fehlzündung eines Autos. Er wandte sich an Nordlund. »Haben Sie das gehört?«

Nordlund nickte. »Klang wie ein Schuß.«

Tanner sah sich um. Die Straße war fast völlig leer, und verschiedene Stände hatten schon die Lichter gelöscht. Der Regen wurde jetzt heftiger. Ein paar Standbesitzer in Regenmänteln fingen an, die Zeltbahnen dichtzumachen.

Ein weiterer Schuß vom Ausgang her.

Tanner lächelte. Was hatte Karl einmal gesagt? Sie wären wie Hunde, die versuchten, den Hundefänger zu fangen. Aber es hatte geklappt. Hart war in Panik geraten und hatte die Pistole gezogen.

Die Polizei hätte sonst nicht auf ihn geschossen. Sie suchte ihn nur, um ihn zu verhören. Also mußte Hart angefangen haben zu schießen. Ein kurzer Augenblick der Panik, und er hatte das Spiel verloren.

Ein Polizist rannte vorbei. »Aus dem Weg, alle aus dem Weg!«

Tanner und Nordlund verzogen sich in den Schatten eines Standes und setzten sich auf eine Bank. Nordlund schlug den Kragen seines Mantels hoch und zog den Hut tief in die Stirn, um sich vor dem Regen zu schützen. Seine Augen schlossen sich und seine Brust hob und senkte sich in gleichmäßigem Rhythmus.

»Wollen Sie nicht zusehen, Commander?«

Nordlund öffnete langsam ein Auge. »Wir können doch sowieso nichts tun. Ich bin so kaputt, daß ich nicht einmal mehr klar sehen kann.«

In der Ferne hörte Tanner das erste schwache Heulen der Sirenen. Verstärkung rückte an. Die Menschenjagd konnte beginnen.

Der Mann trat etwa hundert Meter entfernt aus dem Schatten hervor und rannte die Schaubudenstraße entlang. Ein Schuß knallte, der Mann taumelte kurz, und Tanner sah in das verzerrte Gesicht von Edward DeFalco. Dann war DeFalco an ihm vorbei, schneller als Tanner je einen Mann hatte laufen sehen.

Andere Männer erschienen, verfolgten den ersten Mann, duckten sich in die Schatten und schossen hinter der flüchtenden Gestalt her. DeFalco hielt an, wirbelte herum, und Mündungsfeuer schlug aus der Pistole in seiner Hand. Ein Polizist schrie auf und stürzte zu Boden. Ein wahres Stakkato von Schüssen folgte. DeFalco taumelte, aber schon war er wieder auf den Beinen und rannte weiter. Er würde nicht leicht sterben, dachte Tanner.

Plötzlich machte DeFalco einen Satz zur Seite, sprang zwischen zwei Stände und verschwand außer Sicht. Tanner konnte die Stelle sehen, an der er verschwunden war. Dort gab es nichts als Schatten und Dunkelheit.

Der Mittelgang füllte sich mit Menschen: die Polizei mit Gewehren und Pistolen und die neugierige, sensationshungrige Menge. Dann sperrten weitere Polizisten alles ab und drängten die Menge zurück.

Tanner war patschnaß, und er fror. Er nieste und versuchte, den

Kragen seines Mantels zuzuziehen. Nordlund saß an seiner Seite, bot ihm eine Zigarette an. »Es ist eine richtige Menschenjagd daraus geworden, nicht wahr, Professor?«

Tanner hatte keine Lust zu reden. Die Spannung in ihm wurde fast unerträglich, und er kämpfte gegen die Müdigkeit an, die ihn zu überwältigen drohte. Er wußte, wenn alles vorbei war, würde er zusammenbrechen und mindestens zwei Tage lang durchschlafen.

Ein Flüstern ging durch die Menge. »Das Lachkabinett – sie haben ihn im Lachkabinett eingekreist!«

Vor dem Lachkabinett hatte sich ein Halbkreis von Menschen gebildet. Und die Polizei ging mit allen verfügbaren Männern vor. Sie hatte das Lachkabinett von allen Seiten umstellt, Suchscheinwerfer waren auf die Ein- und Ausgänge gerichtet, und Crawford hielt ein Megaphon vor den Mund. Seine Stimme klang verzerrt.

Und dann war Stille. Nur das Trommeln des Regens, das Atmen der Menge und hier und da ein geflüstertes Wort. Die Lichter und die Bäume und die großen Drahtkörbe für den Abfall. Die bunte Fassade des Lachkabinetts, das Gesicht eines Clowns mit einer riesigen Knollennase und einem grinsenden Mund, dessen Rot feucht leuchtete.

Die Polizei warf Tränengas, und ein halbes Dutzend Männer mit Masken verschwanden im Eingang.

Sie hätte DeFalco fast übersehen, als er den Ausbruch versuchte. Trotz der Suchscheinwerfer lag ein kleines Fenster, etwa zwei Meter über dem Boden, im Schatten. Es öffnete sich lautlos, und ein Mann zwängte sich hindurch.

»*Da ist er!*«

DeFalco rannte direkt auf den Mittelgang zu, lief Spießruten zwischen den Gewehren und den Scheinwerfern. Die Gewehre knallten, und er stolperte, aber wieder raffte er sich auf und lief weiter. Hundert Meter. Zweihundert Meter, und er sprintete über den schmalen Grasstreifen, der zum hölzernen Gerüst einer Achterbahn führte.

Die Lichter, die Streifenwagen und die Jäger folgten ihm wie eine riesige Krake mit vielen Armen. In den Schatten des hölzernen Aufbaus arbeitete sich eine Gestalt nach oben, sprang von Strebe zu Strebe mit einer Geschicklichkeit, die nicht mehr menschlich war.

»– Licht! Wir brauchen mehr Licht!«

»– da, da oben –«

»– er kann uns nicht entkommen –«

»– wir haben ihn –«

Die Gestalt auf dem Gerüst schoß mehrmals in schneller Folge. Dann fingen die Suchscheinwerfer DeFalco ein, hefteten sich an ihn, ließen ihn nicht mehr los, bis schließlich das ganze Gebilde der Achterbahn in gleißendes Licht getaucht war. DeFalco war gefangen wie eine Fliege im Spinnennetz. Irgendwo schrie ein Mann: »*O mein Gott!*«

Dann traf ein Schuß, und die Gewehre hörten nicht auf, die Kugeln fetzten in seinen Körper, während er stürzte, trafen ihn immer und immer wieder. Er schlug auf dem Boden auf. Es war vorbei.

Die Menge drängte sich vor. Tanner war nahe genug, um einen Blick auf das Ding im Gras zu werfen, und es wurde ihm fast schlecht. Ein Krankenwagen fuhr vor, und zwei Männer mit einer Bahre und einer Decke trugen fort, was von DeFalco übrig war. Die Blutflecken blieben noch eine Weile, aber dann spülte der Regen sie fort, und das Gras sah wieder grün aus; nur der Schlamm wirkte ein bißchen dunkler.

Tanner stand im Regen und starrte lange Minuten auf den Fleck, wo DeFalco gelegen hatte. Dann ging er langsam zwischen den Ständen entlang. Die Suchscheinwerfer verloschen einer nach dem anderen, und das blitzende Weiß der Achterbahn verwandelte sich in schmutziges Grau, dann in dunkles Grau, und schließlich verschwand es fast vor dem schwarzen Himmel, war nur noch ein Schatten in der Dunkelheit.

Männer nahmen ihre Gewehre auseinander, verstauten sie in den Hüllen und warfen sie in wartende Autos. Das leise Summen von Motoren war zu hören, und eines nach dem anderen verschwanden die Autos in Richtung Ausgang. Die Menge brach in kleine Gruppen auseinander und machte sich ebenfalls auf den Weg zum Ausgang. Der Krake floß in die Stadt zurück, teilte sich auf und verteilte sich auf Häuser und Wohnungen und Garagen.

Sie hatte ihn geliebt, dachte Tanner. Es war ihr egal, daß er ein Monster war. Und sie hatte geweint und gesagt, daß er es nicht getan haben konnte.

Jemand sagte etwas zu ihm, und er drehte sich mit blinden Augen um. Es war Crawford. »Commander Nordlund sagte mir, daß Sie hier sind, Professor. Wir brauchen morgen früh Ihre Aussage.«

»Natürlich.« Tanner ging durch den strömenden Regen zum Ausgang.

Er sah das Mädchen nicht, wußte gar nicht, daß sie in der Nähe war, bemerkte sie erst, als sie sich schluchzend an seinen Hals warf und in sein Ohr flüsterte: »Bill, Bill, ich bin so froh, daß dir nichts geschehen ist.«

Marge. Die Polizei mußte sie hergebeten haben, um DeFalco zu identifizieren.

»Bill, es war wie ein Alptraum.« Sie stand im Regen, sah ihn erwartungsvoll an, wartete darauf, daß er sie in die Arme nahm, sie küßte.

Ein Chevrolet fuhr vor, und Commander Nordlund steckte den Kopf aus dem Fenster. »He, ihr beiden. Crawford hat mir ein Auto geliehen. Kann ich euch irgendwohin bringen?«

Tanner ging auf das Auto zu wie in einem Traum.

»Es ist alles vorbei, nicht wahr?« fragte er.

Nordlund sah ihn scharf an. »Ist was, Professor?«

»Nein, alles in Ordnung«, sagte er mit klappernden Zähnen. »Es ist vorbei, nicht wahr? Kein Weglaufen mehr, kein Verstekken mehr, keine Jagd mehr auf Adam Hart? Es war alles nur ein Alptraum. Zwei Wochen meines Lebens waren wie die Hölle, und keiner wird sich je einen Deut darum scheren, weil keiner es je erfahren wird.« Seine Stimme war belegt. »Scott ist tot, Grossman ist tot, Van ist tot, Eddy ist tot, Olson ist tot. Nur wir sind noch am Leben.«

Der Regen schlug ihm ins Gesicht und tropfte in seinen Kragen. Er fühlte sich kalt und naß und krank und einsam.

Nordlund stieg aus dem Auto. »Helfen Sie mir, ihn ins Auto zu setzen, Marge. Er ist krank.« Er legte Tanner den Arm um die Schultern. Tanner schlug ihn weg und machte einen Schritt zurück. Der Vergnügungspark war jetzt leer, die Lichter waren alle gelöscht. Nur die Scheinwerfer des Autos brannten. Es war kein Geräusch zu hören bis auf das Trommeln des Regens und entferntes Donnergrollen. Sie waren allein im Vergnügungspark.

Allein.

Besorgt fragte Nordlund: »Was ist denn los, Bill?«

»Ich will nicht mit Ihnen fahren.«

»Warum denn nicht? Was, zum Teufel, ist denn jetzt wieder in Sie gefahren?«

Tanner machte einen weiteren Schritt zurück. Es war zu spät, wegzulaufen. Zu spät, sich zu verstecken. Es war zu spät, so zu tun, als wüßte er es nicht.

»Ich fahre mit Ihnen nirgendwohin, Adam Hart.«

20

Nordlund starrte ihn mit offenem Mund an. »Sie sind ja verrückt, Professor.«

»Noch nicht«, sagte er mit klappernden Zähnen. »Noch nicht, aber bald, nicht wahr?«

Marge stand sehr dicht neben ihm, versuchte, die Arme um ihn zu legen. »Bill, du bist krank. Komm mit uns, wir –«

Er zog die Beretta aus der Tasche und hielt sie mit zitternden Händen. »Geh weg, Marge. Ich weiß, daß du nur seine Puppe bist, und ich will dich nicht töten. Geh weg, bitte!«

Sie zögerte und ließ ihn schließlich los. Nordlund sagte: »Ich mache Ihnen keinen Vorwurf, daß Sie Angst haben, Professor. Sie haben eine Menge mitgemacht. Es ist nur natürlich, daß die Nerven jetzt mit Ihnen durchgehen. Aber Sie müssen sich zusammenreißen, Mann – Sie müssen sich zusammenreißen!«

Es klang plausibel, logisch. Tanner war völlig erschöpft und müde, und Nordlund wollte ihm nur helfen. Es wäre so einfach, sich selbst zu belügen –

»Kommen Sie, steigen Sie ein. Ich fahre Sie in ein Hotel.«

»Das wird eine tolle Fahrt werden«, sagte Tanner mit immer noch zitternder Stimme. »Sie und Marge und ich ganz allein. Wie würde ich wohl im Hotel ankommen, Commander? Als Leiche?«

»So langsam verliere ich die Geduld«, sagte Nordlund. »Auch ich bin dabei fast ums Leben gekommen, vergessen Sie das nicht. Wenn Sie nicht gewesen wären, wäre ich jetzt tot.«

Tanner legte den Kopf schief und sagte: »Ja, das war einwandfrei gespielt. Eine der besten schauspielerischen Leistungen, die ich je gesehen habe. Aber es war nur gespielt, und er wäre überzeugender gewesen, wenn ich früher in Ihre Wohnung gekommen wäre, nicht wahr? Sie mußten zu lange durchhalten, mußten so tun, als hätten Sie Hart eine halbe Stunde lang widerstehen können. Das ist unmöglich. Ich weiß es. Niemand kann *Ihnen* so lange wiederstehen. Nicht beim ersten Mal. Und was wäre wohl passiert, wenn ich allein gekommen wäre?«

Nordlund schüttelte den Kopf. »Sie sind wirklich am Ende, Professor. Sie wissen ja nicht mehr, was Sie sagen und tun.«

»Tatsächlich? Dabei fange ich erst an, logisch zu denken. Die ganze Zeit über war ich ja so dumm. Sie waren die ganze Zeit über der logischste Kandidat. Der Marineoffizier beim Forschungsprojekt für Härte- und Überlebenstests. Genau die richtige Position, um zu kontrollieren, wie nahe Ihnen jemand auf den Leib rückte. Wieviele Berichte sind nie in Washington angekommen? Wieviele Informationen wurden falsch abgelegt, so daß sie unauffindbar sind? Und was für eine Gelegenheit für Sie, wichtige Leute kennenzulernen und später zu beeinflussen!«

Der Regen war kalt und der Wind rauh, und er hatte das Gefühl, vor Fieber zu verbrennen. Er würde sich eine Lugenentzündung holen – aber das spielte jetzt nicht mehr die geringste Rolle.

Und nirgends gibt es ein Foto von Ihnen, Commander. Ihr Assistent zeigte mir eines Tages ein kleines Foto von Ihnen, und ich wette, daß er noch am selben Tag an einem Herzanfall starb. Ist es nicht so? Ein verschwommenes Bild – die Marine besitzt kein einziges deutliches Foto von Ihnen. Und niemand denkt je daran, eins von Ihnen anzufordern.«

Nordlund versuchte, ihm gut zuzureden wie einem Kind. »Hören Sie, Professor. Adam Hart wurde gerade getötet. Sie haben ihn gesehen, wie er tot auf dem Boden lag. Es ist noch kaum eine halbe Stunde her.«

Der Gedanke an DeFalco ernüchterte Tanner. »Der arme Eddy. Sie hatten von Anfang an vor, ihn zu benutzen, nicht wahr? Sie haben ihn als Lockvogel und als Köder eingesetzt. Sie haben an den Fäden gezogen und ihn auf dem Silbertablett abserviert. Sie brachten ihn dazu, die Pistole zu ziehen, als er den Vergnü-

gungspark verlassen wollte, damit die Polizei ihn auch ja tötete.«
Er hielt inne und versuchte, seine Stimme unter Kontrolle zu bringen. »Ich hätte es wissen müssen – es war auf einmal alles so einfach von dem Augenblick an, als Commander Nordlund mir seine
Hilfe anbot.«

»Glauben Sie etwa, daß das, was DeFalco eben gemacht hat,
noch menschlich war? Glauben Sie, daß ein Mensch es geschafft
hätte, so lange im Gewehrfeuer auszuhalten und auf die Achterbahn zu klettern, wie er es getan hat?«

Tanner schrie jetzt fast. Der Regen strömte über sein Gesicht,
lief ihm in den Mund. »Natürlich konnte er das, weil Sie ihn lenk-
ten. Sie! Sie haben auf der Bank gesessen und so getan, als schliefen Sie. Dabei haben Sie sich auf ihn konzentriert. Das war an-
strengend, nicht wahr? Sie saßen da, zogen an den Drähten und
ließen Ihre Puppe tanzen. Und es muß verdammt schwierig gewesen sein, ihn so lange tanzen zu lassen.«

Nordlund schüttelte traurig den Kopf. Marge weinte.

Tanner merkte, wie seine Stimme brach. »DeFalco konnte
nicht Hart gewesen sein, Adam. Er starb zu schnell, und er starb
auf eine so dumme Weise. Sie wären klüger gewesen. Sie hätten
keine solche Schau abgezogen.« Er atmete tief und keuchend ein.
Jetzt konnte er nicht mehr zurück. Jetzt war es zu spät. »Ich hätte
es wissen müssen. Sie waren hinter uns anderen her, weil wir
Nachforschungen über Adam Hart anstellten, weil es nicht lange
dauern konnte, ehe wir zuviel über ihn wußten. Olson wurde getötet, weil er Sie hätte verraten können, Van, weil er unvorsichtig
war, und Karl und Scott, weil sie zu neugierig waren. Eddy war
von Anfang an das As, das Sie für den Notfall im Ärmel hatten.
Aber es gab absolut keinen Grund dafür, ›Commander Nordlund‹ umzubringen. Er stellte keine Nachforschungen an, er war
nicht einmal neugierig. Er hatte keinerlei Interesse.

Aber der Hauptgrund, weshalb Eddy nicht Hart sein konnte, ist
einer, den Sie übersahen, weil Sie nichts davon wußten. DeFalco
hatte einmal Gelegenheit, mich zu töten, auf dem Friedhof, nach
Olsons Beerdigung. Es war niemand mehr da, wir waren ganz allein. Er hätte es dort schnell und unauffällig erledigen können,
und die Totengräber waren noch da und hätten unter seinem Einfluß meine Leiche verschwinden lassen können. Wenn DeFalco

Adam Hart gewesen wäre, hätte er sich diese Gelegenheit nicht entgehen lassen.«

Er weinte jetzt vor Erschöpfung, und seine Stimme wurde vom Schluchzen fast erstickt. »Ich wollte aussteigen. Ich wollte nur weg und alles vergessen. Warum haben Sie mich nicht in Ruhe gelassen, Hart? Warum haben Sie nicht aufgehört, mich zu hetzen und zu jagen? Warum?«

Er wartete die Antwort nicht ab, sondern tat, was er tun mußte. Er drückte zweimal ab, noch ehe er darüber nachdenken konnte, dann ließ er den Arm sinken und trat zurück.

Beide Schüsse waren danebengegangen. Aber der Mann vor ihm hatte sich nicht bewegt. Jetzt schlug er nur den Kragen seines Regenmantels hoch, um sich vor dem Regen zu schützen.

Und plötzlich war das Bild komplett.

Die Nacht und der Regen und die Wolken – und sie beide. Der Trenchcoat mit dem aufgeklappten Kragen, und der breitkrempige Hut, von dem der Regen tropfte, und der das Gesicht beschattete. Commander Arthur Nordlund.

Der Feind.

Adam Hart.

Tanner drehte sich um und rannte. Er war schon fast beim Lachkabinett, als etwas ihn packte und so heftig herumwirbelte, daß er fast gestürzt wäre. Der Mann hundert Meter hinter ihm hatte sich immer noch nicht bewegt.

Olson.

Scott.

Grossman.

Van Zandt.

DeFalco.

Du glaubst doch nicht etwa, daß du mir entwischen kannst, Tier? Oder doch?

Die Muskeln in seinen Füßen verkrampften sich plötzlich, und er schrie vor Schmerzen auf. Er wollte nicht weiterlaufen, es war eine Qual, nur zu stehen. Er wollte sich in den Schlamm legen und dort sterben, er wollte sich in eine Pfütze werfen und das schmutzige Wasser einatmen und hoffen, daß er tot wäre, ehe Hart ihn langsam zerbrechen würde, wie er es mit dem Hund getan hatte.

Er stand auf.

Er schrie vor Schmerzen, als sein Gewicht auf seinen Füßen lastete, aber er schaffte es, sich bis ins Innere des Lachkabinetts zu schleppen. Dort ließ der Druck nach, und er lief auf den Schienen entlang, auf denen sonst die Wagen des Lachkabinetts fuhren.

Er sah zurück, sah die Gestalt im Eingang und schoß auf sie, eine Sekunde, bevor sein Arm sich verkrampfte und seine Muskeln sich anfühlten, als umklammere jemand sie mit aller Macht und zerquetsche sie bis auf die Knochen. Er konnte in der Dunkelheit nichts sehen und rannte gegen die Wand, spürte, wie das Blut aus seiner Nase schoß.

Lauf nicht weg –

Das Flüstern formte sich in seinem Kopf wie eine Seifenblase. Der Kies zwischen den Schienen schien sich in Felsen zu verwandeln, er stolperte und stürzte und schlug sich die Knie auf. Es fiel ihm schwer zu atmen. Die Luft war zäh wie Sirup. Komisch. Gelächter drang aus seiner Kehle.

Lauf nicht weg –

Er hörte nicht, wie der Schalter umgelegt wurde und die elektrisch betriebene Maschinerie sich in Gang setzte. Er war nicht darauf vorbereitet, als er um eine Ecke taumelte und die Lachende Frau auf ihn zu schwankte, riesig, mit dicken Armen, die den Bauch hielten, während sie vor und zurück schaukelte und vor Lachen bebte.

Lauf nicht weg! Ho-ho-ho-ha-ha-ha! Lauf nicht weg! Ha-ha-ha! LAUF NICHT WEG! LAUF NICHT WEG! Ha-ha-ha-ho-ho-ho!

Der Lärm machte ihn fast taub, und die dicken Arme näherten sich ihm, berührten ihn, dicke Ballonfinger fuhren über sein Gesicht und packten seine Schultern. Er schrie und schoß, kleine Rädchen kreischten, und die dicken Arme sackten schlaff nach unten; die Stimme erstarb in einem Gurgeln. Er rannte die Schienen entlang, schrie in panischer Angst auf, wenn die Spinnweben ihn zu umhüllen drohten oder tanzende Skelette plötzlich hervorsprangen, mit knochigen Fingern nach ihm stießen und mit schrillen Stimmen hinter ihm herkreischten.

Es war nur ein leises Grollen, aber es warnte ihn rechtzeitig. Das leise, dumpfe Grollen und das kaum merkliche Zittern der Schienen.

Er preßte sich an die Wand, und schon röhrte es an ihm vorbei, schon schepperten die Wagen mit unglaublicher Geschwindigkeit um die Kurve, verfehlten ihn um kaum zwei Zentimeter.

Lautloses Gelächter dröhnte in seinem Kopf, wie es auch durch Van Zandts Kopf gedröhnt haben mußte, kurz bevor er starb. Das Lachen eines wahnsinnigen Wesens, das seinen Spaß daran hatte, die Tiere sterben zu sehen, dessen letzter Akt immer mit dem Selbstmord der Puppen enden würde.

Parallel zu den Schienen verlief ein Sims, und er kletterte hinauf. Ein Korridor zweigte davon ab, und er rannte ihn entlang. Er stolperte und fiel hin. Die Bretter stießen gegen seine Brust. Der Korridor verlief weiter und weiter, schien nie enden zu wollen, führte ihn um Kurven und Ecken und schließlich in einen kleinen engen Raum. In einer Nische der Wand glühte ein rotes Licht.

Satan in Rot, mit Flammen zu seinen Füßen und mit dem Gesicht von Arthur Nordlund. Nur leicht verzerrt, nur leicht unmenschlich, und unglaublich – schön.

Hinter ihm erklang ein Geräusch, und Tanner wirbelte herum. Die Tür, durch die er gekommen war, fiel zu. Er war in diesem Zimmer eingeschlossen. Er hämmerte in Panik gegen die Wände, und dann hörte er ein sirrendes Geräusch. Der Boden glitt unter ihm weg, eine Seitenwand öffnete sich, und er rutschte über eine Zeltbahn nach unten.

Die Zeltbahn war die Zunge des Clowns über dem Eingang, und einen Augenblick später war er im Freien; der Regen prasselte auf ihn herab. Er stand wieder dem Feind gegenüber, der etwa dreißig Meter entfernt auf ihn wartete.

In seinen Armen und Beinen fühlte er ein Prickeln, und seine Nerven schliefen ein. Seine Finger verloren die Kraft, und die Pistole fiel auf die Erde. Der Druck in seinem Kopf radierte alle Sinneseindrücke aus. Alle Muskeln entspannten sich, und er hatte das Gefühl, jede Verbindung mit seinem Körper zu verlieren. Er versuchte, dagegen anzukämpfen, versuchte, sich dazu zu zwingen, zu fühlen und zu reagieren. Es gelang ihm nicht.

Seine Arme und Beine waren taub, sein Puls ging langsam, und er empfand eine vage Überraschung darüber, daß er aufgehört hatte zu atmen. Dann war er allein in den Schatten seines Geistes. Sein Bewußtsein trübte sich wie eine Flamme, die kleiner und kleiner wird, bis sie nur noch ein Funken ist, ein letztes Nachglühen und dann – nichts.

Die verblassenden Eindrücke der Nacht.

Der Regen.

Die Kälte.

Dann keine Nacht, kein Regen, keine Eindrücke mehr. Nur der kleine Funke in der riesigen Wildnis seines eigenen Geistes.

Er tat es nicht bewußt, und er tat es ohne sichtliche Mühe. Er griff nach Marge, die in der Nähe stand. Ein überwältigendes Einfühlungsvermögen, ein merkwürdiges Gefühl physischer Nähe und ein plötzliches glänzendes Muster hauchfeiner roter Fäden, die sich in Nichts auflösten. Ein leiser Widerstand, und das unglaubliche Gefühl einer Verbundenheit –

Die Nacht und ihre Eindrücke kehrten zurück, aber die Eindrücke wirkten anders als vorher. Er hatte ein anderes Existenzgefühl, und eine vage Wolke von Gefühlen beeinträchtigte sein Denken. Die Luft, die Nacht und der Regen fühlten sich anders an. Er wurde sich bewußt, daß er die Welt mit anderen Augen sah – leicht verzerrt und doch vertraut.

Er sah sich um und sah sich selbst langsam zusammensinken. Etwa dreißig Meter weiter leuchtete das Gesicht von Adam Hart, die Muskeln angespannt in höchster Konzentration.

Es war, als hätte er eine Marionette vor sich. Er zog an den Fäden, und Marge reagiert.

Sie machte ein paar Schritte und hob die Pistole auf, die er fallengelassen hatte. Sie drehte sich um und richtete sie auf Adam Hart. Plötzlich änderten sich der Druck und die Spannung. Einen Augenblick lang empfing Tanner zwei verschiedene Muster von Eindrücken, sah die Welt, als blicke er mit jedem Augen einzeln durch einen Projektor, wobei die beiden Projektoren nicht ganz übereinstimmten. Dann verblaßte Marges Muster von Eindrükken, und er wußte, wenn er jetzt nicht handelte, hatte Adam Hart gewonnen.

Zwei Schüsse streckten Hart nieder.

Tanner starrte auf den Körper des Mannes, sah das Wasser, das über das Gesicht floß, den Mantel durchweichte und sich in einer Pfütze bei den Füßen ansammelte. Er sah immer noch ein bißchen wie Arthur Nordlund aus, aber der Körper war breiter und schwerer, und das Gesicht – fast schön. Die Züge waren glatt und weich, der Mund voll und sanft geschwungen. Jemand, dem man einen zweiten Blick zuwerfen würde. Jemand, an den man sich lange erinnern würde. Heterosis, hatte Scott geschrieben – wenn zwei Menschen verschiedener Rassen Kinder haben und die Kinder die besten Qualitäten beider Elternteile in sich vereinen und daraus ein größeres, überlegeneres Ganzes entsteht.

Adam Hart.

Der Zigeunerjunge aus Brockton.

Der Mann mit der Macht.

Tot. So tot, als sei er von einem Lastwagen überfahren oder von einem Straßenräuber erstochen worden. Tot, und alle seine Träume mit ihm gestorben. Aber man konnte ihn nicht beurteilen wie einen anderen Menschen, dachte Tanner. Das wäre nicht fair. Er war kein Mensch gewesen.

Dann fragte er sich, wie lange es wohl her war, seit er und Adam sich einander gegenübergestanden hatten. Fünf Minuten? Zehn? Die Polizei mußte jeden Augenblick eintreffen. Dann würden sie ihn fragen, weshalb er Nordlund erschossen hatte. Er würde sagen, daß ein Monster getötet worden sei, und sie würden ihn kalt anstarren, und jemand würde sagen: »*Aber das ist doch Commander Arthur Nordlund, Professor. Ich mochte ihn sehr. Er war ein guter Mensch.*«

Das würden alle sagen. Aber niemand würde die Leiche als Arthur Nordlund erkennen. Niemand würde –

Kein Weglaufen mehr, kein Verstecken mehr. Der Mann mit der Macht war tot.

Tot.

Jemand weinte, und er blickte auf. Marge stand ein paar Meter entfernt und schluchzte leise vor sich hin. Als sie ihn ansah, las er auf ihrem Gesicht eine merkwürdige Mischung aus Abneigung, Verachtung, Sehnsucht und Bewunderung.

Erst da erinnerte er sich an alles.

Die Sitzung vor so langer Zeit. Jemand hatte den kleinen Papierschirm in Bewegung gebracht. Aber wenn Hart der vorsichtige Typ war, hätte er sich dann verraten, selbst wenn Olson versuchte, ihn dazu zu zwingen? Nein. Jemand anderer mußte das

Wirbeln des Papierschirmchens verursacht haben. Alle hatten es nacheinander versucht. Falls jemand unter den Anwesenden die Macht gehabt hätte, ohne es zu wissen, dann hätte es sich in diesem Augenblick gezeigt.

Er hatte alle gebeten, es zu versuchen, aber er selbst hatte es nicht versucht. Erst als er, um Olson zu beruhigen, vorgeschlagen hatte, es gemeinsam zu versuchen. Und bei diesem gemeinsamen Versuch erst hatte er mitgemacht, und das kleine Papierschirmchen hatte sich gedreht.

Er sah zurück zum Lachkabinett. Über dem Eingang brannte eine Glühbirne, geschützt von einer Plastikabdeckung. Er starrte darauf, und die Plastikabdeckung hob sich, senkte sich, hob sich und flatterte wie wild auf und nieder.

Macht, Macht, wer hat die Macht?

Er hatte sie.

Und er hatte es nicht gewußt.

Hart mußte sofort gewußt haben, um wen es sich handelte. Und Hart hatte versucht, ihn zu töten. Aber er hatte überlebt. Das hätte ihn eigentlich auf die Spur bringen müssen. Zwei ganze Wochen hatte er überlebt, trotz aller Versuche von Hart. Dreimal hatte Hart versucht, ihn zu töten. Und er war dreimal gescheitert.

Erst beim letzten Mal hatte Harts Druck als Auslöser fungiert, hatte endlich seine eigenen verborgenen Talente zum Vorschein gebracht. Hart hatte wahrscheinlich vor dieser Möglichkeit eine wahnsinnige Angst gehabt, aber es war ihm keine andere Wahl geblieben, als es zu riskieren.

Und dann war noch der Hinweis auf die Heterosis gewesen. Der Zigeunerjunge aus Brockton, das überlegene Kind von Eltern zweier Rassen. Der eine Fall, wo zwei und zwei fünf ergab. Und dann seine eigenen Eltern. Die Santuccis auf Seiten seiner Mutter, und die Tanners auf Seiten des Vaters. Italienisch und englisch. Seine Mutter war in ihrer Jugend Wahrsagerin gewesen, und sein Vater hatte ebenfalls in die Zukunft gesehen, als er seinen eigenen Tod vorhersagte. Sie hatten ungewöhnliche Talente besessen und hatten sie ihm vererbt.

Es hatte noch andere Hinweise gegeben. Die Fotos zum Beispiel. Von Hart gab es kein einziges gutes Foto, genauso wenig wie von ihm selbst. Die Zeitungen hatten nie ein Foto von ihm gebracht, als er wegen Mordes gesucht wurde. Sie hatten einfach keines finden können. Und das Foto in Marges Wohnung. Hart hatte sie benutzt, aber Hart hatte ihr nie ein Foto geschenkt.

Er selbst hatte ihr ein Foto geschenkt.

Das weiße Fotopapier im Rahmen war ein Foto von ihm gewesen.

Warum hatte Hart so verzweifelt versucht, ihn zu töten?

Er dachte einen Augenblick darüber nach, dann wußte er die Antwort. Hart hatte sich keinen Deut darum geschert, ob seine eigene Rasse sich vermehrte und wuchs und irgendwann vielleicht einmal den homo sapiens ersetzte. Er hatte sich keinen Deut darum geschert, ob seine eigenen Kinder lebten oder starben. Er war nur aus einem Grund zu dem Projekt gekommen: um alle, die so waren wie er selbst, eliminieren zu können.

Also hatte er, Tanner, sterben müssen. Und die anderen waren zum Tod verurteilt worden, weil sie entdeckt hatten, daß ein Mann wie Adam Hart lebte – sie hätten diese Information weitergeben können. Und wer konnte schon sagen, ob es nicht noch andere wie Adam Hart gab? In diesem Fall hätten diese anderen vielleicht versucht, Adam Hart zu töten, aus dem gleichen Grund, aus dem er versucht hatte, sie zu töten.

Für Hart hatte es auf der ganzen Welt nur Platz für einen einzigen Menschen mit der Macht gegeben.

Es war komisch, dachte Tanner. Wenn Menschen sich einen Supermann vorstellten, statteten sie ihn gleich mit einer übermenschlichen Moral aus – man hielt ihn für besser als die normalen Menschen, und niemand unterstellte ihm Lust an persönlicher Macht.

Auf Adam Hart hatte das nicht zugetroffen.

Es traf auch auf ihn nicht zu.

Er stand in der Dunkelheit und streifte seine menschliche Identität ab wie eine Schlange ihre alte Haut. Er warf einen Blick auf das Tier, das ein paar Schritt entfernt vor sich hinschluchzte, dann wandte er sich ab und ging zum Ausgang. Er achtete nicht auf den Wind und den Regen und die Erschöpfung, die ja schließlich nur eine *menschliche* Erschöpfung gewesen war.

Draußen lag die schlafende Stadt mit ihren Lichtern, die durch die Dunkelheit blitzten. Die Lichter, die aus Chicago herausführten, die Autobahnen entlang, über die Kontinente hinweg, bis sie den ganzen Erball umschlossen.

In diesem Augenblick dachte er, was Adam Hart vor Jahren gedacht haben mußte.

Es würde eine Lust sein, Gott zu spielen.

H.G. Wells

Die Romane und Erzählungen von H.G. Wells sind Musterbeispiele der utopischen Literatur, Klassiker origineller Erzählkunst. Als Ahnherr der modernen Science-fiction-Literatur und einer ihrer genialsten Autoren ist Wells in die Geistesgeschichte eingegangen.

ein Ullstein Buch

George Orwell

1984

Roman

Ullstein Buch 3253

Menschen, die vierundzwanzig Stunden am Tag überwacht werden, ein unerbittlicher Staat, der seine Bürger unterdrückt und wie Roboter lenkt – mit atemberaubender Genauigkeit zeichnet George Orwell das erschreckende Zukunftsbild einer durch und durch totalitären Gesellschaft, die bis ins letzte Detail durchorganisierte Tyrannei einer absolut autoritären Staatsmacht. Als George Orwell seinen visionären Roman im Jahr 1947 schrieb, stand er unter dem Eindruck des Nazismus, des Faschismus und des Stalinismus. Inzwischen ist seine düstere Zukunftsvision in vielen Diktaturen längst grausige Wirklichkeit geworden, sein Roman hat beklemmende Aktualität erlangt.

ein Ullstein Buch